UN TEMPS POUR LE MEURTRE

JESSICA FLETCHER
ET JON LAND

Traduit de l'anglais (États-Unis)
par Stéphanie Alglave

City
Poche

Publié pour la première fois par BERKLEY PRIME CRIME, une marque de Penguin Random House, sous le titre *A Time for Murder*.
Inspiré de la série télévisée Universal créée par Peter S. Fischer, Richard Levinson & William Link.
Illustration de couverture : Sébastien English
ISBN : 978-2-8246-2137-1
Code Hachette : 78 0192 5

Collection dirigée par Christian English & Frédéric Thibaud.
Catalogue et manuscrits : city-editions.com

Dépôt légal : Novembre 2022

Pour les fans de la série télévisée
et des romans Arabesque.
Merci de participer à cette aventure.

« Ce n'est pas le meurtre
qui motive une enquête,
mais le rétablissement de l'ordre. »

P. D. James

1

— Quelle est la première énigme que vous avez résolue ? me demanda la jeune rédactrice du journal du lycée de Cabot Cove, assise en face de moi à une table du café Mara.

Il était presque midi, l'heure où les clients commençaient habituellement à affluer.

Kristi Powell était élève en terminale et rédigeait une série d'articles sur les anciens professeurs du lycée. Elle me fixait en écarquillant les yeux.

—Eh bien, dis-je, cela remonte au premier roman policier que j'ai publié. C'était en…

—Madame Fletcher, m'interrompit la jeune fille en retirant ses lunettes et en me dévisageant avec intensité, je veux dire dans la vraie vie, pas dans vos livres ! Étiez-vous ici, à Cabot Cove ?

C'est étrange, car parler des affaires de meurtres issues de mon imagination ne me dérange pas. En revanche, je déteste parler des véritables affaires, car je préférerais les oublier sitôt qu'elles sont résolues. Il s'agit sans doute d'une caractéristique commune aux écrivains de fiction – nous préférons les univers que nous créons à la réalité, dans laquelle nous nous révélons aussi démunis que tout un chacun.

Habituellement, j'aurais détourné la question ou évité d'y répondre. Mais j'aurais détesté jouer ce mauvais tour à une lycéenne sensible, notamment si elle rêvait de faire carrière dans le journalisme. Je décidai donc de me conduire de façon exemplaire en me montrant aussi honnête et franche que possible, sans en révéler plus que je ne le souhaitais.

—Non, ce n'était pas à Cabot Cove.

Kristi remit ses lunettes et entortilla une mèche échappée du chignon juché sur le sommet de sa tête – une coiffure que je trouvais étrange pour une lycéenne.

—Votre mari, Frank, était-il encore vivant ?

Je hochai la tête, impressionnée.

—Tu es bien informée, Kristi.

Elle ne semblait pas être d'humeur à accepter le compliment.

—C'est l'une des premières informations que l'on trouve sur Google, mentionna-t-elle.

N'ayant jamais fait de recherches à mon sujet sur Internet, je n'avais aucune idée de la priorité accordée aux divers éléments de ma biographie. Si je la rédigeais, plutôt que d'écrire des romans policiers, elle serait extrêmement brève, n'occupant sans doute pas plus d'une page. Je n'ai accompli que très peu de choses en réalité, car j'ai longtemps préféré vivre par procuration à travers mon alter ego, bien plus douée pour résoudre des crimes imaginaires que je ne le suis dans la vie réelle.

—Qu'en est-il du premier meurtre que vous avez résolu ? insista Kristi.

Elle ferait sans aucun doute une excellente journaliste. Je me demandai si elle avait vraiment besoin de ses lunettes en écaille. Elle avait l'air d'une jeune fille enthousiaste à l'idée de poursuivre son rêve, d'abord à l'université, puis professionnellement – elle devait être le genre d'étudiante à laquelle enseigner était un véritable plaisir, comme j'en avais connu autrefois lorsque j'étais professeure. Elle portait une chemise et une jupe à la mode, qui lui donnaient un air sérieux et professionnel, sans doute pour mieux m'inciter à me confier. J'ai dû accorder des milliers d'interviews dans ma vie, mais je ne m'étais jamais retrouvée dans cette situation, avec une lycéenne pour interlocutrice.

Cependant, ses manigances ont bien failli fonctionner, car j'ai manqué lui avouer ce que je n'avais jusqu'alors que très rarement confié.

—Me croirais-tu si je te disais que le premier meurtrier que j'ai traqué était mon propre éditeur ?

Elle leva les yeux de son carnet.

—Vraiment ?

J'acquiesçai.

—Et le meurtre s'est déroulé au cours d'une fête en mon honneur. Ou plutôt, à l'occasion de la parution de mon premier livre…

—C'était *Le Bal du cadavre à minuit* ?

—Oui ! Il y avait un bal masqué et les invités incarnaient des personnages célèbres. C'était une idée de mon éditeur, Preston Giles.

—C'était donc lui, le meurtrier ?

—Oui, malheureusement. Je vais t'épargner les détails… Je me trouvais juste au bon endroit au bon moment. Ou au mauvais endroit au mauvais moment, tout dépend du point de vue…

—On dirait que cela vous arrive souvent, madame Fletcher. Surtout ici, à Cabot Cove…

—Je ne tiens pas de registre…

—Mais votre éditeur, Preston Giles, c'était bien le premier ?

Je perçus une note d'excitation dans la voix de Kristi. Cela me rappela ma propre réaction lorsque j'étais sur le point de piéger un homme ou une femme dont j'étais convaincue qu'il ou elle avait commis le crime. Je me calai contre le dos de ma chaise pour mettre un peu de distance entre moi et la jeune fille, même si notre table d'angle ne nous laissait guère d'espace. Préférant rester évasive, je lui confirmai :

—Si l'on veut…

—Ce n'est pas grave, madame Fletcher. De toute façon le *Eagle* n'est qu'un journal lycéen, reprit Kristi, d'un ton hésitant. Cependant, je ne suis pas arrivée à savoir où vous habitiez à l'époque ni dans quel établissement vous enseigniez l'anglais…

—J'étais professeure suppléante, en réalité. Et je résidais à Appleton, dans le Maine, à environ une demi-heure de voiture de Cabot Cove. J'y ai d'ailleurs rencontré mon mari, Frank.

—Il y a donc bien eu un meurtre ici ?

—Il y a eu un décès en tout cas…

—Mais c'était un meurtre, n'est-ce pas ? Quelqu'un a bien été arrêté ?

—Oui, c’était bien un meurtre, et effectivement, quelqu’un a été arrêté, Kristi.

—Est-ce vous qui avez trouvé le coupable, madame Fletcher ?

J’ai tapoté le bras de la jeune fille, de l’autre côté de la table, en souriant.

—Qui te dit que c’était un homme ?

—Touché, avoua-t-elle en souriant à son tour.

—Par ailleurs, je vais devoir invoquer le cinquième amendement…

—Pour des raisons juridiques ?

—Non, personnelles. Si tu as effectué des recherches sur moi, tu dois savoir que tu m’interroges sur des faits que je n’ai jamais évoqués, ni publiquement ni dans les médias. Sachant cela, je vais te demander de passer à la question suivante, par respect pour les personnes concernées qui n’ont pas besoin que leur passé soit ainsi remué… Elles sont allées de l’avant, la ville est allée de l’avant… Ressortir cette histoire, même dans le journal du lycée, pourrait s’avérer douloureux pour ceux pour lesquels ce meurtre est de l’histoire ancienne, et qui, même s’ils ne l’ont pas oublié, sont passés à autre chose.

Kristi commença à griffonner, puis s’interrompit.

—C’était bien il y a vingt-cinq ans ?

Je haussai les épaules.

—Effectivement.

—Et vous enseigniez au lycée, à l’époque…

—J’étais professeure suppléante, rectifiai-je de nouveau.

Elle préleva un morceau de son muffin aux myrtilles, et l'avala en prenant une gorgée du thé glacé qu'elle avait également commandé.

—Mmmmh… délicieux, remarqua-t-elle.

—Mara, la propriétaire, dont le café porte le nom, les confectionne elle-même… Elle utilise des myrtilles sauvages du Maine. Je lui ai suggéré de développer son activité et de produire ses pâtisseries à plus grande échelle.

—Ce n'est pas une mauvaise idée, rétorqua Kristi, la bouche pleine. Vous avez d'autres affaires policières en lien avec la nourriture, madame Fletcher ?

Je ris.

—Je laisse l'art culinaire à d'autres écrivains de romans policiers, mais j'ai écrit quelques livres dans lesquels la cuisine joue un rôle non négligeable…

—Quant à vous, aimez-vous cuisiner ?

—De moins en moins en vieillissant. Lorsque l'on vit seule, faire l'effort de cuisiner semble moins important. Et puis, je vis à Hill House depuis quelques mois, car ma maison est en travaux. Je pense qu'ensuite, je vais avoir du mal à me passer du room service…

—Il y a Grubhub qui livre des repas à domicile, désormais, remarqua Kristi en arborant un large sourire. L'entreprise n'existait pas encore lorsque vous avez commencé votre carrière… ou lorsque vous viviez à Appleton.

—Pas bête, la complimentai-je en hochant la tête.

—Quoi donc ?

—La manière dont tu tentes de remettre la question sur le tapis sans en avoir l'air…

Elle ne prit pas la peine de démentir mes propos, mais fit un geste avec son stylo, comme pour approuver ce que je disais.

—Vous m'en voulez ?

—Pas du tout. Tu fais ton travail, point.

—Ce n'est qu'un modeste journal lycéen, je vous l'ai dit.

—Certes, répondis-je. Mais tu es arrivée mieux préparée et plus affûtée que tous ceux qui m'ont interviewée jusqu'ici.

—Désolée si je suis trop insistante…

Le fait qu'elle se mette à douter – à avoir des remords, en quelque sorte – démontrait sa vulnérabilité, me rappelant qu'elle n'était encore qu'une lycéenne. J'aurais aimé pouvoir lui dire ce qu'elle souhaitait savoir, lui offrir le scoop qu'elle espérait. Mais c'était impossible. Trop d'années avaient passé. Appleton n'était qu'à une quarantaine de kilomètres à vol d'oiseau, mais pour moi, la ville appartenait à une autre époque, une autre *vie*. Je pense que c'est parce que tout cela s'était produit avant que je ne devienne écrivaine, lorsque Frank était encore en vie, et que nous élevions notre neveu Grady – son père, le frère de Frank, était décédé dans un accident de voiture, et sa mère avait sollicité notre aide.

Grady…

C'était encore un petit garçon lorsque j'avais croisé mon premier meurtrier, et j'imagine qu'il était l'un de ceux que j'essayais de protéger en refusant de discuter, à l'époque, avec une autre Kristi Powell ou ces journalistes qui m'avaient pressée de questions au fil des ans.

Il y avait des lieux liés à mon passé dans lesquels je refusais de me rendre, et Appleton en faisait partie.

Profitant du silence qui s'était établi entre nous, je me demandai si la véritable raison de ma réticence à évoquer le premier meurtre que j'avais résolu était liée à mon changement de vie : il y avait eu ma vie avec Frank, et celle après lui. Sa mort avait été l'élément déclencheur de ma vie d'écrivaine, et mes livres m'avaient bien trop souvent conduite à résoudre des affaires dans la vie réelle. J'avais le sentiment que je ne voulais pas que ma vie avec Frank soit entachée par tout cela, et j'avais donc besoin de rester complètement détachée de ce qui s'était produit, afin de conserver le meilleur souvenir de lui. Tout ce que nous avions partagé et fait ensemble devait être préservé et non altéré par cette expérience pénible, qui me hantait encore aujourd'hui. J'avais relégué ces souvenirs aux limites de ma conscience, comme un rêve dont j'aurais eu peine à me remémorer, jusqu'à ce que des journalistes aux doigts jaunis par le tabac et à l'haleine caféinée les déterrent.

Ces derniers, bien sûr, n'avaient rien en commun avec la jeune intervieweuse.

—Tu vois, Kristi… dis-je, reprenant le fil de notre conversation sans qu'elle m'ait sollicitée, si je décide d'évoquer les détails de ce premier meurtre, tu seras la première personne que j'appellerai.

Un sourire se dessina sur son visage.

—Dans ce cas, je vais vous donner mon numéro de téléphone, madame Fletcher. Je pense que vous n'avez que mon adresse e-mail…

Cela faisait bien longtemps que je n'avais pas songé à Appleton, au lycée de la petite ville et même au meurtre qui m'avait menée à un tournant dans ma carrière. À l'époque, je m'essayais à l'écriture, car j'adorais cela, sans me douter que j'allais un jour devenir l'auteure d'une cinquantaine de romans policiers.

Après avoir abandonné mon rêve initial de devenir une auteure « sérieuse », j'avais proposé mes nouvelles, l'une après l'autre, à des magazines tels que *Ellery Queen's Mystery Magazine* et *Alfred Hitchcock's Mystery Magazine*. Si le fait que ces magazines existent encore témoigne de leur qualité, je n'ai jamais rien reçu de leur part, excepté des lettres de refus ou de réabonnement. Quelques articles parus à mon sujet ont évoqué la théorie que me trouver confrontée à un véritable meurtre m'avait permis de ne pas me limiter à l'écriture d'une nouvelle, mais de publier un livre chez Coventry House. Je ne savais pas que mon éditeur, Preston Giles, allait ensuite assassiner l'un des invités au cours de la fête donnée pour la publication de mon premier roman… et que j'allais l'arrêter. Beaucoup pensent que c'était la première fois que je résolvais un meurtre, alors que je l'avais déjà fait dans une œuvre de fiction. Mais je ne pense pas que l'expérience ait amélioré mes talents d'écriture, du moins pas directement ; en effet, je ne m'étais plongée dans la rédaction de mon deuxième ouvrage, *Le Bal du cadavre à minuit*, qu'après la mort de Frank, me remettant à écrire pour soulager ma peine et ma solitude.

Qui sait, cependant ? L'inconscient est un domaine étrange et inexploré, et il est plus que probable que mon expérience personnelle d'un meurtre à Appleton lui ait laissé une empreinte indélébile, qui continue d'influer sur moi aujourd'hui. J'aime à croire que mes romans sont entièrement sortis de mon imagination. Toutefois, ma propension à tomber sur des crimes sur lesquels j'enquête dans la vie réelle m'incite à rétablir la justice et à rendre hommage comme il se doit aux victimes. Lorsque vous en avez résolu beaucoup, et qu'ils concernaient des personnes dont vous étiez proche, ces meurtres vous laissent rarement indemne.

Je récupérai mon courrier à la réception du Hill House en revenant du Mara. J'appréciais de vivre ici depuis quelques mois, mais j'attendais le jour où je pourrais réintégrer ma maison victorienne adorée de Candlewood Lane. Sa restauration, après l'incendie qui avait failli me coûter la vie, progressait bien, malgré le retard pris par les entrepreneurs au début. Ils m'avaient assuré que, dans quelques petites semaines, je constaterais une véritable avancée des travaux. Si résider au Hill House avait été une bénédiction ces derniers mois, je ne pouvais m'y entourer de livres comme je le faisais chez moi. Et la première chose que je comptais faire en me réinstallant à mon domicile était de remplir de nouveau mes étagères remises à neuf.

La pile de courrier, en plus des prospectus habituels, contenait une immense enveloppe rigide qui devait comporter une invitation quelconque. Je l'ouvris d'emblée et sortis le carton qu'elle refermait, sur lequel figurait le texte suivant, tracé en lettres noires sophistiquées :

VOUS ÊTES CORDIALEMENT INVITÉE À FÊTER LE DÉPART EN RETRAITE DE...

J'examinai le reste de l'invitation sans m'attarder sur la suite de la phrase.

Le nom de la personne m'était familier ; les mots que j'étais en train de fixer ressuscitaient des souvenirs enfouis depuis longtemps, mais qui venaient de ressurgir au moment où Kristi Powell, rédactrice au *Eagle*, journal du lycée de Cabot Cove, m'avait interviewée :

... LYCÉE DE APPLETON.

J'avais été professeure suppléante dans ce lycée pendant plus de cinq ans, il y avait presque un siècle. J'avais alors été témoin d'un meurtre pour la première fois et je m'étais efforcée de ne pas me laisser intimider.

Tu vois, Kristi. Si je décide d'évoquer les détails de ce premier meurtre, tu seras la première personne que j'appellerai.

Mais à présent, ces détails allaient et venaient dans mon esprit, rappelant à ma mémoire comment tout avait commencé.

2

Vingt-cinq ans auparavant...

— Tu vas attraper la mort, Grady, grondai-je à l'intention de mon neveu, qui avait refusé d'enfiler un pull ou même l'un de ces sweat-shirts à capuche qu'il aimait tant.

—C'est ma vie, tu sais ? me défia-t-il en levant les yeux de son bol de corn-flakes flottant dans du lait, saupoudrés de sucre et agrémentés de rondelles de bananes, comme il les aimait.

—Ce n'est pas faux…

—Et donc, ce sera ma mort aussi, affirma-t-il avec la logique et l'absence de courtoisie propres à un enfant de 8 ans.

—Il marque un point, Jess, remarqua Frank, en abaissant son journal et en dévoilant un sourire.

Il en fallait très peu pour que Grady provoque un sourire chez Frank, et c'est pourquoi j'éprouvais tant de gratitude pour la présence du petit garçon dans notre vie. Notre mariage était une réussite sur tous les plans, excepté dans un domaine flagrant : nous n'avions pas d'enfant. Bien sûr, nous avions essayé, mais nous n'avions jamais eu recours à la médecine afin de savoir pourquoi cela ne fonctionnait pas. Aucun de nous ne souhaitait blâmer l'autre, car nous pensions tous deux que cela était davantage le fruit du destin qu'une question de chance. Et le fait que cela ne se soit pas produit au bout de tant d'années signifiait que ce ne serait jamais le cas. Cependant, élever Grady après la mort de son père, et parce que sa mère pensait que vivre avec Frank et moi lui ferait du bien, avait permis de combler merveilleusement ce vide d'enfants, même s'il s'agissait d'une responsabilité que nous n'avions jamais envisagée.

Cependant, comme Frank aimait le souligner, tout s'était passé relativement bien. Grady faisait maintenant partie de notre univers, au sein de la petite ville d'Appleton, dans le Maine, depuis deux ans, et après une période difficile, il s'était parfaitement adapté à son nouvel environnement, notamment à l'école primaire d'Appleton, où je connaissais un grand nombre d'enseignants. J'y effectuais parfois des remplacements avant que le principal du lycée Walter Reavis ne m'embauche à plein temps pour remplacer les professeurs dont les absences étaient prolongées. Cela me changea de ma routine quotidienne, car j'eus ainsi l'opportunité de mieux connaître les enfants et de leur transmettre ce qui me tenait à cœur, dès lors qu'ils ne se montraient plus méfiants parce que j'étais professeur suppléant.

Enseigner me laissait aussi du temps pour me consacrer à l'écriture, ma passion – une flamme qui s'était allumée lorsque j'exerçais en free-lance comme rédactrice pour des journaux ou des magazines que j'avais convaincus d'examiner mon travail. Je m'imaginais être une véritable journaliste, même si mon expérience était bien mince en comparaison de celle de rédacteurs de journaux plus prestigieux que l'*Appleton Daily Sun* ou le *Maine Monthly.* J'aurais aimé pouvoir dire que cela payait les factures, mais les maigres sommes que je touchais en tant que free-lance étaient loin d'y pourvoir.

J'avais cessé de rédiger des articles de journaux pour me consacrer à l'écriture de nouvelles, au moment où Walter Reavis m'embaucha à plein temps comme professeure suppléante au lycée. Je ne travaillais encore qu'à temps partiel par rapport aux autres professeurs, ce qui me laissait du temps. Mon salaire associé à celui de Frank, qui donnait des leçons de pilotage à l'aéroport local et touchait sa pension de l'Air Force, suffisait amplement à nos besoins. En outre, les frais d'éducation de Grady étaient couverts par la police d'assurance de son père, ce qui offrait une sécurité supplémentaire.

Il valait d'ailleurs mieux que nous ne comptions pas sur mes ouvrages de fiction comme source de revenus, car ils n'avaient pas rapporté grand-chose jusque-là. Seule l'une de mes histoires avait été publiée dans un magazine littéraire local tapé à la machine, et non imprimé. L'apogée de ma carrière avait été de vendre l'un de mes récits au magazine *Yankee.*

C'était Walter Reavis qui avait proposé mon histoire à l'un de ses amis qui y travaillait. Je ne crois pas avoir été aussi reconnaissante envers quelqu'un de toute ma vie. Je n'avais rien demandé à Walter, et j'ignorais même que l'un de ses amis travaillait pour ce magazine. Il l'avait simplement fait après avoir lu ma nouvelle et l'avait suffisamment aimée pour prendre ce risque pour moi. Si l'on veut devenir écrivain, il est utile de bénéficier d'un petit coup de pouce. Personne n'y parvient sans aucune aide – encore moins une professeure suppléante d'anglais qui n'a que son rêve et sa machine à écrire Royal.

—Pourquoi il y a école quand le temps est pourri, puisque tout le monde tombe malade ? demanda Grady en avalant une nouvelle cuillerée de corn-flakes.

—Ce n'est pas très joli de dire « pourri », remarquai-je.

—Qu'est-ce que ça peut faire ?

—Je te rappelle que je suis professeure d'anglais…

—Oui, mais je ne suis pas un de tes élèves, tante Jess, rétorqua le petit garçon.

Frank remonta le journal devant son visage.

—Merci pour le soutien ! marmonnai-je en entendant les pages du journal bruisser tandis qu'il se retenait de pouffer de rire.

Grady repoussa sa chaise sous la table.

—Je vais mettre un sweat à capuche, tante Jess, dit-il en me prenant dans ses bras, comme s'il voulait s'excuser.

C'était du Grady tout craché. Il était trop doux pour laisser perdurer l'effet d'une remarque désobligeante. Je pense qu'il craignait aussi de perdre les seules personnes qui lui restaient dans la vie. La mort de son père l'avait conduit à éviter de manière presque obsessionnelle tout comportement susceptible de créer une distance entre lui et les personnes auxquelles il tenait. C'était le cas avec ses professeurs et ses amis, par exemple : il n'était jamais celui qui causait une dispute ou avait le mot de la fin.

Il craignait même de défendre son point de vue et de répondre, de crainte de froisser un ami ou une connaissance. J'avais rapidement compris qu'il était difficile de faire entendre raison sur ce point à un enfant de 6 ans, et encore moins lorsqu'il a eu 8 ans – il était alors encore plus enclin à se comporter ainsi. Parfois, j'avais l'impression que Grady survivait davantage qu'il ne vivait ; d'autres fois, il semblait être le petit garçon le plus joyeux du monde. Il m'arrivait même de penser que dans ce cas, il jouait la comédie, comme pour nous remercier, Frank et moi, de l'amour que nous lui portions.

—Beurre de cacahuètes et confiture… annonça Frank en déposant devant Grady le sac en papier brun contenant son déjeuner. Plus une surprise !

—Qu'est-ce que c'est ? demanda Grady avec impatience, en faisant de petits bonds sur place.

—Si je te le disais, ce ne serait plus une surprise ! Et tu connais les règles…

Le jeune garçon fronça les sourcils et écarta les cheveux bouclés qui dissimulaient son visage.

—Tu ne dois pas regarder avant l'heure du déjeuner, lui rappela Frank. Tu ne tricheras pas ?

—Non, oncle Frank, promit Grady.

Frank déposa ensuite mon propre déjeuner devant moi.

—Je peux regarder ? J'ai droit aussi à une surprise ?

—Salade au poulet et boulgour complet. Je n'ai pas mis de céleri.

—Et ma surprise ?

—Ce sera pour plus tard, répondit Frank en me faisant un clin d'œil, ce qui me laissa perplexe.

Je glissai mon sac à bandoulière, qui contenait mes livres et mes documents, sur mon épaule, et m'emparai de celui contenant mon déjeuner, quand Grady réapparut avec son sweat-shirt enfilé à l'envers, de sorte que la capuche dissimulait son visage.

—Comment tu me trouves, tante Jess ? demanda-t-il avant de se cogner la jambe contre une chaise.

—Ouille ! s'écria-t-il d'une voix éraillée, en baissant sa capuche.

—Sans commentaire.

Frank avait posé le journal ; il réprima donc un éclat de rire en se retournant, avant d'attraper ses clés et de nous entraîner à l'extérieur, vers la voiture.

—Je crois que vous allez devoir remplacer Bill Gower un peu plus longtemps, Jessica, m'annonça Walter Reavis lorsque je descendis du bus, ce matin-là. Vous ne recevez que des éloges en ce qui concerne vos cours de soutien, par ailleurs.

—Ce n'est pas le mot approprié.

—Lequel ?

—Soutien…

—Mais c'est bien de cela qu'il s'agit, pourtant.

—Cela donne un sentiment d'infériorité aux élèves.

Il me jeta un regard désapprobateur.

—Ils savent qu'ils ont du retard, puisqu'ils prennent des cours de *soutien*…

—Dans votre bouche, cela sonne comme quelque chose de honteux, Walter.

—Vous savez, madame Fletcher, vous êtes en train de parler à un ancien habitué des cours de soutien en anglais. Vous me voyez arborer une médaille de raté ?

—Vous devez l'avoir laissée à la maison.

—Je vais vérifier dans mes tiroirs, ce soir.

La cloche sonna l'heure de l'appel, me rappelant à l'ordre.

—Merci ! lançai-je.

C'était un bel homme, aux traits bien dessinés, d'une beauté brute, qui plaisait aux femmes et dont le sourire engageant lui attirait aussi la sympathie des autres hommes.

—De chercher cette médaille dans mes tiroirs ?

À mon tour, je lui lançai un regard de reproche.

—Pour cette opportunité…

Il hocha la tête, manifestement peu habitué à ce genre de compliment.

—J'aimerais vous en proposer une autre. Êtes-vous libre après la dernière heure de la matinée ?

—Oui, pourquoi ? articulai-je lentement.

—C'est parfait ! Profitez-en pour passer dans mon bureau à ce moment-là.

Je remplaçais un enseignant expérimenté appelé Bill Gower, qui donnait des cours de soutien en anglais à trois classes et un cours avancé à des élèves de seconde. La semaine précédente, j'avais distribué à cette classe de seconde une nouvelle que j'avais écrite récemment, photocopiée à mes frais chez Staples. Habituellement, j'aurais utilisé l'un des deux photocopieurs du lycée, l'autre étant régulièrement en panne. Mais comme ma nouvelle ne figurait pas au programme établi par M. Gower, il m'était impossible de faire régler cette dépense au contribuable, et j'avais déboursé une vingtaine de dollars pour les photocopies et l'agrafage.

J'avais prévu de consacrer cette journée à étudier ma nouvelle avec cette classe, qui venait de résumer *La Fille de Rappaccini* de Nathaniel Hawthorne et *Le Masque de la mort rouge* d'Edgar Allan Poe.

—Je trouve que l'histoire manque d'un fil conducteur, intervint Missy, l'une des meilleures élèves de la classe.

—Pourrais-tu m'en dire un peu plus ? demandai-je, espérant voir davantage de mains se lever.

—Eh bien, elle tente de faire passer un message important.

—Est-ce ton avis aussi, Ben ? dis-je en m'adressant à un autre bon élève de la classe qui levait rarement la main.

—Peut-être. L'histoire a beaucoup de messages à faire passer, répondit-il. Mais finalement, elle retombe à plat.

Aïe, pensai-je.

—Et puis… je n'aime pas les personnages, ajouta-t-il.

De mal en pis.

—Tu n'es peut-être pas supposé les aimer, supposai-je.

—Je me suis mal exprimé, répondit Ben, l'air concentré. Je ne sais pas trop ce que je dois penser d'eux ; en réalité, ils ne m'intéressent pas.

—En fait, ils sont ennuyeux, suggéra une fille arborant un look gothique. Ils n'agissent jamais. Il ne se passe rien.

—Sauf au moment de l'accident de voiture, remarqua Will, vêtu de son éternel blouson de football. C'est génial, parce qu'il n'y avait plus personne au volant ; du coup, on ne sait pas ce qu'est devenu le conducteur…

—Pourquoi est-ce qu'il serait parti ? demanda Missy.

—Peut-être qu'il n'a jamais existé, en fait, suggéra un garçon appelé Trevor qui éprouvait le besoin compulsif de graver son nom partout où il passait – peut-être une manière de marquer son territoire.

—Sans doute qu'il voulait fuir quelque chose, intervint de nouveau Will. Après l'accident, il a dû s'échapper pour ne pas être arrêté.

—Qu'est-ce qu'il a fait, selon toi ? lui demanda Missy.

—Il a tué quelqu'un ! s'exclama un autre élève.

—Il dealait de la drogue !

—Il a volé de l'argent à son boss !

La discussion était en train de dévier complètement, tournant autour d'un détail relativement insignifiant de l'histoire. Malgré mes efforts, je ne parvenais pas à ramener l'attention de la classe sur le sujet, à savoir la nouvelle dans son intégralité.

—Est-ce qu'il s'agit d'une énigme policière ? demanda finalement Missy, en revenant au sujet principal.

—À ton avis ? dis-je.

—L'intrigue tourne autour de cet accident de voiture et de la disparition du conducteur. Ce doit être l'un des personnages évoqués dans la nouvelle, n'est-ce pas ? C'est cela, l'objectif de la nouvelle. Trouver qui était au volant. Mais c'est impossible.

—Beeeuuurrrk ! intervint Becky. Je déteste qu'un écrivain fasse ça…

—Dommage que nous ne puissions pas demander à l'auteur qui était le conducteur, se lamenta Ben.

—Madame Fletcher, qui a écrit ça ? demanda Missy, en levant son exemplaire photocopié de ma nouvelle. Il n'y a aucun nom.

—Tu sais, j'ai oublié qui c'était, répondis-je. Sûrement quelqu'un de pas très connu…

***

Les commentaires de mes élèves tournèrent en boucle dans mon esprit toute la journée, simplement parce que j'avais tenté de les faire travailler sur une nouvelle que je n'avais pas encore publiée, souhaitant voir quelle réaction elle susciterait.

« Est-ce qu'il s'agit d'une énigme policière ? » avait demandé Missy.

Peut-être que c'en était une. Et peut-être aussi que c'était cela le problème. Je n'étais sans doute pas l'écrivaine que je pensais ou voulais être.

Sauf au moment de l'accident de voiture. C'est génial, parce qu'il n'y avait plus personne au volant. Du coup, on ne sait pas ce qu'est devenu le conducteur ?

Je l'ignorais et n'y avais pas réellement songé. Cependant, je ne parvins pas à sortir cela de mon esprit, élaborant un scénario qui faisait prendre une tout autre direction à l'histoire, non pas sur le papier, mais dans mon imagination.

Cela dura jusqu'à la dernière heure de cours de la matinée, après laquelle je devais passer dans le bureau du principal, Walter Reavis.

Je me précipitai vers l'autre extrémité du bâtiment dès la fin de mon cours, juste avant 13 heures. La secrétaire de Walter, Alma Potts, était souffrante, et sa remplaçante se débattait avec le téléphone qui sonnait de manière ininterrompue. J'empruntai donc seule le petit couloir qui menait à son bureau et frappai à la porte ouverte.

—Comment s'est passée cette première prise de fonction à temps complet, Jessica ? demanda Walter, un large sourire se dessinant sur son visage après que je m'étais assise à son bureau.

J'étais si émue que mes genoux tremblaient et que j'avais l'impression que j'allais m'évanouir. Le soleil qui perçait à travers les lamelles des stores vénitiens m'obligea à plisser les yeux et à mettre ma main en visière. Alma Potts avait pour habitude de baisser les stores chaque jour, mais en son absence, personne n'avait songé à préserver les yeux de ceux qui se rendaient dans le bureau du principal.

—Si Bill ne revient pas, je ferai en sorte que vous deveniez titulaire, poursuivit-il.

—Merveilleux, parvins-je à articuler.

—Je vais avoir un entretien avec lui dans une heure. Je pourrais vous en dire plus d'ici la fin de la journée, m'annonça-t-il, auréolé par la lumière du soleil. Repassez me voir avant de partir.

Je plaçai de nouveau ma main au-dessus de mes yeux.

—Je… je ne sais pas quoi dire, Walter.

Il se leva, m'invitant à en faire autant.

—Repassez en fin de journée, d'accord ?

—Oui, bien sûr, dis-je en me levant.

Après la fin de mes cours, j'allai m'asseoir à mon bureau – celui de Bill Gower, en réalité –, faisant mine de corriger des copies. Mais je continuais de penser à ce qui avait bien pu advenir du conducteur de la nouvelle que mes élèves avaient critiquée à souhait. Pourquoi avait-il fui la scène de l'accident ? Que donnerait l'histoire si elle démarrait au moment de l'accident ? Car l'écriture de cette nouvelle, et de beaucoup d'autres dont j'étais l'auteure, m'avait demandé beaucoup d'efforts. Peut-être avais-je combattu mon instinct, en m'efforçant de rédiger d'autres récits que ceux que j'étais appelée à créer.

Étais-je destinée à écrire des *romans policiers* ? Vraiment ?

Mes pensées continuèrent de vagabonder ainsi, si bien que j'oubliai que le principal, Walter Reavis, m'avait demandé de repasser à son bureau après mes cours.

En cette fin d'après-midi, le ciel du Maine commençait à se parer de teintes rougeâtres. Je me mis à ranger mes affaires dans ma sacoche à bandoulière, et me souvins brusquement que je devais passer voir Walter. Je me hâtai vers son bureau, mes pas résonnant sur le sol carrelé, provoquant un écho métallique dans le bâtiment désormais vide. La remplaçante d'Alma Potts n'était plus là, mais le service de la scolarité était encore ouvert et allumé. En revanche, la porte du bureau de Walter était fermée. Je m'apprêtais à frapper lorsque j'entendis sa voix s'élever à l'intérieur.

—Je ne veux plus en parler !

Un silence se fit.

—Certainement pas ! Je ne veux pas avoir affaire à cela, compris ?

Le silence reprit, m'indiquant qu'il était en pleine conversation téléphonique, et que celle-ci était particulièrement véhémente.

—Vous me menacez ? Parce que si c'est le cas…

J'eus le sentiment d'être une fouineuse, de me montrer indiscrète, comme l'aurait fait une personne avide de commérages. Je savais que j'aurais dû aller m'asseoir dans l'antichambre du bureau, mais sa voix me poursuivit tandis que je m'éloignais de la porte – avec hésitation, comme si je voulais échapper à la dernière remarque.

—Vous ne devez pas m'avoir bien entendu, poursuivit Walter d'un ton rageur. Et ne me menacez pas ! Je ne vous le répéterai pas !

Je pensais que la conversation était terminée. Mais j'entendis de nouveau la voix du principal s'élever, plus calme, mais aussi claire qu'auparavant.

—Il faudrait me passer sur le corps !

3

De nos jours

La sonnerie d'un téléphone me fit sortir de ma rêverie, et je tendis machinalement la main vers mon portable avant de me rendre compte que l'appel provenait de ma ligne fixe.

—Où êtes-vous ? me demanda Seth Hazlitt en guise de salutation sitôt que je décrochai. Nous devions nous retrouver chez Mara.

—J'y étais tout à l'heure.

—Eh bien revenez. Je ne me vois pas déguster une part de tarte et un café sans ma complice préférée.

Je jetai un coup d'œil à ma montre. Comment le temps avait-il pu passer si vite ? Avais-je donc rêvé si longuement à la période où je vivais à Appleton ? Je supposai que oui.

La prescription du médecin de famille de Cabot Cove pour jouir d'une existence longue et heureuse se résumait à ce simple conseil : déguster un bon café avec une part de tarte chaque jour à 15 heures. Il s'agissait en quelque sorte de la perception du luxe qu'avait le médecin d'une petite ville qui pouvait se permettre de remplir son emploi du temps à sa guise en compagnie d'une écrivaine qui disposait de la même liberté.

Je repris ma bicyclette neuve que j'avais remisée dans l'abri du Hill House à mon retour de chez Mara. J'avais acheté un modèle appelé Crosstown de la marque Pashley, après la destruction de ma vieille Schwinn dans un accident. Dans la boutique, un emplacement destiné à accueillir un panier en osier à l'avant de la bicyclette avait tout d'abord attiré mon attention. Puis, j'avais remarqué ses autres qualités. Tout d'abord, elle était robuste et son cadre était antichoc, ce qui m'assurait qu'elle allait résister un certain temps, y compris à d'éventuelles autres collisions avec une malencontreuse camionnette. Je l'empruntai pour l'essayer, et elle me plut immédiatement. Elle n'était pas destinée à la vitesse, mais ce n'était pas mon objectif, et je l'achetai donc sur-le-champ.

Cependant, l'automne était en train de s'installer, et bientôt, il me faudrait laisser ma Pashley à l'abri tout l'hiver. En attendant, j'avais résolu de l'utiliser autant que possible avant que les conditions météorologiques ne se dégradent et que la température ne commence à descendre au-dessous de zéro, comme cela était fréquent dès le milieu de l'automne dans le Maine. Un jour, vous sortez en manches courtes, et les prévisions annoncent de la neige pour le lendemain. J'attendais ces premiers signes de l'hiver à la fois avec impatience et appréhension – impatience en raison de leur beauté et de leur tranquillité ; mais redoutant l'isolement et l'impossibilité, en raison du froid, de m'adonner à mes promenades à bicyclette ou à pied pour garder la forme.

L'été était achevé depuis longtemps, et les routes avaient été restituées aux résidents de Cabot Cove depuis le départ des estivants. Ils ne me manquaient pas. En revanche, j'aspirais à retrouver le beau temps qui attirait les hordes de vacanciers dans notre petit village balnéaire, autrefois lieu confidentiel, désormais havre pour de nombreux privilégiés. Je me demandais souvent comment une telle chose pouvait se produire ; comment une petite ville presque inconnue pouvait, du jour au lendemain, se transformer en une destination très fréquentée.

Ce n'était pas comme si un article avait paru dans un magazine de luxe, ou comme si la ville avait été présentée dans une émission télévisée. Le bouche-à-oreille avait fonctionné, tout simplement, comme si nous devions payer le fait d'avoir bénéficié de cette tranquillité aussi longtemps en la perdant en une fraction de seconde. Un soir, j'allais me coucher et la petite ville était encore nôtre. Le lendemain matin, je me réveillais pour découvrir que nous étions envahis.

Lorsque j'attachai ma bicyclette au même endroit que le matin même, devant chez Mara, j'aperçus Seth par la fenêtre, installé à une table. Bien évidemment, une assiette vide trônait devant lui : le dessert du jour de Mara n'avait pas fait long feu.

—Eh bien, Jessica, remarqua-t-il en posant d'un geste sec le carton d'invitation sur la table devant lui, vous qui vous plaignez de n'être jamais invitée nulle part…

—Vraiment ?

—Pas tant que cela, non, poursuivit Seth en fronçant les sourcils. Je parle pour moi, sans doute…

Il examina de nouveau l'invitation.

—Une soirée à l'occasion d'un départ en retraite, c'est bien cela ? Il ne s'agit pas du vôtre, évidemment !

—Les écrivains ne prennent pas de retraite, Seth.

—Les médecins non plus, du moins pas ceux qui résident dans une petite ville. Cependant, Cabot Cove s'est étendue…

Il me rendit l'invitation.

—Où cela se passe-t-il ?

—Eh bien ici, au Country Club de Cabot Cove…

—Ah oui, il n'y avait pas de lieu de ce genre dans votre ancienne ville, si je me souviens bien.

—Néanmoins, Appleton possède un théâtre, lui rappelai-je.

C'était le lieu où j'avais rencontré Frank pour la première fois. Nous étions tous deux bénévoles pour le même spectacle.

—Ce n'est pas le meilleur endroit pour fêter un départ en retraite… Mais au fait, d'où connaissez-vous cette… Wilma Tisdale ? demanda-t-il en jetant de nouveau un coup d'œil à l'invitation.

—Je la connais à peine. Nous étions professeures au lycée à la même période, et elle est venue assister à l'une de mes dédicaces il y a quelques années. Mais si elle entrait à l'instant ici, chez Mara, je ne suis pas certaine que je la reconnaîtrais.

—Et pourtant, vous êtes invitée à son pot de départ. Hmmmm… ajouta Seth, l'air pensif, en se caressant le menton.

—On dirait que vous tentez de résoudre un mystère.

—Vous pensez être la seule enquêtrice en ville ?

Sa question me ramena en pensée quelques heures plus tôt, lorsque je m'étais retrouvée ici, interviewée par Kristi, dans ce même restaurant.

—Quelle est la première énigme que vous avez résolue ?

Même Seth ne connaissait pas la réponse à cette question – de même que Mortimer Metzger ou Harry McGraw. Il s'agissait sans aucun doute des personnes dont j'étais le plus proche au monde, mais je n'avais jamais évoqué tout cela avec eux. Alors, pourquoi me sentais-je coupable à l'idée de ne pas m'être confiée davantage à une lycéenne ?

—Seth, repris-je en écartant ma chaise. Il faut que j'y aille, j'ai à faire…

—Vous n'avez pas touché à votre tarte…

Je tendis la main vers ma tasse de thé afin d'en déguster la dernière gorgée, puis renonçai.

—Vous avez mangé la vôtre avant même que j'arrive !

Je me levai.

—J'allais en commander une autre.

—Prenez la mienne.

Seth jeta un coup d'œil sur la part de tarte qui trônait devant moi et fronça les sourcils.

—Jess, vous savez bien que je déteste la meringue au citron !

—Comment ai-je pu l'oublier ? La prochaine fois, je commanderai l'une de vos tartes préférées !

Je n'avais toujours pas l'intention de révéler la vérité à Kristi Powell concernant ma première enquête criminelle, mais j'avais le sentiment de lui devoir davantage d'explications que celles que je lui avais données. J'avais l'habitude de ne jamais esquiver les questions durant une interview, car j'avais adopté cette règle selon laquelle dire toujours la vérité évite d'avoir à se souvenir de ce que l'on a pu dire. Si je n'avais pas menti à Kristi, je n'avais pas non plus été totalement franche. Si elle avait été une adulte qui parvenait à vivre de sa signature, je n'aurais eu aucun remords d'avoir omis certains détails. Mais elle n'était encore qu'une lycéenne impressionnable et idéaliste. Et en tant qu'ancienne enseignante, j'avais le sentiment que je devais l'aider plus que ce que j'avais fait jusqu'alors.

Je me rappelai que Kristi avait dit qu'elle avait une tâche urgente à terminer, ce qui signifiait que j'avais peut-être une chance de la trouver encore au lycée plusieurs heures après avoir pris congé d'elle. J'enfourchai donc ma bicyclette garée devant chez Mara et me dirigeai vers le lycée, puis attendis devant l'entrée principale en souriant à la caméra, pour que l'on m'ouvre la porte. J'entendis un bip, puis le cliquetis de l'ouverture.

Je ne suis même pas sûre que lorsque j'enseignais ici, autrefois, la porte d'entrée était fermée à clé la nuit. Mais désormais, l'établissement en était réduit à prendre des mesures de sécurité. J'étais heureuse qu'il n'ait cependant pas été pourvu de ces portiques détecteurs de métaux couramment installés dans les lycées de banlieue, mais je regrettais qu'il soit devenu nécessaire de prendre autant de précautions. N'y avait-il plus d'endroit sûr ?

Jen Sweeney, la proviseure du lycée, sortait tout juste de son bureau, transportant une pile de livres, au moment où j'entrais dans l'établissement.

—Madame Fletcher, je suis heureuse de vous voir !

Elle s'aperçut que je scrutais les bouquins qu'elle portait.

—Ah… ça ? Je fais des rondes tous les jours pour ramasser les livres de la bibliothèque qui n'ont pas été rangés avant qu'ils ne disparaissent. Nos budgets étant limités, nous ne pouvons pas nous permettre de perdre un seul ouvrage.

—En tant que présidente du groupe local des Amis de la Bibliothèque, madame Sweeney, je trouve votre intention des plus nobles et ne peux que saluer votre effort…

—Qu'est-ce qui vous amène dans notre humble établissement ? Participez-vous au programme de mentorat des élèves de terminale, cette année ?

Je secouai la tête.

—Je ne crois pas avoir trouvé d'écrivain en herbe à prendre sous mon aile.

—Dommage qu'aucun élève n'ait pensé à profiter de l'un de nos trésors locaux !

—La côte a bien plus d'attraits…

—J'espère que vous ne m'en voudrez pas… J'ai donné votre adresse e-mail à notre nouveau professeur d'écriture créative responsable des cours avancés.

—Vous avez bien fait. Cela me fera plaisir de rencontrer les étudiants si l'occasion se présente.

—Merci, madame Fletcher ! s'exclama Jen Sweeney, en transférant les livres de son bras droit sur son bras gauche. Que puis-je faire pour vous ?

—L'une de vos élèves m'a interviewée aujourd'hui pour rédiger un article pour le journal du lycée…

—Le *Eagle* a été primé, vous savez !

—Non, je l'ignorais.

—Il a été désigné trois fois d'affilée « journal lycéen de l'année de Nouvelle-Angleterre », et six fois pour le Maine, énonça Jen Sweeney en arborant un large sourire. Nous gagnons à tous les coups ! Qui vous a interviewée ?

—Kristi Powell.

—Elle a elle-même obtenu plusieurs prix, dont celui de l'article de l'année.

—Je l'ignorais également.

—Je suis étonnée qu'elle ne vous l'ait ni mentionné ni évoqué le succès du journal, madame Fletcher. C'est un peu bizarre…

—Elle voulait peut-être faire preuve de modestie.

Jen Sweeney ne paraissait pas convaincue.

—Les lycéens sont rarement modestes.

—Je suppose. En tout cas, elle m'a dit qu'elle avait un travail à terminer. Je suis passée voir si elle était encore là. Vous comprenez, j'ai bien peur d'avoir manqué de précision au sujet de l'une des questions qu'elle m'a posées, et depuis, je m'en veux !

—Je suis sûre que cela n'a pas grande importance.

—Peut-être. Mais si je veux dormir sur mes deux oreilles cette nuit, je dois me rattraper, ou du moins me faire pardonner d'une manière ou d'une autre.

—Le fait d'être venue jusqu'ici est déjà plus que suffisant pour être pardonnée, ajouta Jen Sweeney, en posant sur un banc en bois à proximité de son bureau les livres qu'elle transportait. Je les ramènerai à la bibliothèque plus tard. Puis-je vous conduire au local de notre journal ?

Avez-vous remarqué que tous les lycées ont la même odeur ? Les couloirs sont souvent remplis d'effluves mêlant vieux détergents, linoléum, papier, senteurs antiques et carreaux surchauffés par le soleil. Durant la journée de cours, ces odeurs sont masquées par des parfums, de l'eau de Cologne, des déodorants et autres produits cosmétiques, mais ensuite, lorsque les bâtiments se vident, l'odeur des lieux reprend le dessus.

—Nous y sommes, déclara Jen Sweeney, alors que nous arrivions devant une porte ouverte située à l'extrémité du couloir du rez-de-chaussée.

Je pouvais percevoir à l'intérieur le crépitement régulier et rythmique des touches des claviers d'ordinateurs – pour tenir les délais, avait affirmé Kristi Powell. Il y avait là de jeunes esprits créatifs croyant encore que tout était possible. Il m'était arrivé de donner occasionnellement des cours d'anglais ou d'écriture dans ce lycée, mais ce son me rappela l'émotion que j'avais ressentie durant la période où j'étais partie enseigner l'écriture et la criminologie à la Manhattan University de New York. C'était la première fois que j'enseignais de nouveau après avoir quitté le lycée de Cabot Cove. Comme j'avais conservé mon appartement de

Manhattan, je revenais de temps à autre au lycée pour une semaine, mais tout était différent. Je n'avais rien tant aimé que d'apprendre à connaître mes élèves, et les voir grandir et évoluer ; mais mes visites occasionnelles ne me permettaient plus ce luxe.

—Puis-je entrer ? demanda Jen Sweeney aux étudiants groupés devant elle dans les locaux du journal. J'ai une surprise pour vous. Je suis certaine que vous avez tous entendu parler de Jessica Fletcher, notre célèbre résidente de Cabot Cove auteure de best-sellers.

Je manquai l'occasion de faire mon entrée au bon moment. J'étais perdue dans mes pensées, me demandant si je devais répondre, une fois pour toutes, à la question que j'esquivais depuis vingt-cinq ans – et que j'avais encore évitée ce jour même, lorsque j'avais été interviewée par Kristi.

Quelle est la première énigme que vous avez résolue ?

S'il était temps pour moi de me rattraper, le meilleur moyen ne serait-il pas de laisser une lycéenne être la première à relater les derniers jours que j'ai passés au lycée d'Appleton ? Il y avait là une certaine logique, et je me plus à penser, en pénétrant dans les locaux du *Eagle*, qu'accorder une interview à Kristi pourrait servir un objectif plus noble. La jeune fille obtiendrait peut-être un nouveau prix. À cette pensée, je souris – il sortirait quelque chose de positif d'une expérience que j'avais longtemps bannie de ma mémoire.

En regardant autour de moi, je fus incapable de repérer Kristi parmi les visages interrogateurs qui m'entouraient.

—Kristi, madame Fletcher aimerait s'entretenir avec toi, annonça la proviseure à une jeune fille assise dans un coin, devant moi.

J'eus un frisson.

Je n'avais jamais vu cette jeune fille de ma vie.

4

— Même pour une personne comme vous, l'affaire est étrange, madame Fletcher ! s'exclama le shérif, Mortimer Metzger, assis en face de moi derrière son bureau du département du shérif de Cabot Cove.

—Pourquoi me donnez-vous du *madame Fletcher* aujourd'hui, Mortimer ?

—Parce que nous sommes au bureau. Il s'agit donc d'une visite officielle de votre part, et de temps à autre, j'aime incarner un officier de police professionnel.

—Mais vous n'avez rien à prouver… Vous avez passé vingt-cinq ans au NYPD[1], lui rappelai-je.

—Oui. Et je n'oublierai jamais le fait que mon prédécesseur, Amos Tupper, ne m'avait pas donné le moindre indice sur ce qui m'attendait quand j'ai accepté le poste…

Je m'adossai à ma chaise.

—Que pensez-vous de tout cela ?

—Que je devrais vous ramener en voiture à votre hôtel, pour que vous n'ayez pas à faire du vélo dans le noir !

---

1 NYPD : *New York Police Department*, service de police de New York.

—Je parlais de la jeune femme qui a usurpé l'identité de la rédactrice du journal du lycée…

—Est-ce un crime ?

—À vous de me le dire, Mortimer. Vous êtes le shérif.

Il posa son éternel bloc-notes, qui semblait ne jamais être à court de feuilles, sur le sous-main usé de son bureau, devant lui. Le sous-main était constellé de tant de taches circulaires de café que certaines d'entre elles se superposaient.

—Je me demande bien pourquoi quelqu'un voudrait se faire passer pour une lycéenne…

—Pour obtenir des réponses de ma part.

—Lui avez-vous dit ce qu'elle voulait savoir, Jessica ?

—Non et je ne le ferai pas…

Mortimer se leva de sa chaise et s'assit près de moi sur un coin de son bureau.

—Avez-vous parlé à la véritable Kristi Powell, au lycée ?

—Oui.

—Et ?

—Pour être honnête, je pense qu'elle n'avait jamais entendu parler de moi.

—Mais… a-t-elle réellement reçu des prix pour son travail ?

J'ai acquiescé.

—Vous pensez que cela a de l'importance ?

—Je n'en ai aucune idée, Jessica, car rien de tout cela n'a de sens, me répondit-il en me fixant d'en haut, juché sur son bureau, l'air perplexe. La jeune femme ne vous a présenté aucune carte professionnelle ?

—Non.

—Et comment vous a-t-elle contactée ?

—Par téléphone.

—Dans votre chambre du Hill House ou sur votre portable ?

—Au Hill House. Si elle m'avait appelée sur mon portable, je me serais méfiée et lui aurais demandé où elle avait obtenu mon numéro.

—De la part d'une jeune journaliste prête à tout ? Elle a sûrement une foule de contacts… Vous savez, les femmes de service, les surveillants, le gardien du bâtiment… Le genre de personnes qui savent où les corps sont enterrés.

—Vous n'êtes pas drôle, Mortimer.

—Je sais, mais je n'ai aucune certitude. Et vous avez laissé une parfaite étrangère pénétrer chez vous sans vérifier son identité au préalable.

—Nous avions rendez-vous chez Mara !

—Ce n'était qu'une supposition. Vous savez, j'organise de temps à autre des réunions sur la sécurité autour d'un café. Vous pourriez venir y assister. Quant à moi, je vais devoir rencontrer cette Kristi Powell…

—Comme je vous l'ai dit, je ne sais pas qui elle est…

—Je parle de la vraie.

—Avez-vous vraiment besoin de la rencontrer ?

—À votre avis ? La personne qui a usurpé son identité l'a peut-être contactée pour lui soutirer quelques informations.

—Je ne pense pas. Comme vous l'avez dit, la véritable Kristi a remporté des prix. Or, la fausse Kristi ne l'a jamais mentionné, alors qu'elle l'aurait sûrement fait si elle avait fait ses devoirs comme il faut !

—Évitez les jeux de mots… Cette affaire concerne le lycée, après tout !

—L'usurpatrice n'était pas une lycéenne, Mortimer. Elle s'était simplement apprêtée pour ressembler à une jeune fille.

—Et quel âge avait-elle, selon vous ?

—C'est difficile à dire de nos jours. Je n'en ai aucune idée !

—Et vous vous qualifiez d'enquêtrice ?

—Je me qualifie d'écrivaine…

—Hmmm, j'ai l'impression que vous êtes fâchée.

—La journée a été longue, c'est tout, rétorquai-je.

Je songeai à cette invitation au départ en retraite d'une ancienne collègue d'Appleton, qui venait s'ajouter à toutes ces questions sur ma première implication dans une enquête pour meurtre.

—J'ai l'impression que le passé me rattrape, repris-je.

—Que voulez-vous dire ?

—Je vous répondrai lorsque je saurai exactement de quoi il retourne. Bien sûr, il y a eu ce meurtre…

—C'est la première fois que vous le mentionnez !

—Cela s'est passé il y a vingt-cinq ans, lorsque j'étais professeure suppléante à Appleton.

—Je ne connais pas.

—C'est à une demi-heure d'ici, Mortimer.

—Ah, cet Appleton-là ? Vous dites qu'il y a eu un meurtre à l'école ?

Je hochai la tête, et à ce moment précis, je me rendis compte de quelque chose : il y avait une anomalie qui ne m'avait pas frappée auparavant, que j'avais en quelque sorte laissée passer.

—Je vois à votre expression que quelque chose vous a effleuré l'esprit, madame Fletcher…

—Et quoi donc, shérif Metzger ?

—Quelque chose que vous n'êtes pas près de me dire…

—Ce n'est rien, je pense.

—Avec vous, ce n'est *jamais* rien.

—Nous verrons bien… quand je vous en parlerai, Mortimer.

Je retrouvai Seth pour dîner au Mara.

—Je pense que je vais prendre le pain de viande, dis-je en refermant le menu.

—Vous prenez systématiquement le pain de viande…

—Non, je prends toujours le plat du jour, et il s'avère que c'est souvent du pain de viande…

—Pour moi, ce sera un club-sandwich ! affirma Seth en refermant également son menu.

—À la dinde, j'imagine.

—On ne peut rien vous cacher, vous savez ?

—Vous prenez toujours la même chose, aussi !

—Mieux vaut être prévisible, Jess.

Seth posa son menu devant lui et me dévisagea d'un air sérieux.

—Pourriez-vous m'en dire un peu plus sur Wilma Tisdale ? demanda-t-il.

Il parlait de la femme qui m'avait invitée à la fête pour son départ en retraite, qui avait lieu le samedi suivant.

—Je n'ai pas grand-chose à en dire, répondis-je en haussant les épaules. Je ne me souviens pas bien d'elle. Elle enseignait les maths, et nous déjeunions parfois ensemble parce qu'elle était suppléante, elle aussi, au début.

—Vous étiez proches ?

—Pas particulièrement. J'ai d'ailleurs laissé toutes mes fréquentations derrière moi lorsque Frank et moi avons quitté Appleton pour Cabot Cove.

—Je suppose que vous aviez une bonne raison de le faire... suggéra Seth, avant d'avaler une petite gorgée d'eau.

—Eh bien, il y a eu un mort...

—Il s'agissait d'un meurtre, n'est-ce pas ?

J'approuvai d'un signe de tête, sirotant le thé que le serveur venait de déposer devant moi.

—Avec vous, il y a toujours un meurtre, Jessica, mais je ne me souviens pas que vous m'en ayez beaucoup parlé.

—J'ai mes raisons, Seth.

—Lesquelles ?

—Cela n'a pas grand intérêt.

—Cela a *toujours* de l'intérêt, quand il y a eu un meurtre...

—Pas cette fois. Je n'y ai jamais beaucoup réfléchi auparavant, mais il me semble qu'il est devenu plus facile pour moi de parler des meurtres que je résolvais dans la vie réelle lorsque j'ai commencé à imaginer des meurtres fictifs.

—Je comprends, dit Seth. Votre expérience à Appleton est différente, parce que vous n'aviez pas encore publié de livres.

—En tout cas, pas de romans policiers.

—Vous aviez publié d'autres livres ?

—J'ai fait des études de journalisme à Harrison College, vous savez.

—Oui, mais cela ne répond pas à ma question.

—Eh bien, j'ai publié d'autres textes que des romans policiers, mais peu en réalité.

Tandis que nous commandions nos plats, Seth me sembla attendre que notre serveuse, Clara, se soit éloignée pour aborder un autre sujet.

—Je n'avais jamais entendu parler de quelqu'un qui se serait fait passer pour une lycéenne.

J'avalai une autre gorgée de thé.

—Je n'ai eu aucun soupçon durant l'interview, vraiment aucun. Cela a dû lui sembler facile.

—Si cela se passait dans l'un de vos livres, comment feriez-vous pour découvrir ses motivations ?

—Eh bien, dis-je en pesant mes mots, je m'attacherais à ce qu'elle souhaite savoir, en analysant ses questions.

—Soit…

—Et dans ce cas, cela concernerait Appleton.

—Le meurtre ?

J'acquiesçai.

—Quand je repense à notre conversation, j'ai l'impression qu'elle connaissait déjà la réponse à ses questions et qu'elle voulait simplement obtenir davantage de détails, ajoutai-je.

—Au sujet d'un meurtre qui s'est produit avant sa naissance, sans doute. Mais pourquoi, à votre avis ?

Je haussai de nouveau les épaules.

—Je ne peux que supposer qu'un fait nouveau entre en ligne de compte, quelque chose dont je n'ai pas connaissance…

—Si vous le souhaitez, je peux vous conduire jusqu'à Appleton demain après-midi, *pas de souci.*

—Il faut que j'y réfléchisse.

—Cela veut dire non ?

Je secouai la tête.

—Je veux simplement y réfléchir. Je ne suis pas certaine que ce soit utile au bout de tant d'années. À mon avis, il ne reste qu'une poignée de professeurs qui étaient là à l'époque, et je vais sans doute les rencontrer à la soirée de samedi.

—Vous allez donc à cette soirée…

—Je n'ai pas encore confirmé…

—Mais je suis sûr que vous vous y rendrez, maintenant. Les affaires sont les affaires.

—Nous parlons d'un meurtre, Seth.

—Pour vous, cela est chose courante.

Mortimer m'avait déposée au Mara avec ma bicyclette, et j'insistai pour rentrer à vélo à mon hôtel, malgré les protestations de Seth.

—Il ne faudra pas m'en vouloir si, la prochaine fois, vous me voyez à votre chevet sur un lit d'hôpital.

—Je ne vous en voudrais pas, promis.

—Parce que je ne peux rien faire contre l'imprudence. Il n'y a pas de remède contre cela et je n'ai pas envie que vous accrochiez quelqu'un sur le trottoir.

—Votre manière de vous adresser à vos patients pourrait être améliorée, Seth.

—Vraiment ? répondit Seth en levant les yeux au ciel d'un air comique. Parce que je me moque bien de votre avis…

Au lieu de rentrer directement à Hill House, je me rendis à la bibliothèque à vélo. Doris Ann, la bibliothécaire, m'accueillit chaleureusement, comme à son habitude, et m'indiqua où se trouvaient les anciens albums des différentes promotions du lycée.

Je me disais que, comme elle semblait connaître les lieux, la jeune femme qui avait usurpé l'identité de Kristi Powell pouvait être une ancienne résidente de la ville qui avait fréquenté le lycée. Je résolus d'examiner les photos prises entre cinq et dix ans auparavant, la période à laquelle la jeune femme avait dû étudier au lycée. Je me souvenais avec suffisamment de précision de ses traits pour la reconnaître sur les portraits des classes de terminale. Je commençai par les albums d'il y a quatre ans, et remontai jusqu'à une dizaine d'années en arrière, imaginant qu'elle ne devait pas avoir plus de 28 ans.

Deux heures plus tard, la vue brouillée et les doigts endoloris par des coupures de papier, j'abandonnai. La ressemblance entre les jeunes gens de cette tranche d'âge, en particulier dans les albums des promotions, ne m'avait jamais frappée à ce point. Lorsque j'eus terminé, les visages se succédaient dans mon esprit, et je craignais de les voir défiler toute la nuit durant mon sommeil. Il y avait au moins cinq jeunes femmes, et peut-être même une vingtaine d'entre elles *susceptibles* de correspondre à celle qui m'avait interviewée plus tôt sous l'identité de Kristi Powell. Je relevai leurs noms et toute autre information pertinente à leur sujet, avec l'intention de consulter d'autres registres de Cabot Cove afin de déterminer si des éléments se recoupaient. Avec l'aide de Doris Ann, j'aurais sans doute pu le faire sur place, à la bibliothèque, mais il était trop tard pour l'ennuyer avec cela maintenant, et je pouvais m'y consacrer le lendemain.

—Puis-je vous être utile, Jessica ? me demanda Doris Ann, en se penchant par-dessus mon épaule.

—Est-ce l'heure de la fermeture ?

—C'était il y a une vingtaine de minutes, répondit-elle en hochant la tête, mais je dois terminer un inventaire et un catalogage, alors vous pouvez rester…

—Merci. Oui, j'aurais peut-être besoin de votre aide… m'interrompis-je en lui tendant la liste que j'avais rédigée. Si vous avez une idée de ce que sont devenues ces filles, qui ont toutes étudié au lycée de Cabot Cove, je vous serais réellement redevable.

—Que voulez-vous savoir au juste ?

—S'il s'est produit quelque chose d'inhabituel, répondis-je. Si des faits étranges se sont déroulés. Oh… et puis, si l'une d'elles est devenue écrivaine, ou du moins le souhaitait.

Doris Ann examina la liste, puis leva les yeux vers moi.

—Cela a-t-il un rapport avec une affaire sur laquelle vous travaillez ?

—Je n'en suis pas certaine, dis-je, quand une idée me traversa l'esprit. Au fait, ne stockez-vous pas les albums sur un support numérique ?

—Non, mais je pense qu'ils sont en ligne.

C'était bien le cas. Je parcourus les albums plus anciens correspondant à sept années d'affilée sans obtenir le moindre résultat. Après cela, je me sentis submergée de fatigue. J'arrêtai donc de noter les noms des jeunes filles qui pouvaient correspondre à la fausse Kristi, car leurs visages se superposaient les uns aux autres tant et si bien que j'avais l'impression que tous pouvaient être l'usurpatrice, sans pourtant parvenir à l'identifier. Je décidai de jeter de nouveau un œil sur ces visages le lendemain matin, soit en retournant à la bibliothèque, soit sur mon ordinateur, dans la suite que je louais à Hill House.

Mais en regagnant l'hôtel à vélo, je me sentis revigorée par l'air frais de l'automne. J'allumai donc mon ordinateur dans l'intention de poursuivre mes recherches, quand un souvenir refit surface. Pour un livre que j'avais écrit il y a quelques années, intitulé *Le Chant du cadavre*, j'avais effectué des recherches considérables sur les logiciels de reconnaissance faciale. J'avais même téléchargé un programme professionnel afin de me permettre de me familiariser avec pour bien l'utiliser.

J'aurais probablement dû être épuisée, mais je me rendis compte que je venais de passer quelques minutes à utiliser le logiciel pour tracer approximativement les traits de la jeune femme. Deux heures plus tard, je me trouvais encore devant mon ordinateur et étais parvenue à obtenir un croquis plutôt ressemblant de son visage. Une heure supplémentaire me permit d'affiner les détails de ses traits et de restituer l'aspect de ses lunettes avec une fidélité qui m'enthousiasma… J'étais presque prête à accepter l'offre de Seth Hazlitt de me conduire à Appleton dans l'après-midi uniquement pour faire circuler le portrait-robot.

Je ne possédais pas d'imprimante couleur. En revanche, il y en avait une dans les locaux du département du shérif et une à la bibliothèque, et je me sentais si fébrile que je décidai d'envoyer sur-le-champ le portrait par e-mail à Mortimer. Finalement, je composai son numéro sur mon portable.

—Savez-vous quelle heure il est ? me dit-il d'un ton embrumé.

—Aucune idée. Je suis désolée, Mortimer. Je me suis laissé entraîner par mes recherches…

—Qui est mort ?

—Pour l'instant, personne, répondis-je.

Je lui expliquai que j'avais passé la nuit à établir un portrait-robot de la jeune femme.

—Vous devriez aller dormir, dit-il d'un ton sec lorsque j'eus terminé.

—Vous n'avez pas de meilleur conseil ?

—C'est le mieux que je puisse faire à une heure du matin, Jessica.

—Désolée d'avoir interrompu votre nuit, Mortimer. Comment pourrais-je me rattraper ?

—Tiens donc ! Vous souvenez-vous de ce que vous n'avez pas voulu me révéler aujourd'hui au bureau ?

—Dites-moi…

J'entendis le shérif bâiller à l'autre bout de la ligne.

—Ce premier meurtre dans lequel vous avez été impliquée, celui qui intéressait tant votre usurpatrice, et qui s'est déroulé il y a vingt-cinq ans…

—Eh bien ?

—J'aimerais en savoir plus.

5

Vingt-cinq ans auparavant...

— Il faudrait me passer sur le corps.

— Tu disais, Jess ? me demanda brusquement Frank.

Il me fit une telle frayeur que je faillis tomber de ma chaise. J'étais penchée sur une pile de copies et n'avais même pas terminé d'en corriger une seule, incapable de chasser de mon esprit la conversation téléphonique que j'avais surprise l'après-midi même devant le bureau de Walter Reavis. J'avais détalé sans honorer le rendez-vous quc nous avions pris pour discuter de mon remplacement à temps plein de Bill Gower. Cette perspective m'avait pourtant tenue en haleine toute la journée, mais je n'avais pu que m'éclipser afin que Walter ne puisse penser que j'avais entendu sa conversation.

—Je réfléchissais à voix haute, c'est tout, parvins-je à dire, en m'éclaircissant la voix.

Je n'avais aucune idée de ce que Frank avait pu entendre. Walter Reavis avait une vie personnelle, comme tout un chacun, et je supposais que j'avais surpris une dispute avec sa femme ou à propos de ses enfants. Sa fille aînée était à Appleton – en première, je crois. Ou peut-être s'était-il disputé avec l'un de ses enfants. Il avait également une fille à l'école primaire et un fils qui venait d'entrer dans l'armée.

—Bon, me dit Frank en souriant, si tu peux t'arracher à ton travail, j'ai une surprise pour toi.

Je remarquai que Grady avait enfilé sa veste et semblait impatient de partir. Je me souvins alors de cette surprise qu'avait évoquée Frank juste après le petit-déjeuner.

—Maintenant ? La journée a été longue. Cela ne peut pas attendre demain ?

Frank me tendit la main et m'aida à me lever de ma chaise.

—Non, ma chère, cela ne peut attendre demain. C'est pourquoi c'est une surprise. Viens ! Allons-y tant que nous avons encore un peu d'énergie.

Je souris, heureuse qu'il soit parvenu à me remonter le moral comme il l'avait fait tant de fois déjà. Frank avait été un héros de guerre dans l'Air Force et avait subi beaucoup d'épreuves. C'était un homme qui parvenait à faire bonne figure devant ses hommes, quelle que soit la situation. C'était une chose de passer sa vie dans l'armée, une autre de combattre, et Frank en avait supporté plus que sa part.

Nous nous étions rencontrés alors que nous fabriquions des décors pour une pièce au théâtre d'Appleton il y a des années. Deux adultes célibataires auraient pu donner l'impression d'être solitaires, mais nous étions parvenus à construire chacun de notre côté une vie très riche, et notre rencontre constitua la « cerise sur le gâteau ». Avec ses cheveux prématurément gris et son goût pour les cardigans, Frank paraissait plus âgé qu'il ne l'était en réalité. Ses yeux étaient du bleu le plus vif que j'aie jamais vu, d'un bleu qu'un écrivain aurait pu qualifier de « pénétrant ». Mais ils étaient chaleureux et rassurants, faisant à merveille écho au sourire dont il gratifiait rapidement et fréquemment son entourage. J'avais le sentiment que son expérience de la guerre l'avait rendu reconnaissant pour les petits riens que la plupart d'entre nous tiennent pour acquis dans l'existence. Il avait donc une personnalité opposée à la mienne, car j'avais pour ma part tendance à me focaliser sur les plus petits détails et à me lamenter à souhait sur ce qui n'allait pas dans ma vie.

J'avais quitté l'université avec tant de rêves, et des années plus tard, lorsque j'avais rencontré Frank, il me semblait qu'aucun de ceux-ci ne s'était concrétisé. Pendant une grande partie de ces années, j'avais tenté d'être employée au sein d'un grand quotidien tel que le *Boston Globe*, mais n'étais même pas parvenue à travailler pour le journal local d'Appleton ni pour le quotidien du New Hampshire qui avait ses bureaux en ville, où je m'étais installée peu de temps après avoir obtenu mon diplôme. C'est pourquoi j'avais attendu impatiemment mon rendez-vous avec Walter Reavis. Devenir enseignante à plein temps n'avait jamais été mon rêve, mais j'aimais enseigner, et cela me laisserait du temps pour me consacrer à ma passion de l'écriture.

Tandis que Frank m'aidait à enfiler mon manteau, la réaction de mes élèves – ceux de Bill Gower en réalité – vis-à-vis de l'histoire que j'avais écrite me revint brusquement en mémoire. D'une certaine manière, j'avais de la chance d'être sur le point de décrocher un emploi à plein temps. *Le destin me joue des tours*, pensai-je, dans la mesure où mon rendez-vous avec le proviseur avait été programmé à peine quelques heures après qu'un groupe d'adolescents d'une quinzaine d'années avait décrété que je ne valais pas un clou comme auteure.

Toutefois, la jeune Missy avait bien compris qu'elle lisait une nouvelle policière. Comme j'avais une prédilection pour les histoires à suspense, je suppose que cela avait influé sur le texte que j'avais rédigé, en rêvant qu'il paraisse dans le *New Yorker*.

—Où allons-nous ? demandai-je à Frank, tandis qu'il attrapait ses clés suspendues à un crochet près de la porte. Je devrais être en train de préparer à dîner.

—Il n'y a pas d'urgence. Je veux voir la tête que tu feras.

—Comment cela ?

Il fit un signe de tête à Grady, qui lui répondit :

—Tu verras bien lorsque nous serons arrivés.

—Cabot Cove ? demandai-je, vingt minutes plus tard, lorsque nous dépassâmes les limites de la ville, en empruntant une route qui longeait la côte. Qu'avez-vous bien pu prévoir comme surprise à Cabot Cove ?

Frank consulta sa montre, alors qu'il aurait été plus simple de consulter l'horloge du tableau de bord. C'était une habitude qu'il avait prise durant la guerre. Il portait la même montre depuis toujours. Je ne suis même pas certaine de l'avoir vu la retirer un jour.

—Tu sais bien que lorsque je parle en conduisant, je ralentis, et si je ralentis, nous allons manquer notre rendez-vous. Je n'aimerais pas être en retard…

—Frank ?

—Oui ?

—Tu es en train de parler en conduisant !

Il jeta un coup d'œil sur le compteur et constata qu'il avait ralenti, et roulait à une vitesse bien inférieure à la limite autorisée.

La voix de Grady s'éleva depuis le siège arrière :

—Pourquoi tu ne prends pas le volant, tante Jess ?

—Parce que je n'ai pas le permis.

Le petit garçon leva les yeux au ciel.

—Tous les adultes savent conduire, tante Jess…

—Tu sais, intervint Frank, je pourrais t'apprendre. Après tout, je t'ai déjà appris à piloter.

—Oui, mais ce n'est pas la même chose.

—Pourquoi ?

—Nous avions le ciel pour nous tout seuls.

—Si tu peux décrocher ton brevet de pilote, tu es capable d'obtenir ton permis de conduire, ma chérie…

—J'ai mon vélo, et au besoin, tu peux me servir de chauffeur…

—Je ne serai pas toujours disponible, Jess.

—Frank ?

—Oui ?

—Tu as encore ralenti !

Après avoir dépassé les rues de la périphérie de Cabot Cove, la voiture parvint dans le centre-ville pittoresque bordé de boutiques présentes depuis des générations. Frank et moi nous répétions souvent qu'il serait merveilleux d'y vivre, même si les maisons étaient bien au-delà de nos moyens. Quoique… maintenant que j'étais sur le point d'être embauchée à plein temps au lycée d'Appleton…

« Rêver peut-être », comme l'avait écrit Shakespeare.

Même s'il ne parlait plus, Frank avançait lentement, vérifiant soigneusement les plaques de rues, comme s'il était perdu ou cherchait un endroit en particulier. Seules quelques lueurs persistaient dans le ciel lorsqu'il freina avec brusquerie, nous projetant vers l'avant Grady et moi.

—Frank, le réprimandai-je.

—Je ne voulais pas rater ce tournant, Jess.

Je regardai la plaque encore faiblement éclairée.

—Candlewood Lane ?

—Affirmatif.

—Cela me dit quelque chose…

—Affirmatif.

—C'est bien ici qu'un jour, nous sommes restés assis dans la voiture à admirer une maison pendant près d'une heure, n'est-ce pas ?

—Affirmatif, répondit Frank, en actionnant cette fois les freins beaucoup plus en douceur.

—C'était cette maison !

Je reconnus l'endroit lorsqu'il s'arrêta devant une belle maison victorienne, d'un blanc majestueux, au numéro 698.

—Affirmatif, répéta Frank une fois de plus. Elle est à vendre, et j'ai pensé que tu aurais aimé le savoir…

Grady et lui bondirent hors de la voiture, m'abandonnant sur le siège avant. J'avais les jambes coupées, trop occupée à admirer la demeure. Frank dut littéralement me tirer hors de la voiture, tandis qu'une femme souriante, aux cheveux du blond le plus pâle qu'il m'ait été donné de voir, s'approchait de nous.

—Madame Fletcher, je suis Eve Simpson, de l'agence immobilière de Cabot Cove. Je travaille pour Harry Pierce. Nous nous sommes déjà rencontrées à plusieurs reprises, se présenta-t-elle en m'adressant un sourire fugace.

—Vous l'avez déjà vendue ? demanda Frank, en jetant un coup d'œil sur la propriété.

—Non, elle n'est en vente que depuis midi, répondit Eve Simpson en regardant sa montre.

Elle devait être le genre de personnes dont les rendez-vous se succédaient sans interruption.

—Voudriez-vous voir la maison ? reprit-elle.

—C'est l'objet de notre visite, répondit Frank.

J'étais incapable de prononcer une parole, complètement fascinée par le lieu.

—Eh bien, vous arrivez à point nommé, madame Fletcher. Les propriétaires viennent de déménager et souhaitent vendre.

—Sont-ils prêts à baisser leur prix ? Nous sommes loin de pouvoir débourser une somme pareille…

—Ils pourront consentir à un léger rabais. Cela vous conviendrait-il ?

—Tout dépend du rabais, madame Simpson…

Dans le jardin, il y avait une balançoire sur laquelle Grady s'installa sous l'éclairage d'un lampadaire extérieur, tandis que Frank et moi nous tenions sous le porche, dans l'obscurité. Eve Simpson s'était éclipsée, nous laissant seuls, pour passer un appel sur son téléphone portable. Rares étaient les personnes qui en possédaient déjà un, et à en juger par le nombre de fois où Ève faisait répéter son interlocuteur, j'en comprenais les raisons. Je m'imaginai avec entre les mains un de ces engins dernier cri – moi qui ne comprenais même pas comment fonctionnait une voiture.

Cependant, avouons-le, je savais piloter.

—Nous ne pourrons jamais nous le permettre, Frank.

—Est-ce que tu me fais confiance, Jessica ?

Il baissa la voix de manière théâtrale – après tout, il avait été comédien avant de se consacrer à la décoration et à l'aménagement… Quant à moi, j'occupais la fonction de peintre, et je m'étais montrée si peu douée qu'il avait fallu refaire une grande partie de mes travaux. J'avais attribué cela au fait que je m'étais laissé distraire par Frank, mais je suis certaine que la compagnie de théâtre était ravie de se débarrasser de moi avant le spectacle suivant.

—J'ai un plan, poursuivit-il. Nous pouvons utiliser une partie de ma pension militaire à titre d'apport personnel.

—Frank, protestai-je.

—Chut, ma chère. Ne nous disputons pas maintenant. Tu m'as parlé de cette maison pendant deux jours consécutifs après l'avoir vue.

—Mais elle n'était pas à vendre, à l'époque. Je ne faisais que rêver.

Il s'approcha de moi, passa une main dans mes cheveux, puis la posa contre ma joue.

—J'adore l'air que tu as quand tu rêves !

—Comme lorsque je dors ?

Il posa sa main libre sur mon autre joue et m'attira plus près de lui.

—Tout le monde rêve lorsqu'il est endormi. Seuls les gens extraordinaires rêvent lorsqu'ils sont éveillés. Je te regarde t'évader et je me demande où tu es partie…

—Parfois, je ne le sais pas moi-même. Mon esprit commence à vagabonder et je me laisse emporter.

—Vers des lieux connus de toi seule. Faisons de cet endroit le tien aussi.

—Tu en es certain, Frank ?

—Je n'ai jamais été aussi sûr de moi de toute ma vie !

Je me tournai en direction de Grady, qui s'élevait de plus en plus haut sur sa balançoire, progressant vers le ciel :

—Mais, peut-on se le permettre ?

—Absolument pas. Nous trouverons bien un moyen, nous y arrivons toujours !

Nous entendîmes lc bruit régulier des talons d'Eve Simpson, signalant son retour.

—Alors, dit-elle, en brandissant son téléphone portable. Qu'en pensez-vous ?

Nous nous étions attardés un instant dans le jardin devant la maison lorsque Eve Simpson avait pris congé. Grady était dans la voiture, écoutant sa station de radio préférée, mais nous ne nous étions pas attendus à ce que ce moment se prolonge autant.

—Elle est magnifique, hein ?

La voix était celle d'un homme portant un gilet boutonné jusqu'au cou. Il arrivait de la rue voisine, située au-delà de l'extrémité du jardin, qui semblait s'étendre à l'infini.

—J'ai mis au monde les garçons qui vivaient ici, je les ai vus grandir et je leur ai fait leurs examens médicaux d'entrée à l'université. Aux trois, l'un après l'autre.

Il avait l'apparence d'un homme sympathique, aux cheveux poivre et sel, doté d'un petit ventre qui débordait légèrement de sa ceinture. Il enfonça une main dans une poche de son gilet, puis en sortit une paire de lunettes.

—Je suis capable de vous dire qui vit dans chaque maison aujourd'hui, et qui y vivait autrefois. Toutes ces demeures ont une histoire, la plupart du temps heureuse, mais parfois un peu moins.

Il jeta un regard sur le 698 Candlewood Lane.

—Celle-ci n'a eu qu'une histoire heureuse depuis sa construction, il y a quatre-vingt-dix ans. Je peux vous raconter toute l'histoire, si vous le souhaitez.

—Frank Fletcher, se présenta Frank en lui tendant la main. Et voici ma femme, Jessica.

—Seth Hazlitt, répondit l'homme en serrant la main de Frank. Avez-vous des enfants ?

Je m'apprêtai à lui fournir une explication lorsque Frank répondit simplement :

—Oui.

—Eh bien, il n'y a pas de meilleur endroit pour grandir que Cabot Cove. Si vous cherchez le mot « tranquille » dans le dictionnaire, vous trouverez une illustration de notre ville… La raison pour laquelle les gens déménagent, en réalité, est qu'il ne s'y passe rien. Quant à la criminalité, la plupart des personnes que je connais ne prennent même pas la peine de fermer leur porte. Il y a eu un meurtre il y a bien longtemps, mais personne ne s'en souvient. Vous serez très heureux, ici.

Il sortit une carte de visite de sa poche.

—Gardez cela en lieu sûr. Vous pourriez avoir besoin de mes services, une fois installés…

—Merci, docteur, répondit Frank en examinant la carte.

—Appelez-moi Seth, comme le font mes amis. Et si vous venez vivre à Cabot Cove, il y a de bonnes chances pour que nous devenions amis ! Tous mes patients sont mes amis – c'est une bonne chose, sauf lorsqu'il s'agit de se faire payer, poursuivit le médecin en souriant. Je vous laisse à votre maison, maintenant. Ne lui dites pas « au revoir » en partant. Dites-lui « à bientôt ».

Grady appuya sur le klaxon, donnant le signal du départ pour le docteur Hazlitt et nous-mêmes. Une fois dans la voiture, je continuai de regarder en arrière, malgré l'obscurité, la demeure du 698 Candlewood Lane, jusqu'à ce que Frank tourne à l'angle de la rue et qu'elle disparaisse. Mais je la voyais chaque fois que je fermais les yeux, et je pus à peine trouver le sommeil. J'étais à la fois enthousiaste à l'idée que nous puissions l'acheter, mais également inquiète parce que Frank, en voyant à quel point je l'aimais, ferait tout pour que nous l'obtenions. Je décidai donc d'insister pour que nous nous montrions raisonnables dans cette affaire, même si je savais que cela ne servirait à rien. Frank était aussi obstiné que moi lorsqu'il avait une idée en tête, et n'abandonnait pas la partie avant d'être arrivé à ses fins.

Cela dit, je me réveillai le lendemain en ne m'étant jamais sentie aussi confiante envers l'avenir. Grady s'était habitué à vivre avec nous, je m'apprêtais à avoir un poste à plein temps au lycée d'Appleton, et nous serions bientôt les propriétaires d'une superbe maison à Cabot Cove… J'étais impatiente que Frank me dépose à l'école afin que je puisse passer voir Walter Reavis pour lui expliquer pourquoi j'avais manqué notre rendez-vous, et je l'espérai, reprendre notre conversation à propos de mon avenir.

—Eh bien, que se passe-t-il ici ? demanda Frank, en freinant bien avant l'endroit où il me déposait habituellement.

Je levai les yeux de la pile de papiers que j'étais en train de trier sur mes genoux. Deux voitures de la police d'Appleton, quatre véhicules de la police de l'État du Maine et un break foncé dépourvu d'inscriptions étaient garés devant l'établissement.

—Il s'agit du break du médecin légiste, Jess, murmura Frank.

Je bondis aussitôt de la voiture, le tas de papiers que je tenais tomba sur le sol, et mon sac à main également. Heureusement, comme d'habitude, Frank avait déposé Grady à l'école primaire d'abord, ce qui nous évita d'avoir à expliquer à un enfant de huit ans ce qu'était un médecin légiste.

Je me précipitai devant l'établissement, où un certain nombre de mes collègues s'affairaient tandis que les élèves les dépassaient pour entrer discrètement en file indienne dans le bâtiment. Je n'avais jamais entendu un tel silence à cette heure de la journée. Le calme était tel que le ronronnement des cars me semblait amplifié. Je repérai Wilma Tisdale, qui venait vers moi.

—Oh, Jessica, murmura-t-elle en m'étreignant légèrement, tu es au courant ?

—C'est Walter Reavis, n'est-ce pas ? bafouillai-je, en jetant un regard en direction de l'établissement, la voix pleine d'appréhension.

Wilma hocha la tête tristement.

—Il est…

—… décédé, ajoutai-je, m'imaginant Walter découvert mort d'un infarctus ce matin dans son bureau, à la suite d'une dispute qu'il avait eue au téléphone et que j'avais surprise la veille, en fin d'après-midi.

—Et ce n'est pas tout, ajouta Wilma. Il a peut-être été assassiné.

6

De nos jours

— Il va falloir que vous terminiez votre récit plus tard, Jessica, m'interrompit Mortimer au téléphone.

Je regardai autour de moi le salon de ma suite, prenant conscience du temps qui avait passé et stupéfaite de l'heure qu'il était.

—Désolée, Mortimer, j'ai dû perdre la notion du temps. Encore une fois.

—Il ne s'agit pas de cela. Je viens de recevoir un texto. Un corps a été retrouvé. J'ai l'impression que nous avons aussi un meurtre sur les bras, maintenant.

—De qui s'agit-il ?

—Vous n'allez pas me croire, madame Fletcher : une femme qui correspond au signalement de votre intervieweuse d'hier matin.

Il avait raison : je ne le crus pas.

J'attendais devant mon hôtel, Hill House, lorsque Mortimer passa me chercher dans son SUV de fonction. Il communiqua par radio durant tout le trajet jusqu'à l'une des aires panoramiques de la région située à la périphérie de Cabot Cove. Je ne sais pas pourquoi les urbanistes du Maine ont cru qu'il serait judicieux d'aménager à cet effet de larges bandes de chaussée qui ressemblaient aux stations de pesage des camions que l'on trouve encore régulièrement sur le réseau routier de la côte est.

Ce panorama en particulier n'avait pas spécialement d'intérêt, le terrain qu'il surplombait étant mal entretenu. S'il avait pu autrefois être qualifié de « sauvage », il n'était désormais plus qu'un immense éboulis. Deux voitures de patrouille de Cabot Cove, dont les phares étaient allumés, étaient déjà présentes sur place, entourant une BMW ancienne et de taille plus modeste.

—Jolie voiture, pour une lycéenne ! s'exclama Mortimer, qui me fixa en fronçant les sourcils, comme s'il devait m'en vouloir parce que je n'avais pas deviné que quelque chose n'allait pas.

—La jeune femme était déjà attablée à l'intérieur lorsque je suis arrivée chez Mara, et nous sommes parties chacune de notre côté. Je n'ai donc jamais vu sa voiture. Et puis, ne tirons pas de conclusions hâtives tant que nous ne sommes pas sûrs qu'il s'agit bien d'elle.

Malheureusement, un coup d'œil à l'intérieur me confirma son identité. La jeune femme qui s'était présentée sous le nom de Kristi Powell avait manifestement été tuée par balle. De toutes les victimes que j'avais pu voir, celles qui avaient été tuées par une arme à feu m'avaient le plus marqué. Je ne saurais dire pourquoi exactement. En effet, un meurtre est un meurtre, et les moyens employés ont moins d'importance que l'acte en soi et le fait de rendre justice à la victime. Mais il y a ce caractère irrévocable de la blessure par balle, sa brutalité, le sang… Dans mes livres, un grand nombre de meurtres se produisent fortuitement, n'étant pas prémédités. Les meurtriers obéissent à une impulsion et commettent un acte sur lequel ils devront mentir et qu'ils devront dissimuler pour le reste de leur existence. En outre, mon expérience, issue partiellement de mes recherches, m'avait permis de comprendre que la majorité des meurtres perpétrés avec une arme à feu ne sont pas des actes commis par passion, mais qu'ils sont planifiés. Quelle que soit l'identité de cette jeune femme, son assassinat avait été prémédité.

La vitre, côté conducteur, était baissée, et la tête de la jeune femme reposait sur le rebord de la portière. La balle avait pénétré son crâne juste au-dessus de la tempe droite. Son corps formait un angle bizarre, comme si elle tendait la main vers un objet qu'elle n'aurait jamais l'occasion de saisir. Sa main gauche pendait à l'extérieur de la voiture, et son bras droit était retombé sur ses genoux. En jetant un coup d'œil à l'intérieur de la voiture, j'aperçus sur le sol une paire de lunettes. Il s'agissait de celle qu'elle portait chez Mara.

La jeune femme qui avait pris l'identité de Kristi Powell portait des vêtements très différents de ceux de la veille : des leggings noirs, de fines boots et une veste en cuir joliment ajustée lui arrivant à la taille – manifestement un vêtement de créateur.

—Dites-moi ce que vous en pensez, madame F., me demanda Mortimer, réutilisant le surnom qu'il m'avait attribué à ses débuts au poste de shérif de Cabot Cove.

Ce meurtre lui avait peut-être rappelé le temps passé.

—L'assassin se trouvait dans la voiture lorsqu'il a tiré sur la victime, indiquai-je.

Mortimer hocha la tête, tout en enfilant des gants en latex pour examiner la voiture.

—Et vous dites cela parce que…

—Pour les mêmes raisons qu'un policier qui a travaillé vingt-cinq ans au sein du NYPD le ferait, répondis-je en m'écartant légèrement de la vitre située côté conducteur. Si la victime n'avait pas connu la personne qui l'a tuée ou si le meurtrier s'était approché de ce côté, la balle aurait touché l'autre tempe et elle serait penchée en direction du siège du passager plutôt que vers la vitre.

Mortimer hocha de nouveau la tête. J'étais incapable de dire s'il avait déjà tiré des conclusions plus approfondies que les miennes, ou bien s'il pensait comme moi.

—Avez-vous remarqué autre chose ?

—Elle n'avait pas sa ceinture de sécurité. Je suppose qu'elle l'avait enlevée parce qu'elle attendait l'arrivée de quelqu'un.

—L'emplacement de la voiture semble l'indiquer également, madame F.

—Vous avez raison. Quelqu'un qui s'arrête sur le bas-côté pour téléphoner, réfléchir ou n'importe quelle autre raison se gare généralement en marche avant. Le fait que la victime ait reculé pour se placer près de la rambarde indique qu'elle avait rendez-vous, qu'il ne s'agissait pas d'une rencontre fortuite. Elle est arrivée la première et a vu le tueur arriver. Si elle était arrivée après lui, elle se serait garée à côté de son véhicule. Elle n'aurait pas eu besoin de faire marche arrière.

—Vous marquez un point, constata Mortimer, fixant l'asphalte comme si celui-ci pouvait livrer une information en dépit de l'obscurité. Je vais demander à l'équipe scientifique de la police du Maine d'examiner les traces de pneus.

—Il serait préférable d'installer un cordon de sécurité, dans ce cas.

Mortimer caressa son menton comme si je venais d'avoir une illumination.

—Quel génie vous faites ! C'est incroyable qu'un policier qui a travaillé pendant vingt-cinq ans à New York n'y ait même pas pensé !

J'ignorai sa remarque et contournai la BMW pour examiner l'autre côté, évitant de suggérer à Mortimer de relever les empreintes sur la portière.

—Le meurtrier a tiré sur elle depuis le siège passager. La victime a vu l'arme suffisamment tôt pour avoir le temps de se retourner, peut-être même de tenter de fuir. Cela explique la localisation inhabituelle de la blessure.

—Vous êtes sûre que le tueur n'a pas tiré sur elle de l'extérieur ?

—Je ne crois pas. Sa vitre est remontée, et je ne pense pas qu'elle était ouverte, car il fait froid. Et puis ouvrir la porte brutalement tout en visant serait difficile, même pour un tireur expérimenté. Non, Mortimer, affirmai-je en me tournant vers lui. Celui qui a tiré sur cette femme ne voulait pas rater son coup. Je pense que l'équipe scientifique va découvrir des traces de poudre qui montrent que la balle n'a pas été tirée de plus loin que 60 centimètres.

—Savez-vous ce que je viens de découvrir, madame F. ?

Je me demandai pourquoi il utilisait encore ce surnom.

—Avez-vous oublié de me dire quelque chose, shérif ?

—Une seconde balle.

—Une *seconde* balle ?

Mortimer dirigea sa lampe torche sur le plafond capitonné de la voiture, côté conducteur, au-dessus de la victime.

—Vous voyez ce petit creux, ici ? J'ai l'impression qu'il s'agit du premier coup qui a été tiré, mais que la victime a réussi à dévier la main du tireur et que la balle est partie de côté.

—Elle a peut-être tenté de frapper son agresseur, supposai-je, au moins pour tenter de s'enfuir plutôt que de lutter contre lui. Cela indique selon moi que la lutte aurait été déséquilibrée, et qu'elle ne pensait pas pouvoir prendre le dessus.

—C'était donc un homme.

—C'est ce que je m'apprêtais à dire.

—Vous vouliez me voler mon idée ? ironisa Mortimer en s'écartant de la BMW, tout en se caressant le menton et en laissant sa lampe torche balayer la scène sans but précis. En conclusion, près de douze heures après vous avoir interrogée, une jeune femme qui a affirmé être une lycéenne a été retrouvée morte.

—Il serait utile de reconstituer tout ce qu'elle a fait depuis douze heures. Elle a dû changer de tenue quelque part, et si nous regardons le contenu du coffre, je ne serais pas surprise d'y trouver un sac de voyage.

—Cela veut dire qu'elle a pu s'installer dans l'un des nombreux motels des environs, et il y en a des dizaines, se lamenta Mortimer. Je vais demander à mes adjoints de s'occuper de cela dès que nous disposerons de quelques photos.

Je pensai aussitôt au portrait-robot que j'avais établi de la jeune femme. Je regardai de nouveau son visage. La ressemblance était frappante. Mortimer était en train de balayer de nouveau la voiture de sa lampe torche. Il éclaira le siège avant, puis le siège arrière, jusqu'à ce qu'il découvre le sac à la mode posé par terre, derrière le siège conducteur. J'imaginai la victime le soulever pour le déposer à cet endroit lorsque le tueur s'était approché. Je visualisais les détails de la scène comme si j'y avais assisté. J'ignorai en revanche l'objet du rendez-vous ou la durée qui s'était écoulée avant que le coup de feu ne soit tiré.

—Il n'y a ni portefeuille ni carte d'identité, grommela Mortimer en fouillant délicatement le sac, muni de gants.

—Une tentative de faire croire à un vol à main armée ?

—Peut-être. Ou à un rendez-vous fixé sur l'un de ces sites de rencontre qui se serait mal passé.

—Tout pour nous mettre sur la mauvaise piste, approuvai-je.

Mortimer me lança un regard appuyé.

—Savez-vous à quoi je pense ?

—Oui, sans doute, car je suis arrivée à la même conclusion : le meurtre de la jeune femme et le fait qu'elle m'ait interviewée en se faisant passer pour une lycéenne sont certainement liés.

—Et au cours de ce rendez-vous, la victime a peut-être informé l'assassin de ce qu'elle avait appris.

—Excepté qu'elle n'a rien appris de plus que ce qu'elle aurait pu découvrir sur Internet. Je n'ai répondu à aucune de ses questions concernant le meurtre de Walter Reavis, mais il me semble qu'elle avait déjà un certain nombre d'informations concernant ma participation à l'enquête.

—Vous pensez que cela pourrait être un indice sur son identité ?

—Eh bien, très peu de gens savent ce qui s'est passé. Donc c'est possible, oui, car il semble que notre victime de meurtre en savait plus qu'elle ne le disait à propos du rôle que j'ai joué en livrant un criminel à la justice.

—Votre premier meurtrier… me taquina Mortimer, soudain d'humeur légère. Cela fait-il la même chose que le premier petit ami, le premier salaire, le premier…

—J'ai compris, l'interrompis-je, agacée.

—Dites-moi ce qui l'intéressait tant, au fait. Il me semble que vous ne m'avez toujours rien révélé.

—Vous êtes doué à ce petit jeu, répliquai-je.

—J'ai une certaine expérience des meurtres, madame Fletcher, même si elle n'est pas aussi étendue que la vôtre, bien sûr.

—La jeune femme voulait des informations sur le premier meurtre que j'ai résolu.

—Celui de Walter Reavis ?

Je hochai la tête, me rappelant où j'avais arrêté mon récit lorsque j'avais eu Mortimer au téléphone – je m'étais efforcée de le mémoriser.

—Mais elle n'a pas expliqué en quoi cela l'intéressait ?

—Elle ne m'a même pas réellement dit qui elle était. Elle s'est contentée de me poser des questions suffisamment imprécises pour ne pas éveiller mes soupçons.

—Vous pensiez que c'était une lycéenne… Qui se méfierait de ces jeunes filles pleines d'acné avec leurs téléphones portables ? poursuivit le shérif en me dévisageant. Vous voyez un lien entre le meurtre du proviseur de votre lycée il y a vingt-cinq ans et celui de ce soir ?

—Vous voulez dire de ce matin, le corrigeai-je.

—Ne changez pas de sujet.

Je portai les mains à mon visage.

—Mais au fait…

—Oh non… Je n'aime pas du tout quand vous prenez cet air-là !

—Il y a quelque chose que je ne vous ai pas dit, Mortimer.

—Oui, je sais…

—Non, c'est au sujet de la soirée de départ en retraite à laquelle j'ai été conviée. Je n'ai reçu l'invitation qu'aujourd'hui… Non, hier, en réalité, repris-je, en me rappelant ce dont j'avais pris conscience la veille.

—Et ?

—Hier, nous étions mardi, et nous sommes mercredi. Qui envoie une invitation dans un délai aussi court avant une soirée ?

—Qu'en pensez-vous ? Une décision de dernière minute, peut-être ?

—Il faut que j'appelle Wilma Tisdale.

Mortimer leva les yeux au ciel d'un air ironique.

—Vous devriez peut-être attendre le lever du jour, madame F.

—Arrêtez, avec ce madame F., répliquai-je, agacée.

Mortimer retourna près de la voiture examiner le corps de la jeune femme.

—Je vais relever ses empreintes digitales pour savoir si elle figure dans le fichier automatisé. Qui sait ? Nous apprendrons peut-être quelque chose.

—Je ne serais pas surprise. Ce n'était sans doute pas la première fois qu'elle commettait quelque chose d'illégal.

—Et mon expérience m'a appris que les personnes qui sont assassinées durant des rendez-vous tardifs, la nuit, sont rarement étrangères au monde de la criminalité. Mais j'ai cependant quelques bonnes nouvelles, madame F.

—Lesquelles ?

—Même si nous nous trouvons dans ma juridiction, la scène se trouve en dehors du périmètre urbain de Cabot Cove, techniquement. Cela veut dire que nous n'avons pas besoin de faire figurer le meurtre dans le registre du crime.

***

Il y a eu de rares fois dans mon existence où ma fatigue était telle que je ne parvenais plus à dormir. J'étais parvenue à ce stade.

Le soleil se levait lorsque Mortimer me déposa à Hill House. Je tirai les rideaux de la chambre de ma suite, de manière à obtenir l'obscurité la plus complète possible, et me mis au lit, comme s'il était l'heure à laquelle je me couchais habituellement. Une heure plus tard, le soleil perçant à travers les interstices entre les rideaux, je renonçai à dormir et allumai la télévision pour regarder une chaîne d'informations matinales.

Normalement, cela me permettait de m'assoupir, mais il ne s'agissait pas d'une journée ni d'une période normales. Tant de choses se bousculaient dans ma tête, concernant les événements de la journée, de la veille et d'il y a vingt-cinq ans, que je n'arrivais pas à mettre de l'ordre dans mes pensées.

L'image de la jeune femme qui s'était fait passer pour une lycéenne afin de m'interviewer dans la matinée et avait été assassinée le soir même ne cessait de me hanter. Comme j'étais tout aussi incapable de contrôler mon imagination dans mes enquêtes de la vie réelle que dans mes investigations fictives, je laissai libre cours à mes spéculations concernant deux points : qui était réellement cette femme ? Et que voulait-elle apprendre en m'interrogeant ?

Il était difficile pour moi de répondre à la première question, mais plus simple de répondre à la seconde. En effet, il m'avait paru déplacé que la jeune femme insiste pour que je lui parle du meurtre de Walter Reavis. Elle n'avait pas mentionné le nom de Walter ni montré qu'elle connaissait plus ou moins le dénouement de l'affaire, mais, avec le recul, il était évident que son interview était focalisée sur ce sujet, et non sur moi.

Comment savoir si, à mon insu, je ne lui avais pas fourni les renseignements qu'elle souhaitait obtenir ? Ou si un fait que je considérais comme insignifiant ne l'était absolument pas pour elle ? Une douzaine d'heures après cela, elle avait été assassinée, et il m'était impossible de ne pas faire le lien entre son meurtre et notre rendez-vous.

Finalement, je sombrai dans le sommeil et fus réveillée par la voix de présentateurs et la sonnerie de mon téléphone portable.

—Appelez-vous pour me réveiller ? marmonnai-je à l'intention de Mortimer, en voyant son nom s'afficher sur l'écran de mon téléphone.

—Tout à fait, madame F…

—Aïe !

—En réalité, notre victime figure bien dans le fichier. Elle s'appellait Ginny Genaway, avait 33 ans et était originaire du New Hampshire.

Je n'en crus pas mes oreilles.

—Trente-trois ans ? Et je l'ai prise pour une lycéenne ? Je devrais faire contrôler ma vue…

—Concentrez-vous sur son nom, non sur son âge !

—Pourquoi cela ?

—Parce que Genaway est son nom de femme mariée. Son nom de naissance est Reavis. Le proviseur assassiné il y a vingt-cinq ans à Appleton était son père…

7

Durant une seconde, j'eus le sentiment que j'étais en train de rêver. En effet, dans les rêves, le temps est distordu et ne s'inscrit plus dans une logique. Et c'était l'impression que j'avais : le passé et le présent, séparés par vingt-cinq années, entraient en collision.

—Vous êtes-vous rendormie, madame F. ?

—Je m'efforce de croire que je ne me suis jamais réveillée…

—Je pensais que vous seriez en ébullition !

—Le mot « désarmée » conviendrait mieux. Quel âge avait-elle, déjà ?

—Euh, attendez. Je l'avais écrit quelque part… Voilà ! Trente-trois ans.

Cela signifiait que Ginny Reavis avait 8 ans lorsque son père avait été assassiné. En y songeant, je crus me rappeler qu'elle était dans la même classe que Grady, à l'école primaire d'Appleton. Et maintenant, elle était morte elle aussi. Le père et la fille avaient subi le même sort. La jeune fille avait fait de son mieux pour ressembler à une lycéenne, mais sa coiffure, ses cheveux relevés en chignon, aurait dû me mettre la puce à l'oreille.

—L'aviez-vous déjà croisée lorsque vous travailliez à Appleton ? me demanda Mortimer.

—Pas une seule fois. Walter était divorcé, mais je crois me souvenir que ses enfants le préféraient nettement à leur mère.

—Combien en avait-il ?

—Trois. Son aînée, Lisa Joy, fréquentait le lycée d'Appleton, et il avait aussi un fils que j'ai croisé brièvement à ses funérailles, en grande tenue. C'était un Marine, tout comme vous et Adele. Mais il n'a pas eu de chance. Il a été tué au cours de son premier déploiement au Moyen-Orient. Une bombe placée au bord de la route…

—Oooh, compatit Mortimer. Nous n'en avions pas, au Vietnam.

—C'est une chance, et votre expérience au NYPD vous a préparé à vivre ici, à Cabot Cove.

Il étouffa un rire qui se termina en grognement.

—Moi qui pensais trouver la tranquillité… Durant ma première année au poste de shérif, il y a eu cinq meurtres. Vous vous souvenez ?

—Je suis bien trop occupée à songer à celui de la nuit dernière.

—Savez-vous quelle va être ma prochaine question, Jessica ?

—Vous aimeriez bien savoir pourquoi la fille de l'ancien proviseur a eu besoin de se présenter sous une fausse identité pour me parler.

—Vous devriez être médium !

—Il y a des services de police qui font appel à des médiums, Mortimer.

—C'est la dernière chose dont nous ayons besoin à Cabot Cove ! Je peux prédire le futur aussi bien qu'eux…

—Vraiment ? Alors, pourquoi ne me dites-vous pas ce que vous voyez dans votre boule de cristal ?

—Un meurtre. Quoi d'autre ? Prête pour une virée dans le New Hampshire, madame Fletcher ?

—Le New Hampshire ?

—Manchester, en particulier. Le lieu de résidence de Ginny Genaway, née Ginny Reavis.

Mortimer déclara qu'il devait d'abord régler les derniers détails concernant le meurtre de la jeune femme avant que nous ne prenions la route vers le sud. Effectivement, il devait traiter avec le médecin légiste et attendre le rapport balistique ainsi que celui de l'équipe de la police d'État qui avait examiné la scène de crime. Il devait aussi informer les proches de la victime du meurtre qui avait eu lieu. Il avait donc encore fort à faire.

De mon côté, je passai un coup de téléphone à Doris Ann, la bibliothécaire de Cabot Cove, pour lui annoncer qu'elle pouvait interrompre ses recherches concernant les personnes des albums photo du lycée susceptibles de correspondre à la fausse Kristi Powell. Nous connaissions maintenant son identité.

Je devenais moi-même folle à force de tenter d'assembler toutes les pièces du puzzle et de savoir de quelle manière le meurtre de Ginny Reavis pouvait être lié à celui de son père. Je trouvais qu'elle était bien trop jeune pour être prise dans les filets de cette histoire, ce qui me fit songer à l'autre mystère du moment – à savoir pourquoi je n'avais reçu que quatre jours à l'avance cette invitation à la soirée de départ en retraite de Wilma Tisdale, qui avait lieu ce samedi. Pour autant que je m'en souvienne, la dédicace de mon livre, au cours de laquelle je l'avais vue pour la dernière fois, remontait à près de dix ans. C'était probablement pour *Meurtre en blanc*, ou *Le Meurtrier qui était collectionneur*.

Il est amusant de constater que je mesure plutôt l'écoulement du temps en termes de livres qu'en termes d'années. Je suis certaine que d'autres écrivains le font aussi, et c'est pourquoi les auteurs sont souvent qualifiés d'intemporels. D'ailleurs, je ne crois pas en avoir rencontré un seul qui ait déjà prononcé le mot « retraite ».

L'invitation comportait un numéro de téléphone permettant de confirmer sa présence. Je n'eus pas besoin de consulter le carton, car je l'avais tant observé sous toutes les coutures que j'avais mémorisé le numéro en question. Je m'emparai de mon téléphone portable.

—Allo ! me répondit une voix enjouée.

—Je souhaiterais joindre Wilma Tisdale…

—C'est elle-même ! ajouta la voix chantonnante, que je n'identifiai absolument pas.

—Wilma, c'est Jessica Fletcher.

—Madame Fletcher, je suis ravie !

—Appelez-moi donc Jessica…

Elle eut un petit rirc.

—Eh bien, je n'ai encore jamais appelé une célébrité par son prénom.

—Faites-le, je vous en prie. Ce n'est que moi, votre ancienne collègue. Je vous appelais pour vous confirmer ma présence à votre soirée de départ en retraite.

Wilma s'éclaircit la voix.

—Jessica, je suis très heureuse que vous veniez !

—Je dois vous dire que je ne sors pas de chez moi en ce moment et que cela me manque. J'ai un délai à respecter pour mon prochain livre et je trouve à peine le temps de respirer ! Mais j'aurai plaisir à revoir quelques vieux amis. Et vous n'auriez pu choisir un meilleur endroit que le Country Club de Cabot Cove.

—Oui, bien sûr, poursuivit Wilma, qui semblait avoir l'esprit ailleurs. C'est ce que l'on m'a dit.

—Combien d'invités y aura-t-il ?

—Oh, vous savez, environ une soixantaine ou un peu plus, il faut que je réfléchisse. Vous en connaîtrez sans doute la moitié.

—Parfait… J'espère que je me souviendrai de chacun d'eux.

—Ils vous reconnaîtront sans aucun doute, Jessica !

Elle disait peut-être cela en raison du succès que j'avais connu en tant qu'écrivaine après m'être installée à Cabot Cove. Mais son ton me suggérait plutôt qu'elle songeait à autre chose, sans doute au meurtre de Walter Reavis.

—Je me demandais si je pouvais vous poser une question au sujet du meurtre de Walter, Wilma.

—Bien sûr. Je ne peux rien vous garantir, toutefois… Ma mémoire n'est plus ce qu'elle était.

—N'est-ce pas le cas de tout le monde ? J'aimerais simplement savoir si vous vous souveniez de Ginny, la fille de Walter. Elle devait avoir 8 ans au moment du meurtre.

—Non, je ne me souviens pas d'elle, mais de ses deux autres enfants, parce que sa fille aînée était encore au lycée et que son fils avait eu son baccalauréat quelques années plus tôt. Il est ensuite parti en mission au Moyen-Orient, et…

—Oui, c'est affreux !

—Certaines familles semblent poursuivies par une malédiction, ne croyez-vous pas, Jessica ?

Que penser de tout cela ? Mortimer avait parlé de médiums, et c'était au tour de Wilma de parler de malédictions… Peut-être étais-je toujours en train de dormir ?

—Que voulez-vous savoir à propos de la fille de Walter, au fait ?

Je n'avais pas envie de mentir à Wilma, mais je ne souhaitais pas non plus lui dire la vérité.

—C'est une longue histoire. Pourquoi ne pas en reparler samedi ? Je veillerai à arriver tôt à votre soirée.

—Y a-t-il désormais quelqu'un dans la vie de l'auteur de polars préféré des Américains ?

—Oh non, il n'y a que mon imagination qui a tendance à avoir une vie propre.

—Eh bien, vous lui devez votre superbe carrière, je suppose. Vous savez, même si mes souvenirs ne sont plus aussi vifs qu'autrefois, je me rappelle de vous installée devant votre machine à écrire dès que vous aviez un moment de libre.

—Je n'ai pratiquement rien publié de ce que j'ai écrit sur ce vieil engin. Le ruban devait être maudit.

—Vous voyez, les malédictions existent, Jessica.

Au moment où je raccrochai, j'eus le sentiment qu'un sujet n'avait pas été abordé au cours de notre conversation, sans savoir lequel. Frank, mon époux, avait l'habitude de me dire : « Parfois, tu devrais porter soigneusement attention à ce que tu viens d'entendre. » Après ma discussion avec Wilma Tisdale, je compris pour la première fois ce qu'il entendait par là. J'avais le sentiment que Wilma ne m'avait pas tout dit, mais il m'était impossible de savoir ce qu'elle me cachait.

Dès que l'appel fut terminé, je me sentis coupable de ne pas lui avoir révélé ce qui était arrivé à Ginny Genaway, la fille de Reavis. Mon ancienne collègue pouvait très bien allumer la télévision et découvrir qu'elle avait été assassinée. Elle comprendrait aussitôt que je le lui avais caché. Je ne serais plus pour elle la célébrité qu'elle appelait par son prénom, mais une personne incapable d'accorder ma confiance et une dissimulatrice. Je me demandai même si elle n'allait pas annuler mon invitation.

J'aurais été enchantée à l'idée de revoir autant de personnes de cette période de ma vie, si tout cela n'était pas advenu – le meurtre d'aujourd'hui, mais aussi celui d'il y a vingt-cinq ans. J'éprouvais quelques réserves à propos de ce type de réunions, car elles nous replongeaient dans le passé. Dans mon cas, il s'agissait de l'époque où Frank était encore vivant, et de l'une des périodes les plus heureuses et exaltantes de ma vie. Tout semblait alors possible. Je songeai à la soirée où Frank nous avait conduits, Grady et moi, à Cabot Cove, et au moment où j'avais posé les yeux sur la maison du 698 Candlewood Lane avant que nous ne l'achetions.

Je ne veux pas dire que j'étais plus heureuse à l'époque, mais dans la comparaison entre passé et présent, le passé sort toujours vainqueur. Nous accordons souvent une importance exagérée aux choses que nous aimions, qui prennent des proportions démesurées. Cela était doublement difficile pour moi, car mes souvenirs de l'époque étaient particulièrement intenses, étant donné que notre vie à trois n'avait duré que quelques années. Grady était retourné vivre chez sa mère avant la mort de Frank, et je craignais que la soirée de samedi ne me rappelle combien il était agréable alors de rentrer à la maison en sachant que quelqu'un m'y attendait.

Par ailleurs, « soirée » n'était peut-être pas le mot qui convenait pour décrire la réception que donnait Wilma pour son départ en retraite. Si mon instinct était correct, et si la mort de Ginny Reavis était liée à celle de son père il y a de cela vingt-cinq ans, certains invités pourraient disposer de renseignements utiles. Il me faudrait alors bousculer les convenances, risquer les commérages et présenter le shérif Mortimer Metzger comme ma moitié – excepté que je craignais qu'il ne continue à m'appeler « madame F » devant les invités.

J'étais en train d'attendre son appel pour que nous réglions les détails de notre escapade dans le New Hampshire, mais le pressentiment que Wilma Tisdale m'avait caché quelque chose revint me hanter. Ce n'était rien de particulier, plutôt la sensation qu'elle s'abstenait d'évoquer quelque chose, un élément qu'elle avait été sur le point d'aborder. Raison de plus pour que je trépigne d'impatience jusqu'à la soirée de samedi.

***

Mortimer passa me chercher juste avant midi. Je me tournai vers lui sitôt que je fus installée dans sa voiture :

—Vous avez oublié de me dire sous quel motif les empreintes de Ginny Genaway figuraient sur le fichier…

—Oui, je ne l'ai pas fait, car je souhaitais que vous disposiez au préalable de tous les détails afin que je puisse répondre à vos questions.

—Et quels sont ces détails ?

—Ne vous montrez pas trop pressée ! Ginny Genaway a été arrêtée pour agression, mais le procès n'a jamais eu lieu, car la victime a fini par retirer sa plainte.

Je m'efforçai d'intégrer ces nouveaux éléments à la personnalité de la jeune femme que j'avais prise pour une lycéenne la veille.

—Qui était la victime, Mortimer ? Qui a-t-elle agressé ?

Mortimer prit son temps pour me répondre, semblant profiter du fait d'avoir des réponses que j'ignorais.

—Nous allons justement rencontrer l'homme qu'elle a agressé, Jessica. Je préfère que vous vous fassiez votre propre idée.

—Je pensais que Ginny Reavis vivait à Manchester, remarquai-je, en voyant que Mortimer prenait la direction de Concord, dans le New Hampshire.

—Elle s'appelait désormais Ginny Genaway, et nous allons d'abord faire halte ici. De plus, l'un de mes adjoints a découvert dans quel motel elle avait pris une chambre plus tôt dans la journée, avant de régler sa note et de se diriger vers cette aire panoramique. Elle a simplement dû vouloir tuer le temps entre votre rencontre et le moment où elle avait rendez-vous avec son assassin.

—Cela était sans doute destiné à lui permettre de changer de vêtements, supposai-je. À enlever le déguisement grâce auquel elle s'est fait passer pour une lycéenne.

—Êtes-vous sûre que votre vue est encore optimale, Jessica ?

—Mortimer, rétorquai-je. Vous n'avez aucune idée de l'apparence des jeunes filles d'aujourd'hui !

—Adele m'arracherait la tête si je m'y intéressais un tant soit peu !

J'évitai de tourner la tête et continuai à fixer résolument la route à travers le pare-brise.

—Donc, nous sommes en route pour rencontrer une personne que Ginny Genaway, née Reavis, a agressée, mais qui a abandonné les poursuites… C'est bien cela ?

Je me tournai vers Mortimer.

—Vous êtes bien mystérieux aujourd'hui, shérif…

—Certes, madame F… J'apprécie d'avoir une petite longueur d'avance sur vous, pour changer !

—Y a-t-il quelque chose que j'ignore ?

—Le nom de Vic Genaway vous évoque-t-il quelque chose ?

—Non, pourquoi ?

Mortimer désigna un panneau sur le bord de la route.

—Oh ! fis-je, commençant à comprendre ses sous-entendus.

Le panneau indiquait la direction de la prison d'État pour hommes du New Hampshire, un vaste complexe constitué de bâtiments implantés au milieu du paysage luxuriant et bucolique de la vallée du Merrimack. Je crus me souvenir que j'avais appris, lors d'une recherche pour l'un de mes anciens romans, que la prison abritait près de 1 200 détenus – uniquement des hommes, car les femmes condamnées dans l'État étaient incarcérées dans un autre établissement.

De loin, l'ensemble aurait pu ressembler à un complexe immobilier, s'il n'avait pas été entouré d'une clôture d'environ 3 mètres 50 de haut, couronnée de torsades de barbelés tranchants comme des rasoirs. Les édifices semblaient être en brique rouge ancienne, mais de plus près, ils se révélaient être en béton peint. Je pense que cela avait pour but de donner l'impression aux prisonniers de se trouver dans un environnement plus convivial que s'il s'était agi de béton gris brut de décoffrage. Cependant, ils ne devaient pas souvent voir leurs locaux de l'extérieur.

—Bon, Mortimer, je vais me fâcher, m'emportai-je lorsqu'il emprunta la route menant à la prison. Pourquoi ce détour ?

Le policier se mit à sourire.

—Arrêtez ça !

—Quoi donc ?

—De sourire !

—N'ai-je pas le droit de me sentir heureux ?

—Pas lorsque c'est à mes dépens…

Il jeta un coup d'œil dans ma direction.

—Que ressentez-vous ?

—De quoi parlez-vous ?

—Du fait de ne rien savoir. D’être dans le flou. D’essayer de rattraper votre retard…

—Est-ce une question à choix multiples ?

—Non, toutes les réponses sont bonnes. Je veux simplement savourer cette sensation aussi longtemps que possible…

—D’accord, grommelai-je en me calant au fond de mon siège. Nous allons rencontrer ce Vic Genaway.

—Ding ! claironna Mortimer, imitant du mieux possible le son d’un carillon.

—Il s’agit de l’ancien mari de Ginny Reavis.

—Ding, ding, ding !

—Pouvez-vous maintenant m’expliquer pourquoi ce Vic Genaway est en prison ?

—Pour une raison dont vous êtes spécialiste, madame F.

—Un meurtre ?

Mortimer hocha la tête.

—Vous êtes certaine que son nom ne vous dit rien ?

—Vous savez, je ne sors pas beaucoup…

—Mais vous aimez le cinéma. Quel est votre film préféré sur la Mafia ?

—*Le Parrain*, bien sûr.

Mortimer me regarda comme s’il avait une longueur d’avance sur moi.

—Remplacez New York par Boston, et vous saurez tout ce que vous avez à savoir sur Vic Genaway.

8

Tandis que nous pénétrions dans la prison, Mortimer m'expliqua que Vic Genaway était un membre éminent de la mafia de Boston, aujourd'hui à la tête du gang d'Angiulo. L'État du New Hampshire l'avait accusé de complot, parce que la police avait surpris un homme en train d'assassiner l'employé d'un commerce de spiritueux. Ce type de commerces était géré par l'État sur son territoire, ce qui lui assurait des profits non négligeables en l'absence d'impôts sur le revenu. Selon Mortimer, la pègre de Boston s'était immiscée dans la chaîne d'approvisionnement et de distribution de l'alcool depuis quelques années, jusqu'à ce qu'un fonctionnaire tente de remettre de l'ordre dans tout cela, ou, au moins, de négocier. Or, la manière qu'avait la mafia de négocier sous la direction de Vic Genaway avait consisté à sévir de la manière la plus impitoyable qui soit contre le fonctionnaire en question, ceci afin de donner l'exemple à quiconque tenterait de l'imiter.

Mes pensées s'étaient mises à vagabonder lorsque Mortimer évoqua le meurtre en lui-même. Mais je me ressaisis à temps pour l'entendre dire que l'un des hommes de main ayant commis le meurtre avait sans doute désigné Genaway comme le donneur d'ordre. Comme ce dernier était placé au sommet de la hiérarchie, les autorités du New Hampshire devaient avoir saisi l'occasion pour l'incarcérer, tout en plaçant leur informateur sous un programme de protection des témoins.

—Mais vous n'en êtes pas certain, avançai-je.

—Pour l'informateur ? Non. Genaway a plaidé coupable[1], donc il n'y a jamais eu de véritable procès, et l'informateur n'a pas eu à témoigner. Aujourd'hui, il travaille sûrement dans un Home Depot dans une ville quelconque.

Pénétrer dans l'aile de haute sécurité de la prison impliquait de passer sous un portique, et de déposer nos téléphones ainsi que l'arme de service de Mortimer. Un gardien nous escorta jusqu'à une salle habituellement utilisée pour les entretiens entre les prisonniers et leurs avocats. Nous attendions depuis quelques minutes lorsqu'une clé cliqueta dans la serrure. La porte s'ouvrit, et un autre gardien, qui était le portrait craché de mon ami Ethan, pêcheur de métier, entra pour introduire Vic Genaway dans la pièce.

Je remarquai que ce dernier était menotté, ce qui m'évoqua un vieux film de série B passé récemment à la télévision. Il portait une tenue de prisonnier constituée d'une chemise kaki et d'un pantalon assorti. Sa chemise semblait trop juste, car il avait une carrure imposante. Il avait un regard fureteur, mais

1 Aux États-Unis, quand un accusé plaide coupable, le procès est raccourci, car un accord est alors passé entre l'accusation et la défense.

gardait les yeux baissés, comme s'il tenait à prendre un quelconque ascendant en faisant mine de ne pas remarquer notre présence. Même lorsque le gardien le mena jusqu'à une chaise et le fit asseoir, il continua d'agir comme si nous n'étions pas là. Moi qui venais de penser à mon ami Ethan, je songeai que Genaway avait aussi les mains rudes, balafrées et calleuses d'un pêcheur. Il m'évoquait un malfrat qui aurait gravi les échelons parmi les employés des docks, s'adonnant à de petits trafics et fréquentant les syndicats des dockers avant de s'élever peu à peu jusqu'au sommet de la hiérarchie mafieuse.

Ce qui me frappa le plus, cependant, fut sa différence d'âge avec Ginny Reavis ; elle avait 33 ans alors que son mari devait avoir entre 50 et 55 ans. Et Genaway ne paraissait pas au meilleur de sa forme, même si l'on tenait compte de l'apparence souvent négligée qu'avaient les détenus, parfois dès les premiers temps de leur séjour en prison.

—Comment allez-vous, Vic ? questionna Mortimer.

Genaway leva le regard vers lui.

—À qui ai-je l'honneur ?

Il baissa de nouveau les yeux.

—Au shérif Mortimer Metzger de Cabot Cove, dans le Maine.

—Je ne connais personne de Cabot Cove…

—En revanche, votre femme y connaissait quelqu'un…

À ces mots, il nous dévisagea, une expression d'inquiétude passant brièvement sur son visage. Il avait une épaisse crinière de cheveux poivre et sel et le teint cireux des détenus qui voient rarement le soleil. Je n'ai pas visité beaucoup de prisons, mais leur ressemblance me frappe : leur apparence, les bruits, l'éclairage et les odeurs y sont identiques.

En particulier les odeurs – généralement un mélange de fermentation, de moisissure et de transpiration, le tout renforçant encore l'impression de désespoir manifeste qui y règne. Ce sentiment d'accablement flotte dans l'air, comme s'il était accroché à chaque prisonnier, pénétrant dans leurs vêtements et imprégnant leur peau si profondément qu'aucune douche ne pourrait y remédier.

—Vous m'écoutez, Vic ?

Genaway me fixa tout en s'adressant à Mortimer :

—Pourquoi me parlez-vous de ma femme ?

—Malheureusement, je n'ai pas de bonnes nouvelles, Vic… Elle est décédée…

Genaway sourit, comme s'il tenait à montrer qu'il avait la situation sous contrôle.

—À quel jeu jouez-vous, shérif ?

—Hélas, Ginny a été assassinée la nuit dernière. Elle a reçu une balle dans la tête, une manière de tuer qui doit vous être familière… poursuivit Mortimer en adoptant un ton et un air qu'il devait avoir acquis au cours de ses vingt-cinq ans de carrière au sein du NYPD. Comme cela s'est produit dans ma juridiction, nous tenions à venir vous en informer personnellement.

—Nous, shérif ? Vous parlez de vous et de Miss Marple ?

—Miss Marple ? répétai-je.

Genaway attarda son regard d'acier sur moi.

—Je vous reconnais grâce à la bibliothèque de la prison. J'y travaille. Vous serez heureuse d'apprendre que vous êtes très appréciée, ici. Je dois remettre des piles de vos livres chaque semaine dans les étagères. Pas les plus récents, non ; juste les anciens. Nous les obtenons d'occasion, il s'agit de dons d'autres bibliothèques.

—Je pourrai sans doute vous envoyer quelques-uns de mes titres les plus récents.

—C'est ça, ricana Genaway, qui semblait devenu incapable d'apprécier une simple attention. Ne vous cassez pas trop la tête, tout de même !

Il se tourna de nouveau vers Mortimer.

—Je ne crois pas à vos conneries sur Ginny. Je ne sais pas à quoi vous jouez, shérif, mais allez vous faire voir !

Mortimer plongea la main dans la poche de sa veste d'uniforme et en sortit une photo de la scène du crime. On pouvait y voir Ginny à l'intérieur de la BMW. Il la fit glisser de l'autre côté de la table, en continuant de fixer Vic.

—Je suis désolé.

Genaway jeta un regard rapide sur la photo, puis releva les yeux, semblant saisi, comme s'apprêtant à réaliser une terrible nouvelle…

—Que… que s'est-il passé ? bafouilla-t-il, les yeux rivés sur la photo.

—Nous espérions que vous alliez nous le dire.

Le regard fixe de Genaway, froid et tombant, se posa sur moi.

—Qu'est-ce qu'elle fait ici ? Pourquoi l'avez-vous emmenée ?

—Parce qu'elle a rencontré votre femme hier.

—Elle est capable de répondre elle-même. N'est-ce pas, Fletch ?

—Fletch était un personnage d'une série de romans policiers de Gregory McDonald, monsieur Genaway.

—Et c'est aussi votre surnom…

—J'ai rencontré votre femme hier, poursuivis-je. Elle est venue m'interviewer en se faisant passer pour une journaliste.

Je résolus de ne pas évoquer tout ce qui concernait le lycée.

—Je suis l'une des dernières personnes à l'avoir vue vivante, repris-je.

—Vous avez l'intention de résoudre le meurtre ?

—Cela, c'est le travail du shérif, monsieur Genaway.

—Vous avez pourtant une certaine réputation en la matière, Fletch.

Je ne savais pour quelle raison, mais il ne m'intimidait absolument pas.

—Pourquoi Ginny vous avait-elle agressé ?

—J'ai abandonné ma plainte. C'est comme si ce n'était pas arrivé…

—Pourtant, c'est arrivé, n'est-ce pas ?

—Et en quoi cela vous regarde-t-il, madame ?

—Parce qu'elle a été assassinée la nuit dernière, et je suis sûre que vous allez faire tout ce que vous pouvez pour aider le shérif Metzger à retrouver son meurtrier…

Les yeux de Genaway se mouillèrent, une brève fêlure dans sa carapace, avant qu'il ne reprenne contenance, affichant de nouveau un air blasé. Cependant, sa voix s'adoucit, perdant de son tranchant.

—Vous dites qu'elle vous a interviewée, Fletch ? Que voulait-elle savoir ?

—Je crois bien qu'elle enquêtait sur le meurtre de son père…

—Le proviseur du lycée ? Je ne comprends pas pourquoi elle s'est adressée à vous !

—Parce que j'y ai enseigné, répondis-je en guise d'explication.

—Est-ce que vous y comprenez quelque chose ? gémit Genaway en secouant la tête. Le père se fait tuer, et plusieurs années plus tard, c'est au tour de la fille. Comment est-ce possible ?

—Oui, cela n'a guère de sens, répondit Mortimer. C'est pourquoi nous souhaitions vous rencontrer.

—Tant que vous ne pensez pas une seconde que j'ai quelque chose à voir là-dedans, shérif…

—Eh bien… je ne sais pas… Il y a eu cette agression physique… Elle vous a vraiment amoché, paraît-il ? demanda Mortimer, tentant de pousser Genaway dans ses derniers retranchements.

Il retombait dans son rôle de policier du NYPD. Sa remarque était destinée à susciter une réaction chez Genaway, mais celui-ci se contenta de sourire tristement.

—Elle a fait ça à cause des enfants.

—Ne me dites rien, intervins-je. Elle voulait des enfants, et vous y étiez opposé.

—Erreur, Fletch. C'était moi qui en voulais. Ginny avait peut-être l'air très réservée lorsque vous l'avez rencontrée, mais c'était loin d'être un ange. C'est bien pour ça qu'elle s'est entichée d'un imbécile comme moi ! Je crois qu'elle ne s'entendait pas très bien avec son père, mais elle ne pensait pas le perdre de cette façon… Le mien est mort en prison, et il pourrait bien m'arriver la même chose… Tout comme Ginny, qui a eu le même destin que son père. Comment peut-on qualifier cela ?

—De coïncidence, répondis-je.

—Oui, c'est cela. De coïncidence. Je l'avais rencontrée dans un bar que je tenais à l'époque, et je ne tenterai pas de vous convaincre qu'il s'agissait d'un établissement haut de gamme. J'avais des enfants d'un premier mariage, qui ne m'ont jamais adressé la parole, et deux ex-femmes qui vivent aussi loin de moi que la géographie le permet. J'ai essayé de me donner une nouvelle chance avec Ginny. Une jeune et belle femme comme elle… Moi qui pensais lui faire une faveur en parlant d'enfants, mais elle ne m'a même pas laissé aborder le sujet. Vous voulez savoir pourquoi elle a surgi devant moi avec un club de golf devant la salle de restaurant entière du country club ? Parce que je lui avais dit que si elle ne voulait pas d'enfants, elle n'avait sans doute pas épousé la bonne personne, et qu'elle devrait envisager un autre choix de vie.

Les yeux de Genaway s'embrumèrent.

—Je lui dois d'avoir été présente pour moi tout au long du procès après mon arrestation pour homicide. C'est moi qui ai insisté pour que nous divorcions avant que je ne sois emprisonné.

—Nous avons vérifié le registre des visites, monsieur Genaway, murmurai-je. Votre femme n'est pas venue vous rendre visite depuis que vous êtes incarcéré ici.

—Les gens vont de l'avant. Cela arrive…

Quelque chose se modifia dans l'expression de Genaway. Il n'avait plus à dissimuler sa tristesse et sa vulnérabilité, car il avait repris le dessus. Au lieu de cela, il affichait l'air assuré de l'homme qu'il était sans doute avant d'atterrir en prison.

—Continuez à chercher le meurtrier de Ginny, Fletch. Et si vous ou quelqu'un d'autre épinglez cet individu, j'espère qu'il fera l'objet d'un procès en bonne et due forme ! Si je n'étais pas coincé ici, je me serais occupé de cela moi-même. Mais d'autres vont s'en charger…

—Vous pensez vraiment qu'il est raisonnable de proférer ce genre de propos devant moi ? le réprimanda Mortimer.

Genaway s'adossa sur sa chaise et voulut croiser les bras, mais la chaîne attachée à ses poignets l'empêcha de terminer le mouvement.

—J'ai déjà été condamné à perpétuité, shérif. Je ne peux pas mourir deux fois dans ce trou.

—Cet homme sort tout droit des *Soprano*, grommela Mortimer en s'installant au volant de son SUV.

—Je ne peux pas vous le dire. Je n'ai jamais regardé cette série ! Elle est trop violente à mon goût.

—Vous devriez faire un passage au NYPD, madame F.

—Je songeais en fait à rejoindre les Marines…

—Je vous rédigerai une recommandation…

—Où allons-nous, maintenant ?

—À Manchester, et cette fois, directement.

Un policier de Manchester nous attendait devant la résidence du 875 Elm Street, située dans la banlieue de la ville. Ginny y avait emménagé après avoir quitté Vic Genaway, à la suite d'une agression qu'elle avait commise au club de golf.

Le concierge de la résidence utilisa son passe pour nous ouvrir la porte du luxueux appartement qu'avait occupé la jeune femme. Il n'était pas difficile de comprendre pourquoi la résidence avait la réputation d'être la plus belle de la ville. Les plans de travail étaient en granit étincelant, les appareils ménagers en acier inoxydable, la cuisine, immense, était ouverte et dotée d'un volumineux comptoir. Quant aux fenêtres, elles offraient de superbes points de vue sur la ville. Les chambres étaient également immenses ; leurs meubles et leurs finitions étaient haut de gamme. Je me pris à regretter de ne pas m'être adressée au sous-traitant de cette résidence pour rénover ma propre maison.

Il manquait encore quelques meubles, manifestement, mais il me sembla évident que Vic Genaway avait dû apporter sa contribution malgré sa séparation avec Ginny. Il était évident qu'il devait avoir encore des sentiments pour elle, et qu'il s'était arrangé pour qu'elle puisse conserver son style de vie malgré le divorce et son incarcération. Il s'agissait manifestement d'un homme de la vieille école qui, sous des allures bourrues et dures, se révélait être un romantique s'étant épris d'une femme beaucoup plus jeune que lui.

Selon le concierge, Ginny vivait ici depuis neuf mois, ce qui coïncidait avec le moment où elle avait agressé son ex-mari. Au cours de ces neuf mois, Vic avait passé quatre mois et demi en prison. Je m'étonnai du fait qu'elle n'avait pas consacré davantage de temps et d'argent à décorer les lieux, qui étaient meublés avec parcimonie, n'abritant que le strict nécessaire, comme si elle n'avait pas envisagé de rester ici très longtemps.

J'espérais que l'appartement apporterait quelques indices me permettant de comprendre pourquoi elle était venue à Cabot Cove la veille, en particulier dans le but de me rencontrer – tel qu'un objet laissé en évidence ou facile à repérer, grâce auquel je pourrais en apprendre plus. Je ne pensais pas que notre rendez-vous de la veille était le fruit d'un caprice.

Je remarquai d'abord dans sa chambre une photo de famille posée sur son bureau, sans doute la dernière de Ginny en compagnie de son père. On pouvait y voir Walter Reavis et ses trois enfants. La photo semblait avoir été prise dans un restaurant par un serveur, ou une personne d'une table voisine. Le fait de voir Walter heureux, souriant et en vie, me procura un certain soulagement après l'événement de la veille, qui avait fait ressurgir le souvenir de son assassinat. Ce souvenir me hantait depuis, notamment ces dernières heures. Mais le véritable Walter se trouvait sur la photo, et le contempler ainsi auprès de ses trois enfants, sans doute quelques semaines ou quelques jours avant sa mort, me rappelait la manière dont il m'avait accordé sa confiance. Je me souvenais de sa bienveillance, qui avait été éclipsée par la façon dont il était décédé, ainsi que par les révélations à son égard résultant de l'enquête consécutive. Or, de plus beaux souvenirs surgissaient de nouveau dans mon esprit.

Je parvins immédiatement à identifier Ginny sur la photo, car je savais qu'il s'agissait de la plus jeune fille de Walter. Son fils, qui était décédé ensuite au cours d'une mission militaire au Moyen-Orient, était le plus âgé des trois enfants. Adolescent, il donnait l'impression de s'ennuyer ferme. La fille aînée de Walter, à l'époque élève en première au lycée d'Appleton, était une fille dégingandée aux cheveux bouclés, portant des lunettes. À mon souvenir, elle ne souriait jamais, paraissant constamment sombre et morose.

—Qu'en est-il de la mère de Ginny, la femme de Walter ? demandai-je à Mortimer.

—Elle vit à Cape Elizabeth. J'ai noté son adresse. Nous pourrions lui rendre visite sur le chemin du retour.

—Je n'ai pas d'autre engagement…

—À l'exception de votre fête de départ en retraite samedi, bien sûr.

—Il ne s'agit pas de *ma* fête de départ en retraite, Mortimer.

—Enfin, vous voyez ce que je veux dire !

—Attention, je suis susceptible…

—Je comprends ! compatit Mortimer. Si vous saviez ce que j'ai ressenti lorsque j'ai pris ma retraite…

Nous fouillâmes l'appartement sans réelle méthode, au coup par coup, sans savoir ce que nous cherchions exactement. Les seuls éléments présents réellement intéressants étaient quelques exemplaires de la *Gazette* de Cabot Cove. Ils indiquaient que Ginny s'était rendue dans notre ville récemment, et pas uniquement pour m'interviewer. Je me demandais ce qui pouvait bien l'intéresser à ce point dans notre petite cité balnéaire.

Sur les six exemplaires de la *Gazette* qu'elle possédait, le plus ancien remontait à six mois.

L'agression qu'elle avait commise envers son ex-mari s'était déroulée trois mois auparavant. Elle avait, semble-t-il, développé une véritable fascination pour une ville avec laquelle elle n'avait pas réellement de lien, et cela, à l'époque où son divorce avait été prononcé et où Vic Genaway avait été incarcéré.

Y avait-il un lien entre tous ces éléments ? Et pourquoi montrait-elle un tel intérêt pour Cabot Cove ? Les exemplaires de la *Gazette* n'étaient vendus que dans un périmètre restreint, ce qui signifiait que Ginny se rendait fréquemment dans notre ville pour des raisons encore inconnues, qui avaient peut-être conduit à son assassinat.

Ces raisons avaient-elles un quelconque lien avec mon interview, qu'elle avait réalisée sous un prétexte ? Je me demandais si un élément de notre conversation aurait pu me fournir des indices sur l'identité du meurtrier – une personne qu'elle connaissait et qui lui avait fixé un rendez-vous plus tard dans la soirée. Je ne pouvais croire une seconde que notre rendez-vous de la veille était un hasard. Des circonstances avaient dû le précipiter, et tout cela coïncidait étrangement avec la fête de départ en retraite de Wilma Tisdale, qui, pourtant, semblait n'avoir aucun rapport.

J'attendis que nous ayons achevé notre inspection sommaire de l'appartement de Ginny Genaway, et que nous soyons retournés dans le SUV de Mortimer, avant de lui faire part de mes réflexions.

—J'ai l'impression que nous allons avoir beaucoup de choses à nous dire sur la route de Cape Elizabeth, madame F., remarqua Mortimer. Et je pense que vous avez raison… Il doit exister un rapport entre le meurtre de Walter Reavis et celui de sa fille hier soir.

Il jeta un coup d'œil vers moi, tout en tournant la clé de contact.

—J'ai l'impression que vous feriez mieux de me raconter ce qui s'est produit au lycée d'Appleton à l'époque, lorsque vous avez résolu ce tout premier meurtre, ajouta-t-il.

9

Vingt-cinq ans auparavant...

« Et ce n'est pas tout, m'avait dit Wilma. Il a peut-être été assassiné. »

Wilma n'en savait pas beaucoup plus, hormis le fait que la secrétaire du lycée, Alma Potts, avait découvert le corps, puis composé le 911. Elle avait par ailleurs mentionné des éléments qui laissaient penser qu'un meurtre avait été commis. La présence de nombreux policiers et le fait que le département de police d'Appleton avait fait appel à la police d'État confirmaient cette théorie.

J'avais le sentiment d'être perdue, et l'idée que j'étais peut-être la dernière personne à avoir vu Walter vivant me glaçait. Excepté que je ne l'avais pas vu. Je l'avais uniquement *entendu* en train de clore une dispute par ces mots : « Il faudrait me passer sur le corps. »

Il me faudrait relater ces faits auprès de la police locale et d'État. Il leur reviendrait de déterminer avec qui le principal du lycée était en train de se disputer, et je supposais que cette personne serait aussitôt convoquée.

Comme il s'agissait d'une scène de crime, le service de la scolarité avait été isolé du reste de l'école et était gardé par un officier de police d'Appleton que je reconnus. Il s'agissait de Tom Jennings. J'aperçus Alma Potts assise derrière son bureau. J'imaginais qu'elle ne devait pas cesser de répondre au téléphone, qui allait sans doute sonner toute la journée.

—C'est réellement affreux, madame Fletcher, balbutia Tom lorsque je m'approchai.

—Tom, il y a des événements dont je dois informer l'officier chargé de l'affaire.

—De vous à moi, madame, je ne sais pas encore de qui il s'agit, mais je pense que ce sera l'inspecteur d'Appleton auquel l'enquête sera assignée.

—Je ne savais même pas qu'il y avait un inspecteur à Appleton.

Jennings, qui se tenait devant moi, resta immobile, comme pour me barrer le passage.

De quoi souhaitiez-vous l'informer ?

—Du fait que j'avais rendez-vous avec monsieur Reavis hier après-midi. Mais lorsque je me suis rendue à son bureau, j'ai surpris une dispute. Je suis presque certaine qu'il était au téléphone.

La mâchoire du policier sembla se décrocher. Il plissa les yeux comme pour mieux assimiler ce que je venais de lui annoncer.

—Ne bougez pas, madame Fletcher. Je vais chercher quelqu'un.

—Merci, Tom.

Je le vis pénétrer dans le service de la scolarité et disparaître dans le petit couloir qui menait au bureau de Walter Reavis. Il ne fut absent que quelques instants, puis la porte se rouvrit, et il réapparut accompagné d'un petit homme légèrement bedonnant, aux yeux doux, qui semblait troublé. Celui-ci portait une veste décontractée qui avait dû connaître des temps plus glorieux. Son insigne de policier était suspendu à une chaîne autour de son cou et s'était accidentellement retourné contre sa chemise. L'homme semblait hagard, anxieux, et pour une raison ou une autre, heureux de se trouver loin de l'endroit où le corps de Walter avait été découvert.

—Inspecteur, voici Jessica Fletcher, lui annonça Tom Jennings en guise de présentation. Elle vit à Appleton et est enseignante au lycée.

—Je suis professeure *suppléante*, parvins-je à dire.

L'inspecteur brossa sa veste en tweed et remit ses mains dans ses poches.

—L'agent Jennings m'annonce que vous avez des informations utiles à me communiquer concernant le décès de Walter Reavis, affirma-t-il.

—C'est le cas, inspecteur…

—Tupper, madame. Amos Tupper.

Je m'emparai de sa main tendue et dus baisser légèrement le regard. Comme je ne mesure pas loin de 1 mètre 75, j'y suis accoutumée.

—Il m'était arrivé de croiser Walter Reavis, soupira Tupper. C'était un homme merveilleux et un excellent enseignant. Ce n'est pas un beau jour pour Appleton, madame Fletcher, vraiment pas… Mais l'agent Jennings m'a dit que vous aviez un témoignage à nous fournir.

—De quoi Walter est-il décédé, inspecteur ?

—Il semble qu'il ait fait une chute et se soit cogné la tête.

—Et vous avez fait appel à la police d'État pour un accident ?

—Nous voulions prendre un maximum de précautions. Ne pas passer à côté de quelque chose. Nous n'avons guère d'expérience de ce genre d'événements, à Appleton. Nous avons pensé que la police d'État ferait preuve d'une plus grande expertise.

—Je pense que vous avez eu raison, admis-je, tandis que des policiers allaient et venaient autour de nous.

—Oui, et si vous n'y voyez pas d'inconvénient, j'aimerais revenir sur ce dont vous vous souvenez à propos d'hier après-midi, ajouta l'inspecteur en fouillant dans ses poches. Attendez une sec…

—Dans la poche de votre veste, inspecteur.

—Je vous demande pardon ?

Je tendis la main et attrapai le carnet qui dépassait de sa poche.

—Voyez-vous ça… bredouilla-t-il en s'emparant du carnet. J'ai l'air dépassé par les événements.

Il baissa la voix.

—Puis-je vous avouer quelque chose, madame Fletcher ?

—Bien sûr, inspecteur.

Tupper baissa encore la voix.

—Il s'agit de ma première enquête sur un meurtre – un meurtre potentiel, entendons-nous bien…

—Oui, cela n'arrive sans doute pas tous les jours, à Appleton.

—Certes, mais revenons à votre journée d'hier…

L'inspecteur écouta attentivement tout ce que je lui disais, et nota les faits les plus notables sur son carnet.

—Avez-vous autre chose à ajouter ? interrogea-t-il lorsque je me tus.

—Non. Que voudriez-vous savoir ?

—Vous dites que vous avez vu M. Reavis plus tôt dans la journée. Quel comportement avait-il ?

—Il se comportait comme d'habitude, je n'ai rien remarqué de particulier. En revanche, je n'arrive pas à penser à autre chose qu'à cette conversation téléphonique…

Tupper inscrivit quelque chose sur son carnet, puis le remit dans sa poche, l'air soucieux.

—Me rendriez-vous un service, madame Fletcher ?

—Oui bien sûr.

—La secrétaire de M. Reavis a découvert le corps, mais ne l'a pas identifié formellement. Elle était plutôt secouée, et je ne souhaite pas la perturber de nouveau. Vous sentiriez-vous capable de procéder à son identification ?

J'eus un frisson d'appréhension, mais j'acceptai.

—J'imagine qu'il faut que quelqu'un le fasse.

Tupper sembla heureux que j'accepte de répondre à sa requête et me guida vers le bureau.

—Au fait, vous ne m'avez pas dit à quel sujet vous deviez rencontrer M. Reavis…

Je pensais le lui avoir précisé, mais j'avais dû omettre de le faire.

—Il souhaitait que je remplace un professeur qui allait vraisemblablement être absent le reste de l'année.

À l'heure actuelle, je travaille à plein-temps, bien que je ne sois que suppléante.

—Comment est-ce possible ?

—Eh bien, il y a toujours un professeur qui manque, et dans ce cas, je le remplace. Et lorsque tout le monde est présent, ce qui est rare, l'établissement a toujours une tâche à me confier.

—Je vois. Bon, eh bien finissons-en, afin que vous puissiez retourner à vos fonctions.

Le corps de Walter Reavis gisait recroquevillé sur le sol, formant un angle étrange. Ses contours étaient visibles à travers la couverture mortuaire qui le recouvrait. J'en éprouvai une certaine reconnaissance, car cela m'évitait de voir sans y être préparée un tant soit peu un ami et collègue dans un état susceptible de me bouleverser. Je ne me suis jamais considérée comme une personne pouvant s'évanouir ou être secouée au point d'avoir la nausée. Sous cette couverture, cependant, se trouvait le corps d'un homme qui croyait en moi et avait pris soin de ma carrière encore vacillante de professeure. Il avait décelé chez moi des qualités et un potentiel que personne n'avait encore repérés. J'avais assumé ma tâche de professeure suppléante d'une façon aussi discrète et professionnelle que possible. Mais mes collègues ne montraient guère de respect envers les suppléants, du fait d'une opinion couramment répandue qu'il y avait sans doute une bonne raison pour que nous ne soyons pas professeurs à part entière.

Dans le bureau du principal, je me rendis compte que les officiers de la police d'État se moquaient de l'inspecteur Tupper. Ils chuchotaient entre eux et réprimaient de petits rires sans aucune discrétion. Ils étaient manifestement en train de le dénigrer.

—Pourriez-vous nous laisser seuls quelques instants ? leur demanda Tupper.

Il les observa quitter la pièce et se tut jusqu'à ce qu'il soit sûr qu'ils ne pouvaient plus l'entendre.

—Ne leur prêtez pas attention, madame Fletcher. Ils n'ont pas beaucoup de respect pour moi et n'apprécient pas mes méthodes d'investigation.

—Je suis désolée de l'entendre, inspecteur. Ils doivent réellement manquer de jugeote.

—En réalité, ils n'ont peut-être pas tout à fait tort en ce qui concerne une enquête pour meurtre, mais ils ne tiennent pas vraiment compte du fait que, jusqu'à présent, j'ai résolu toutes les affaires qui m'ont été confiées.

—Je dois vous avouer que j'ignorais qu'il y avait une brigade d'investigation à Appleton.

—La brigade ne comprend qu'un seul membre, moi-même, et je suis également l'inspecteur officiel de la ville. Les conseillers municipaux ont approuvé ma candidature lors du vote du budget annuel, mais à vrai dire, j'ai été le seul à la poser, fraîchement émoulu de la circulation. J'ai enquêté sur un nombre non négligeable d'accidents et dressé mon quota de contraventions chaque mois, mais rien ne m'avait préparé à cela !

—Je peux peut-être vous être utile…

—Avez-vous déjà mené une enquête ?

—Non, jamais, mais j'ai découvert aujourd'hui que j'avais peut-être de l'avenir en tant qu'écrivaine de romans policiers, affirmai-je en me rappelant ce qu'avaient dit mes élèves à propos de mon histoire, qui n'avait à l'origine rien d'un thriller.

—Eh bien, je considère que c'est, en quelque sorte, une expérience non négligeable…

Tupper s'avança vers la couverture mortuaire recouvrant le corps de Walter Reavis et la souleva, en se plaçant devant moi de sorte que je ne puisse voir que le visage de mon ami.

—Sauriez-vous identifier cet homme, madame Fletcher ?

—Je ne vois pas son visage, inspecteur, il est tourné de l'autre côté.

—Bon, dit-il en fronçant les sourcils, visiblement mécontent de son erreur. Sachant qu'il ne faut pas déplacer le corps, pourriez-vous vous approcher ?

—Cela va m'être difficile.

En réalité, je tremblais comme une feuille. Je n'avais jamais vu de personne décédée auparavant, et appréhendais le fait qu'il s'agissait de quelqu'un que je connaissais, et bien de surcroît. Walter donnait l'impression d'être endormi, mais son front montrait une sévère entaille et il y avait une flaque de sang sous sa tête. J'étais soulagée que les stores soient baissés, atténuant la lumière du soleil et laissant le visage de Walter dans l'ombre.

—La police d'État a envisagé la possibilité d'un meurtre, mais moi non.

—Ah bon ? Et pourquoi cela ?

Tupper désigna deux drapeaux signalant des indices fixés sur le côté du bureau. Ils encadraient une tache de sang.

—Tout laisse penser qu'il a glissé et s'est cogné la tête. Et laissez-moi vous montrer quelque chose, madame Fletcher.

Il contourna le bureau de Walter Reavis, et je lui emboîtai le pas. S'apprêtant à ouvrir le tiroir du bas, Tupper jeta un coup d'œil en direction de la porte, comme pour s'assurer qu'aucun policier d'État n'était dans les parages.

—Venez voir par ici.

Je m'avançai alors qu'il s'était reculé et aperçus une bouteille de gin à moitié vide.

—Au club, expliqua l'inspecteur, Walter disait parfois qu'il avait besoin d'un petit remontant pour tenir bon toute la journée. Je ne le juge pas, bien sûr, et peut-être avez-vous l'impression que j'aurais dû le mettre en garde, mais il s'agissait d'une conversation informelle entre amis. J'imagine que je n'avais pas à m'en mêler.

Tupper fronça de nouveau les sourcils. Il s'agissait manifestement de l'une de ses mimiques habituelles.

—En y repensant, j'ai peut-être commis une erreur.

J'attendis qu'il poursuive.

—Si j'avais dit quelque chose, Walter serait peut-être toujours en vie.

—Vous pensez qu'il s'est mis à boire après ce coup de fil désagréable, qu'il a glissé et est tombé ?

—Oui, et que sa tête a heurté cet endroit, confessa Tupper en désignant la tache de sang située entre les deux drapeaux. Je serais prêt à jurer que l'autopsie indiquera que Walter avait un taux élevé d'alcool dans le sang.

J'observai de nouveau la position du corps du principal.

—L'avez-vous trouvé dans cette position exacte ?

—Pour autant que je sache, le corps n'a pas été déplacé d'un centimètre. Et le bureau est tel que nous l'avons trouvé.

J'éprouvais soudain le désir d'ouvrir les stores pour avoir plus de lumière et y voir plus clair.

—Je ne suis pas une experte, inspecteur, mais l'entaille sur son front ne semble pas correspondre à l'arête de ce meuble ; du moins, pas tout à fait.

Tupper plaça sur son nez ses loupes de lecture afin d'examiner de nouveau la scène, puis les retira lorsqu'il se rendit compte qu'elles ne lui servaient à rien.

—Oui, madame, je suis d'accord avec vous. Je me demande comment la police d'État du Maine a pu passer à côté de cela ! s'indigna-t-il.

—Ils ne devraient pas persister dans leur erreur dès que les techniciens auront eu accès à la scène de crime. J'ai l'impression qu'il faudra chercher une arme potentielle, dotée d'une arête plus fine et étroite. Lorsque quelqu'un tombe en avant et se cogne la tête, dis-je en simulant une chute contre un autre angle du bureau, le réflexe consiste à ramener la tête vers l'arrière. Un choc suffisamment violent pour être fatal aurait sans doute été brutal, ce qui signifie qu'il était peut-être en train de se diriger vers la porte lorsqu'il a entendu le téléphone sonner. Il est alors revenu vers son bureau et a glissé, et le meuble a arrêté sa chute.

—Votre explication tient la route, madame Fletcher.

—Excepté que cela veut dire qu'il se serait approché du bureau selon cet angle pour attraper le téléphone ici, ajoutai-je en joignant le geste à la parole. Il s'agit de la seule manière de s'en approcher, et si les choses se sont passées ainsi, il serait plutôt tombé vers la gauche, et non vers la droite, après l'impact.

—C'est possible, murmura Amos Tupper en se caressant le menton.

—Effectivement, inspecteur. Il est également possible que le meurtrier ait maquillé son crime en accident, et qu'il ait donc étalé le sang de Walter Reavis à cet endroit, dis-je en tendant le doigt vers la tache située sur le bord du bureau.

—Dans ce cas, il faut trouver l'arme du crime.

Je parcourus le bureau du regard, m'attardant sur les étagères et les divers souvenirs exposés.

—Je cherche un objet susceptible de correspondre à la blessure de M. Reavis, expliquai-je, tout en fixant l'une des étagères. Comme ce trophée là-haut, ou ce presse-papiers posé sur un billet d'un dollar…

Le regard de Tupper se dirigea également vers l'étagère du haut.

—Eh bien, les choses avancent ! s'exclama-t-il en plissant les yeux. Mais je crois que le tueur a dû emporter l'objet avec lui, vous ne pensez pas ?

—Peut-être. Mais il, ou elle, aurait eu à trouver le moyen de s'en débarrasser pour ne pas risquer d'être découvert en sa possession. Le meurtrier a sans doute imaginé que sa ruse était suffisante, et compté sur le fait qu'un enquêteur découvrirait cette bouteille de gin.

—J'étais le seul policier d'Appleton à être au courant, madame Fletcher.

—Vous êtes en outre le seul enquêteur de la ville, et étiez certain de vous voir confier l'enquête.

—Et comme beaucoup pensent que je suis un incapable, le meurtrier devait penser que je ne remarquerais rien d'anormal.

—L'arme du crime est encore ici, inspecteur. J'en mettrais ma main au feu. Sauf si…

Amos Tupper me regardait, comme suspendu à mes lèvres.

—Sauf si ? répéta-t-il.

—Sauf s'il l'avait déjà sur lui.

—Vous pensez qu'ils avaient rendez-vous, ou quelque chose comme cela, madame Fletcher ?

—Je n'en ai aucune idée, mais je continue à penser à cette querelle que j'ai surprise. Il est possible que le meurtrier soit venu voir Walter sans prévenir. Y a-t-il des caméras de sécurité dans l'établissement qui nous permettraient d'étudier les allées et venues ?

—Je vais m'en assurer, affirma Tupper, en prenant des notes sur son carnet, avant de se mettre à mâchonner l'embout de son stylo. Et je vais veiller à ce que l'équipe de techniciens de la scène de crime inspecte chaque objet qui ne comporte pas de trace de sang, car le tueur a sans doute dû nettoyer avec soin l'arme utilisée.

Une lueur s'était allumée dans les yeux de l'inspecteur.

—Mais vous disiez que vous étiez auteure de romans policiers…

—Ce n'est que l'avis de l'un de mes élèves.

—Eh bien, vous feriez une formidable enquêtrice.

—Merci ! Mais je pense que je vais continuer à enseigner.

—Cependant, si un jour vous changez d'avis… reprit Tupper, dont le pas était devenu plus élastique tandis qu'il se dirigeait vers la porte, le faisant paraître plus grand. Maintenant, je vais aller dire un mot à ces gars de la police d'État. Leurs conclusions initiales ont besoin d'être légèrement modifiées. Si vous avez raison, j'aurai l'air moins stupide à leurs yeux.

—Vous voulez dire, si *nous* avons raison, inspecteur.

Il me guida vers la porte.

—Madame Fletcher, je dois dire que vous et moi formons une sacrée équipe.

—Je vous remercie, inspecteur.

Il afficha brusquement un air timide, à la manière d'un adolescent qui aurait aimé inviter une jeune fille à danser.

—Cela vous conviendrait-il que je vous tienne informée des suites de l'enquête ?

—J'en serais heureuse ! Mais espérons que ce genre d'événements ne se produira pas tous les jours…

10

De nos jours

— Amos Tupper était *inspecteur* ?

Je hochai la tête.

—Oui, Mortimer !

—J'aurais tout entendu !

—Vous dites souvent cela lorsque nous collaborons…

—Je sais. Et j'ai une bonne raison de le faire. Je comprends pourquoi vous êtes une auteure à succès, Jessica, car vous semblez ne jamais vous répéter…

Il continua de me fixer, comme s'il avait encore du mal à croire à l'histoire que je venais de lui relater.

—L'*inspecteur* Amos Tupper ? Vraiment ?

Amos était ensuite devenu shérif à Cabot Cove, et entré en fonction juste avant le décès de Frank. Il avait occupé ce poste un certain nombre d'années avant de passer les rênes à Mortimer Metzger. Lassé de son métier de policier, qu'il exerçait depuis une vingtaine d'années, il avait quitté le département de police d'Appleton peu de temps après la résolution du meurtre de Walter Reavis. Il fut quelque temps chauffeur de bus, puis, comme il s'ennuyait, postula pour le poste de shérif de Cabot Cove dès sa création. Il n'imaginait pas, alors, que le meurtre sur lequel il avait enquêté lorsqu'il exerçait à Appleton ne serait qu'un avant-goût ce qu'il allait vivre dans la petite ville balnéaire.

—Revenons au présent, proposa Mortimer. La mère de Ginny a repris son nom de jeune fille, Demerest, après le divorce. Elle s'appelle Madeline Demerest, mais se fait appeler Maddie.

—Ne vaudrait-il pas mieux la prévenir de notre visite ?

—Et gâcher l'effet de surprise ? me défia Mortimer. Nous avions une devise, à New York : s'ils ne savent pas que vous venez, ils ne peuvent s'y préparer.

—Nous ne sommes pas à Manhattan, lui rappelai-je.

—Reste qu'un meurtre est un meurtre, Jessica. Et le fait est que Maddie Demerest ne quitte jamais son domicile, car elle y travaille.

—Pourriez-vous être plus précis ?

Mortimer sourit d'un air ironique.

—Non, je vais vous laisser sur votre faim. Comme cela, vous saurez l'effet que ça fait !

—Avez-vous déjà entendu parler du phare de Portland Head ? me demanda Mortimer alors que nous traversions la frontière entre le New Hampshire et le Maine, juste après le rond-point de Portsmouth.

—Celui qui se trouve à Fort Williams Park, et dont George Washington en personne a commandé la construction ?

—Il est impossible de vous prendre en défaut, n'est-ce pas ?

—J'ai vécu en Nouvelle-Angleterre une grande partie de ma vie, et essentiellement dans le Maine, Mortimer. Est-ce que Maddie Demerest a un rapport quelconque avec ce phare ?

Mortimer m'expliqua que le phare et la corne de brume étaient en réalité entretenus par le garde-côte à l'heure actuelle. La mère de Ginny Genaway gérait le reste du complexe. Et l'un des avantages de la gestion de ce site très touristique – composé du phare, d'un musée et d'une boutique de souvenirs – résidait dans le fait de disposer d'un logement situé dans la maison des gardiens de phare, construite en 1891. L'ensemble de l'édifice avait, par ailleurs, fait l'objet de nombreuses rénovations et améliorations depuis sa construction. Il était indispensable de l'entretenir pour que le phare continue à fonctionner afin de guider les bateaux au large de la côte rocheuse du Maine, notamment en cas de brouillard. Le monument jouait toujours ce rôle depuis son automatisation complète en août 1989.

Si Maddie Demerest vivait ici depuis trois ans, elle ne jouait donc aucun rôle dans le fonctionnement du phare. Elle occupait les fonctions de guide touristique, de directrice du musée et de responsable de la boutique de souvenirs.

—Est-elle au courant du décès de sa fille ? demandai-je à Mortimer lorsque le phare commença à apparaître au loin.

—La police d'État s'est rendue chez elle ce matin. D'après mes informations, elle est restée sur place, mais les visites ont été annulées et le musée est fermé pour la journée.

—Sait-on où elle se trouvait hier soir, Mortimer ?

—Décidément, vous êtes toujours aussi suspicieuse !

—C'est dans ma nature…

—Alors, nous sommes faits du même bois. Je pensais que je changerais en emménageant à Cabot Cove, mais il est difficile de perdre ses habitudes.

—Ce n'est pas une mauvaise chose, dans la mesure où la criminalité a augmenté après votre arrivée.

—Vous me le reprochez ?

—Prenez vos responsabilités, mon cher…

Mortimer décéléra tandis que nous approchions de l'entrée du parking du phare de Portland Head qui était désert, à l'exception de la présence d'une voiture de la police d'État du Maine.

—Vous savez, je pense que vous avez raison à propos d'Amos Tupper, Jessica. Il ne devait pas être aussi stupide que tout le monde le pensait ; il a eu l'intelligence de ne pas me dire ce qu'impliquait réellement le métier de shérif à Cabot Cove.

Il se gara. L'agent de la police d'État du Maine resté sur place pour veiller sur Maddie Demerest avait dû remarquer notre arrivée, car il traversa discrètement le parking, la main posée sur l'étui de son pistolet, pour venir à notre rencontre.

—Je suis le shérif Metzger de Cabot Cove, se présenta rapidement Mortimer. Et voici Jessica Fletcher.

L'agent me salua d'un signe de tête avant de se tourner vers Mortimer.

—Cabot Cove, je vois, il s'agit de l'endroit où a eu lieu le meurtre de la fille de cette femme.

—La ville fait partie de ma juridiction, précisa le shérif. Mme Demerest est-elle en état de parler ?

—Elle n'est pas sous sédatif, en tout cas, et n'a pas non plus absorbé d'alcool, pour autant que je sache. Donc, si l'on exclut son état de choc et son chagrin, oui, elle est en état de parler. Nous avons proposé de l'emmener au bureau du médecin légiste, ou bien où elle le désirait. Mais bizarrement, elle a refusé.

—Il semble qu'elle était en froid avec la victime depuis un certain temps, ajouta Mortimer. Je ne sais pas quand elles se sont vues ou parlé pour la dernière fois.

—Alors qu'elles vivaient tout près l'une de l'autre, et que la fille était dans le New Hampshire ?

Mortimer fronça les sourcils.

—Oui. Allez comprendre…

—Laissez-moi annoncer à Mme Demerest que vous êtes là.

***

Je remarquai d'emblée que Maddie Demerest, la mère de Ginny, était fumeuse. Je détectai l'odeur caractéristique du tabac dès notre arrivée au bas de l'escalier intérieur du bâtiment – l'ancienne maison des gardiens du phare – qui menait à son appartement. Elle devenait plus intense au fur et à mesure que nous montions, et la cause nous en parut évidente lorsque Maddie ouvrit la porte, une cigarette à la main.

Mortimer ôta son chapeau.

—Madame, je suis Mortimer Metzger, le shérif de Cabot Cove. Recevez mes sincères condoléances.

La femme me jeta un rapide coup d'œil, comme si elle se demandait ce que je faisais là, avant de se tourner vers Mortimer.

—C'est vous qui avez trouvé le corps…

—Non, ce n'est pas moi, madame Demerest. Il s'agit de l'un de mes agents, qui avait remarqué la voiture isolée sur une aire de repos.

Une aire panoramique.

Je me gardai de corriger Mortimer à voix haute.

—Mais Mme Fletcher, qui m'accompagne, est sans doute la dernière personne à avoir vu votre fille vivante.

—En dehors du meurtrier, je suppose, balbutia Maddie Demerest, en essuyant quelques larmes dont la présence sembla l'étonner.

Elle émit un soupir tout en exhalant une bouffée. Elle devait avoir une soixantaine d'années, mais son apparence frêle et son absence de sophistication la faisaient paraître plus âgée d'une dizaine d'années.

—Pourquoi ne pas parler de tout cela à l'intérieur ? suggérai-je. Je pourrais vous préparer un thé ou un café pendant que vous vous entretenez avec le shérif Metzger.

Elle ouvrit la porte plus largement.

—Je ne veux ni l'un ni l'autre, murmura-t-elle. Je pourrais m'accorder quelque chose de plus fort, mais je ne bois plus d'alcool depuis des années. Je pensais que cela me permettrait de renouer avec ma fille, que j'avais laissé tomber… Mais parfois, il est impossible de réparer un lien qui s'est brisé.

Je la dévisageai plus longuement en suivant Mortimer à l'intérieur.

—Nous savons que vous avez perdu votre fils au Moyen-Orient, mais vous avez une autre fille, n'est-ce pas ? repris-je, en me remémorant la photo que j'avais vue dans l'appartement de Ginny, à Manchester.

—Oui, il s'agit de ma fille aînée, Lisa Joy. Elle a quitté la région pour s'installer dans le sud juste après le décès de son père. Étonnant, n'est-ce pas ? La dernière fois que j'ai eu de ses nouvelles, elle était enseignante, quelque part en Alabama.

Elle avala une nouvelle bouffée de cigarette, et se mit à tousser, prise de haut-le-cœur.

—Elle a suivi les pas de son père, poursuivit-elle après avoir repris son souffle. Bizarre, parce qu'elle le détestait autant qu'elle me détestait.

—Votre fille était élève au lycée d'Appleton à l'époque du meurtre de votre ex-mari, si je ne me trompe pas ? demandai-je.

Elle me regarda avec curiosité, tandis que la fumée de sa cigarette formait des volutes entre nous.

—Qui êtes-vous, déjà ?

—Je m'appelle Jessica Fletcher, madame Demerest.

Mortimer s'éclaircit la voix.

—Je me suis dit qu'être accompagné d'une femme serait une bonne idée.

—Cela n'explique pas davantage votre présence ici, shérif. Si vous êtes venus m'informer du décès de ma fille, vous avez plusieurs heures de retard.

—Je pensais que vous pourriez savoir quelque chose qui nous mettrait sur la piste de son meurtrier.

—Madame Demerest, ajoutai-je, d'après mon expérience, la famille et les proches des victimes d'un crime violent savent souvent quelque chose sans en avoir conscience, et cela peut ressortir dans le cadre d'une conversation.

—Votre expérience ? Mais vous ne faites pas partie de la police, pourtant ?

—Madame Fletcher a assisté à de nombreuses enquêtes à Cabot Cove ainsi que dans de nombreux autres endroits, objecta Mortimer en guise d'explication.

L'expression de Maddie Demerest se modifia, indiquant qu'elle venait de réaliser quelque chose.

—Oui, je me souviens de vous, maintenant… Vous étiez enseignante au lycée de Walter. Vous aidiez cet inspecteur de la police d'Appleton, qui était chargé de l'enquête sur son assassinat. Et maintenant, vous êtes devenue une auteure à succès de romans policiers, riche et célèbre. L'enquête vous a en quelque sorte « ouvert des portes ».

Je ne relevai pas sa dernière remarque. Cette femme avait perdu son fils, tué par une bombe, et sa fille aînée s'était éloignée d'elle. Je ne savais pas encore si elle était en aussi mauvais termes avec Ginny qu'avec Lisa Joy. Je ne le pensais pas. Madeline Demerest était une femme broyée par le chagrin, qui avait dû essayer de noyer son chagrin dans l'alcool et exhalait désormais son désarroi à travers la fumée de sa cigarette. Son apparence montrait qu'elle avait depuis longtemps renoncé à prendre soin d'elle. Je me demandais comment elle était parvenue à exercer l'activité de guide du phare depuis trois ans, une tâche qui, j'imagine, lui demandait de sourire fréquemment, ce qui ne devait pas être simple pour elle.

—Quand avez-vous parlé à votre fille pour la dernière fois ? intervient Mortimer.

—Cela a-t-il une importance, maintenant ?

—J'aurais aimé savoir si elle vous avait dit pourquoi elle se rendait à Cabot Cove, madame, insista le shérif.

—Elle ne m'a rien dit. Je n'ai aucune idée de ce dont vous parlez. Je commence même à regretter de vous avoir laissés entrer…

Je fis un pas de côté, comme pour m'interposer entre elle et le shérif.

—Pourrions-nous aller nous asseoir dans votre salon ? Ou bien installons-nous ici, dans votre cuisine. Je pourrais vous préparer ce thé…

—Je vais rester debout, si cela ne vous ennuie pas, madame Fletcher. Je ne souhaite pas que notre entrevue dure trop longtemps.

—J'ai pris un café avec votre fille Ginny, hier. Elle a prétexté qu'elle souhaitait m'interviewer pour le journal du lycée. Elle disait qu'elle y écrivait des articles.

—Et vous l'avez crue ?

—Elle était crédible.

Maddie Demerest alluma une nouvelle cigarette et remit le briquet dans la poche du pull-over informe qu'elle portait, qui soulignait ses épaules étroites et osseuses.

—Que voulait-elle exactement ?

—J'ai du mal à le savoir. Je pense qu'elle voulait obtenir des informations sur le meurtre de son père.

—Après toutes ces années ?

—Je me pose cette question depuis que j'ai appris qu'elle m'avait caché sa véritable identité.

Maddie Demerest plissa les yeux en me fixant.

—Vous étiez présente aux funérailles de mon ex-mari. Je me souviens vous y avoir vue. Vous étiez venue me saluer…

—Je suis désolée, je n'en ai pas un souvenir très précis. Puis-je vous poser une question ?

—Faites donc.

—Quelle relation Ginny entretenait-elle avec son père ?

Je souhaitais que la conversation prenne une tournure différente.

—C'était notre cadette, et il lui a terriblement manqué. Je pense qu'il avait fait beaucoup d'efforts avec elle, ce qui n'a pas nécessairement été le cas avec Lisa Joy et Gavin, notre fils.

—D'après l'ex-mari de Ginny…

—Vous avez rencontré cette ordure ? m'interrompit Maddie Demerest, dont les traits se durcirent. Ce criminel qui a profité d'elle ?

—Je n'ai pas l'impression qu'elle voyait les choses ainsi, madame.

Maddie cessa de me regarder et se tourna vers Mortimer.

—Est-ce que cet entretien est terminé, shérif ?

—Je crois que oui, madame. Cependant, j'aimerais entrer en contact avec votre fille aînée. Avez-vous un numéro pour la joindre en Alabama ?

—Je n'ai jamais eu son numéro. Je ne pourrais même pas vous affirmer qu'elle vit encore là-bas. Je ne me vois pas reprendre contact avec elle, shérif. Si je le fais, je vais me remettre à boire. La seule bonne chose que j'ai faite durant toutes ces années, la seule, a été de trouver cette opportunité professionnelle. Voulez-vous savoir comment j'ai décroché cet emploi ?

Maddie se tourna de nouveau vers moi et je hochai la tête.

—J'avais l'intention de sauter du phare. Mais je n'étais pas certaine qu'il était assez haut, et je ne voulais pas rater mon suicide. J'ai déjà raté suffisamment de choses jusqu'à présent. J'ai donc postulé pour travailler ici. C'est étrange, en un sens, car Lisa Joy a toujours été obsédée par les phares. Elle les dessinait, fabriquait des maquettes, collectionnait des photos… Et maintenant, je vis là depuis trois ans. Que pensez-vous de tout cela, madame Fletcher ?

C'est à cet instant que je remarquai une photographie la représentant avec ses trois enfants. Comme son fils portait un uniforme militaire, je supposai qu'il s'agissait de l'une des dernières photos prises avant qu'il ne soit tué par l'explosion d'une bombe et que sa fille ne quitte la maison.

—Pourrions-nous éventuellement vous l'emprunter ?

Elle me tendit le cadre sans manifester la moindre émotion.

—Tenez. Allez-vous-en maintenant.

Je me fis la réflexion que Mortimer aurait été incapable d'en supporter davantage.

—Merci de nous avoir accordé un peu de votre temps, madame, dit-il, en réajustant son chapeau de shérif tandis qu'il se dirigeait vers la porte. Mieux vaut que nous partions, maintenant.

—N'allez-vous pas me promettre de mettre la main sur le meurtrier de ma fille ?

—Je peux vous promettre que nous allons faire tout ce qui est en notre pouvoir pour le retrouver.

Maddie Demerest hocha la tête. Elle avait le regard perdu dans le vague, si bien qu'elle ne semblait plus véritablement avoir conscience de notre présence.

—C'est le problème, shérif. Ce n'est pas suffisant.

Regagner le SUV de Mortimer nous permit de faire une pause quelques instants avant de reprendre la route de Cabot Cove. Les dernières lueurs du jour teintaient le ciel en rouge, et il ferait sans doute nuit avant que nous ne parvenions à destination.

—Vous souvenez-vous de cette Cadillac que vous conduisiez autrefois, Mortimer ?

—L'Eldorado rouge ? Comment pourrais-je l'oublier ?

—Vous savez, vous ne m'avez jamais proposé d'y faire un tour…

—Peut-être voulais-je éviter de rendre Adele jalouse.

—Je ne pensais pas que vous alliez rester, Mortimer. J'avais peur que Cabot Cove ne vous permette pas d'avoir la retraite dont vous rêviez.

—Effectivement, ce n'était pas ce dont je rêvais. Mais après la guerre et le NYPD, j'ai compris qu'un univers trop calme finirait par me rendre fou.

—Et maintenant, qu'en pensez-vous ?

—Que la folie serait encore préférable, concéda Mortimer, dont la bouche se tordit en un rictus.

Je l'observai consulter un e-mail qu'il venait juste de recevoir. Il agrandit les caractères en écartant les doigts sur l'écran tactile de son téléphone.

—Le rapport balistique vient juste d'arriver, expliqua-t-il, gardant les yeux fixés sur le message. La balle qui a tué Ginny Genaway était un calibre neuf millimètres. Les traces de poudre brûlée sur l'appuie-tête côté passager confirment que le meurtrier était bien assis de ce côté lorsqu'il a tiré sur elle.

—C'est exactement ce que nous avions imaginé.

Mortimer hocha la tête.

—Oui. Reste maintenant à découvrir qui a commis ce meurtre…

11

— Seth nous attend chez Mara, ajouta Mortimer, en faisant rugir son moteur après avoir lu un autre e-mail. Il dit qu'il a de grandes nouvelles pour nous.

—Ce seront effectivement de grandes nouvelles si elles nous permettent de résoudre l'affaire.

—Patience, ma chère, conseilla le shérif.

—Il faut que nous retrouvions la sœur aînée de Ginny, Lisa Joy.

—Même sa mère ne sait pas où elle se trouve !

—Madeline Demerest ne me donne pas l'impression d'être à même de prendre beaucoup d'initiatives…

—Heureusement que vous avez de l'énergie à revendre, en ce qui vous concerne ! Mais j'ai l'impression que sa fille aînée n'a aucune envie d'être retrouvée.

—En tout cas, nous savons qu'elle enseignait en Alabama.

—Vous le pensez, Jessica ? J'ai du mal à faire confiance à cette femme.

—Personne ne disparaît réellement, de nos jours, le rassurai-je, en exhibant la photographie que Maddie

Demerest nous avait donnée. Et au moins, nous avons une photo d'elle, maintenant !

—Oui, une photo de l'époque où elle était au lycée, avec des nattes et un appareil dentaire.

—Non, elle n'avait rien de tout cela !

Mortimer venait de recevoir un coup de fil et avait une petite urgence à régler. Il me déposa donc devant chez Mara. J'entrai dans le restaurant pour rejoindre Seth Hazlitt en l'attendant. Celui-ci était assis à la même table que la veille, qui était plus ou moins notre table habituelle. Une autre personne lui tenait compagnie. Mais je ne reconnus Jen Sweeney, la proviseure du lycée de Cabot Cove, que lorsqu'elle se retourna tandis que je m'approchais.

—Madame Fletcher, me salua-t-elle en se levant, je suis ravie de vous revoir !

—Moi également, madame Sweeney.

—Je discutais de la prochaine journée des métiers avec le docteur Hazlitt. Il est d'accord pour être notre principal conférencier, cette année.

—Vous savez, plaisantai-je, notre cher docteur adore parler de lui.

—Comme si vous n'aimiez pas être le centre de l'attention ! protesta Seth. Quant à moi, il est certain que je ferai mieux que le discours soporifique que vous nous avez servi l'an dernier !

—Il vaut mieux que vous prévoyiez la journée entière, signalai-je à Jen Sweeney. Je l'ai déjà entendu discourir, et il est plutôt du genre intarissable…

—J'ai beaucoup de choses intéressantes à partager. Vous verrez, madame Sweeney !

Cette dernière se tourna vers moi.

—J'espère que nous pourrons également compter sur votre participation, madame Fletcher !

—Bien évidemment, la rassurai-je. Je ne manquerai cela pour rien au monde. Et j'espère que la véritable Kristy Powell assistera à l'une de mes présentations.

—Je ferai de mon mieux pour que ce soit le cas !

—Dites-lui que j'aborderai aussi la question du journalisme, et comment passer de ce métier à l'écriture de livres de fiction, en particulier de romans.

—Je suis certaine qu'elle trouvera le sujet passionnant. Je sais à quel point vous avez influencé beaucoup de jeunes écrivains lorsque vous étiez enseignante ici. Certains de leurs livres figurent désormais dans les rayons des librairies locales à côté des vôtres.

Elle me regardait, et l'admiration qui s'affichait sur son visage paraissait sincère.

—Si jamais vous souhaitiez enseigner de nouveau, madame Fletcher…

—Je vous suis très reconnaissante d'y songer, madame Sweeney. Mais cela fait si longtemps… Je pense que je vais me contenter de participer à la journée des métiers.

—C'est dommage. De nos jours, les connaissances des élèves ne valent pas une poignée de haricots. Croyez-moi. J'en suis sûre.

—Certainement, vous qui êtes en première ligne tous les jours.

Jen Sweeney repoussa contre la table la chaise sur laquelle elle était assise.

—Je vous prie de m'excuser d'avoir perturbé vos éventuels projets, ajouta-t-elle à l'intention de Seth et moi-même.

—Une part de tarte et un café ne font pas partie de mes projets. Ils font partie de mes rituels de survie, rétorqua Seth.

Mais comme nous étions le soir, et non plus l'après-midi, il n'y avait plus de tarte, et Seth était, semblait-il, en train de déguster sa troisième tasse de café, compte tenu du nombre de sachets de sucre disposés dans sa soucoupe. Mortimer arriva au moment où Jen Sweeney passait la porte, et souleva son chapeau pour la saluer. Accueilli par le regard caustique de Seth, il s'assit sur la chaise qu'elle venait de quitter.

—Il vous en a fallu du temps ! grommela le médecin et grincheux favori de Cabot Cove en guise de salutation. D'habitude, je m'apprête à aller me coucher, à cette heure-ci.

—Il n'est que 20 heures, Seth.

—Pour bien dormir, il faut se mettre en condition de bonne heure, rétorqua-t-il, faussement sérieux, en me jetant un regard narquois. Le médecin légiste m'a fait parvenir le dossier médical complet de Ginny Genaway, ainsi que son rapport d'autopsie. Vous serez peut-être intéressé d'apprendre qu'elle était suivie par un psychiatre…

—Avez-vous son nom ?

—Oui, et j'ai d'ailleurs pris la liberté de lui envoyer un e-mail.

—N'est-ce pas un peu précipité, docteur ?

—Pas davantage que de me faire passer pour le secrétaire médical de Cabot Cove ! Si j'en crois l'étiquette qui figure sur l'enveloppe, en tout cas… J'aurais apprécié que vous me teniez informé du prestigieux titre que vous m'aviez accordé, Mortimer, d'autant que je ne suis plus le seul médecin en ville, désormais.

—Ne me prenez pas de haut, doc. Je ne me souvenais pas du nom des autres médecins, et je n'avais donc pas d'autre choix que de m'adresser à vous…

—Je devrais donc me sentir flatté ?

—Que vous a répondu le psychiatre, lorsque vous avez pris contact avec lui ? intervins-je.

—Il m'a dit qu'il ne pouvait déroger aux règles de confidentialité qui s'appliquent à la relation entre le médecin et son patient.

—Ces règles ne s'appliquent plus après le décès, lui rappela Mortimer.

—C'est sans doute pour cette raison qu'il souhaite que la police locale le contacte directement. Je lui ai expliqué que j'étais mandaté officiellement, et j'ai pris rendez-vous pour le rencontrer en votre nom, précisa Seth, qui se tourna ensuite vers moi. Mais je ne lui ai pas encore dit que vous seriez également présente vendredi, Jess.

—Je ne suis pas conviée, il me semble.

—Eh bien, considérez que vous l'êtes, sauf si vous n'êtes pas disponible ce jour-là.

—Très bien, je tâcherai d'intégrer ce rendez-vous à mon emploi du temps.

—Où se trouve le cabinet du psychiatre ? demanda Mortimer, tout en jetant un coup d'œil sur la partie du menu consacrée aux tartes.

—À Brookline, dans le Massachusetts. Dans Beacon Street, pour être plus précis.

—C'est un bien long trajet, s'il n'a pas grand-chose à nous apprendre, grommela le shérif. Je suis heureux que madame F. et vous soyez chargés de cette partie de l'enquête…

—Pourquoi vous appelle-t-il madame F., au fait ? interrogea Seth.

—Cela lui rappelle des souvenirs heureux de la période précédant celle où il est arrivé ici, répondis-je.

—En parlant de souvenirs, doc, poursuivit Mortimer tout en croisant les bras sur la table, saviez-vous qu'Amos Tupper était inspecteur à Appleton avant d'endosser l'étoile du shérif ici, à Cabot Cove ?

—Non, je n'en savais rien !

—Tant mieux. Jessica pourra vous raconter tout cela sur la route de Brookline.

Seth racla son assiette avec sa fourchette pour réunir les miettes qui restaient de sa tarte à la rhubarbe et à la framboise.

—Je me demande si cela vaut la peine que je me dérange…

—Sans vous, je pourrais m'y rendre à bicyclette, protestai-je. En partant maintenant, j'y serai peut-être au début de la semaine prochaine.

—Et si vous étiez l'assistante du shérif pour une journée ? proposa Mortimer. Comme cela, votre visite aurait un caractère officiel.

—Vous êtes simplement inquiet, parce que je suis bien capable de soutirer davantage d'informations à ce psychiatre que vous ne le feriez.

—Évidemment. Pourquoi serait-ce différent cette fois ?

Mortimer avait encore quelques tâches à terminer. Ce fut donc Seth qui me déposa à Hill House, dans l'une de ses antiques Volvo. Il les achetait les unes à la suite des autres, généralement une tous les trois ans, et chaque modèle semblait dater davantage que le précédent. Il donnait à cela une explication banale, à savoir qu'il préférait posséder une voiture aussi ancienne que lui – sauf lorsqu'elles tombaient en panne, naturellement.

Je venais à peine de gagner ma suite que j'entendis frapper à la porte. J'ouvris aussitôt, sans prendre le temps de regarder par le judas, et me retrouvai nez à nez avec deux hommes que je n'avais jamais vus auparavant.

—Pourrions-nous nous entretenir avec vous, madame Fletcher ?

—Cela dépend. Qui êtes-vous ?

Les deux hommes échangèrent un regard en tournant leurs têtes l'un vers l'autre de manière parfaitement synchronisée, telles des marionnettes commandées par les mêmes fils.

—Nous venons de la part de Vic Genaway, répondit le premier homme qui avait parlé.

J'eus le sentiment que c'était lui qui allait mener l'entretien.

—Cela ne me dit pas qui vous êtes…

—Au contraire, objecta l'homme. M. Genaway nous a envoyés pour que nous le tenions informé de l'enquête au sujet du meurtre de sa femme, et pour vous prêter assistance si besoin.

—Me prêter assistance ? Mais pourquoi ?

—Si besoin, répéta l'homme, comme si j'allais mieux comprendre ses intentions. M. Genaway veut simplement s'assurer que la justice suivra son cours, madame Fletcher. Vous êtes bien auteure de romans policiers, n'est-ce pas ?

—Oui, en effet.

—Ma femme adore les romans policiers. Vous pensez que vous pourriez lui dédicacer un livre ? Je n'en ai pas sur moi, mais…

—J'en ai quelques exemplaires sous la main. Pourquoi n'entreriez-vous pas, messieurs ?

Les deux hommes échangèrent de nouveau un regard, semblant surpris que je les invite à entrer. Celui qui m'avait adressé la parole laissa la porte entrouverte, comme s'il souhaitait me montrer que je n'avais rien à craindre de leur part, ce que j'avais déjà compris. Des hommes comme ceux-là ne frappent généralement pas à la porte lorsqu'ils n'ont pas de bonnes intentions.

Je choisis un exemplaire de mon dernier roman posé sur la table basse du salon de ma suite, m'assis sur le canapé et m'emparai d'un stylo.

—À qui dois-je le dédicacer ?

—À Norma… Il s'agit de ma femme.

Je commençai à inscrire le prénom.

—Et vous, comment vous appelez-vous ?

—Joe. Mais ne me citez pas. La dédicace est pour ma femme. Elle sera ravie… Quand elle saura que je vous ai rencontrée… ! Quel est votre véritable nom, en fait ?

—Jessica Fletcher.

—Vous n'avez donc pas de pseudonyme ?

Je secouai la tête en signe de dénégation et tendis le livre à Joe, afin qu'il puisse voir mon nom inscrit sous le titre.

—Voilà. Je signe Jessica B. Fletcher. Le B signifie Beatrice.

Il s'empara du livre comme s'il s'agissait d'un objet précieux.

—Elle va rougir, j'en suis certain. Elle sera si heureuse qu'elle va tomber dans les pommes.

Je restai bouche bée.

—Je plaisantais, madame Fletcher.

—Ah, je comprends, dis-je en me forçant à émettre un petit gloussement.

—Nous résidons dans un hôtel, juste à la périphérie de la ville, reprit Joe, en échangeant de nouveau un regard avec son acolyte. Je vais vous indiquer mon numéro de téléphone portable, au cas où vous auriez besoin de nous joindre.

—Et pourquoi aurais-je besoin de vous joindre, Joe ?

Il emprunta le stylo que j'avais utilisé pour dédicacer mon livre à sa femme et nota un numéro précédé de l'indicatif 617, correspondant à Boston, sur un bloc de l'hôtel.

—On ne sait jamais ce qui peut arriver…

—Par exemple ?

—Quelque chose qui nécessiterait que vous nous informiez…

—Est-ce pour cela que M. Genaway vous a envoyés ici ? N'y a-t-il aucune autre raison ?

—En réalité, il y en a une autre.

—Je ne suis pas sûre de bien vous suivre.

Joe me fixa sans ciller.

—Je suis certain que vous comprenez, madame Fletcher. M. Genaway veut simplement s'assurer que le meurtrier de Ginny aura le sort qu'il mérite.

—Je pense que cela est le rôle de la justice.

—Certes. Mais parfois, la justice ne fait pas son travail. C'est pour cela que Vic Genaway nous a demandé de venir ici.

—Donc, vous attendez de moi que je vous tienne informés de l'avancement de l'enquête, c'est bien cela ?

—Pour le moment, M. Genaway veut veiller sur votre sécurité, afin que vous puissiez livrer le meurtrier de son ex-femme à la justice.

—Comme je vous l'ai dit, Joe, c'est le travail du shérif et de la police d'État.

—M. Genaway ne leur fait pas confiance, madame. C'est à vous qu'il s'en remet. Il nous a demandé de nous présenter et de vous dire que nous étions là si besoin.

Joe commença à reculer en direction de la porte avec l'exemplaire de mon dernier livre sous le bras, son compagnon silencieux à ses côtés.

—Vous avez mon numéro, n'hésitez pas à l'utiliser.

—Vous pensez que je suis réellement en danger ?

—M. Genaway le croit.

—Et pourquoi donc ?

—Il ne nous a rien dit, et je ne le lui ai pas demandé. Il se soucie de vous, je pense : M. Genaway se trompe rarement, dans ce genre de situations. Et ne croyez pas que cela vient exclusivement de son imagination, car, croyez-moi, il n'en a aucune. S'il pense que vous courez un danger, il vaut mieux le savoir. C'est pour cela que nous sommes ici – nous sommes en quelque sorte vos gardes du corps.

Je me hâtai vers la porte, heureuse de me débarrasser de mes visiteurs.

—Remerciez M. Genaway de sa bienveillance la prochaine fois que vous le verrez, Joe. Et assurez-le que je ferai tout mon possible pour retrouver le meurtrier de son ex-femme.

Joe eut un sourire en coin.

—Il le sait, madame Fletcher. Je vous souhaite une bonne nuit, en tout cas.

Il sourit de nouveau lorsqu'il se retrouva dans le couloir, juste avant que je ne referme la porte.

L'incident aurait pu m'effrayer, ou au moins me secouer, mais ce ne fut pas le cas. Je savais que Vic Genaway ne me voulait aucun mal, et qu'il avait envoyé ces deux hommes à Cabot Cove parce qu'il aimait sincèrement son ex-épouse. Je m'en étais rendu compte lorsqu'il avait évoqué la dispute qu'ils avaient eue et qui avait conduit à leur séparation définitive lorsque Ginny l'avait frappé avec un club de golf. Je ne pouvais qu'imaginer à quel point il devait se sentir impuissant, lui qui était habitué à diriger, ainsi cloîtré dans une prison. Je me sentis mal pour lui, sans savoir pourquoi exactement.

Je jetai un coup d'œil dans le judas pour vérifier si mes nouveaux amis étaient bien partis, puis sortis mon vieux répertoire téléphonique, que je possédais avant que les téléphones portables ne deviennent indispensables. J'en avais enfin acquis un, tout comme je m'étais mise tardivement à l'ordinateur, à la télévision à écran plat et à beaucoup d'autres technologies récentes. J'ouvris mon répertoire à la lettre T et composai un numéro, en me demandant s'il n'avait pas changé.

—Allo ? prononça une voix familière que je n'avais pas entendue depuis longtemps.

Parfait, le numéro avait été conservé.

—Quoi de neuf au Kentucky, Amos ?

—Ça alors, Jessica Fletcher ! s'exclama Amos Tupper. Quelle surprise ! Je suis heureux de vous entendre !

—Moi aussi, dis-je. Vous ne pouvez pas savoir à quel point…

—Vous avez enfin réussi à vous débarrasser de Mortimer Metzger ?

—Pas vraiment. Mais vous serez ravi d'apprendre qu'il vous maudit tous les jours d'avoir pris votre retraite.

—J'ai quelque peu travaillé comme inspecteur, ici aussi. Mais cela n'avait rien à voir avec ce qu'il se passait à Cabot Cove.

—Je m'en doute, Amos.

—Cependant, sachez que je suis ce qu'il s'y passe, au cas où vous auriez besoin d'un conseil sur une affaire actuelle.

—C'est le cas, mais je souhaitais vous parler d'une ancienne affaire : le meurtre de Walter Reavis.

—Bien sûr, notre première affaire de meurtre, madame Fletcher, si je ne me trompe ?

—En effet !

—Dites, vous souvenez-vous de la fois où nous avions pris le bus pour nous rendre à cette convention de la police durant laquelle vous deviez prendre la parole ?

—Oui, tout cela pour être pris en otage par un meurtre au moment où un orage avait inondé la route et où nous avions atterri dans ce café-restaurant.

—Tiens donc. *Pris en otage par un meurtre*… Cela ferait un excellent titre, ne trouvez-vous pas ?

—Si !

—Et vous souvenez-vous de la fois où…

—Je vous appelais au sujet du meurtre de Walter Reavis, Amos…

Il soupira.

—Pardonnez-moi, madame Fletcher. Vivre avec ma fille et sa famille ne me permet pas d'avoir des conversations réellement intéressantes. Et il n'y a pas de comparaison entre le Maine et le Kentucky ! La prochaine fois que je prendrai ma retraite, rappelez-moi de m'installer à proximité d'une côte. Cela ne me convient pas d'être isolé de la sorte…

Il s'interrompit brusquement, comme s'il avait ravalé ses propres paroles.

—Désolé, madame Fletcher. Je me disperse, et il faudrait plus qu'un orage et une route inondée pour m'arrêter…

—Je comprends, et vous me manquez aussi. En réalité, Mortimer Metzger n'accorde pas autant d'importance à mon aide que vous le faisiez.

—Vraiment ?

—Non. Mais je souhaitais quand même vous le dire pour vous rassurer…

Il éclata de rire en même temps que moi. Je me laissai tomber sur une chaise pour poursuivre la conversation.

—Que puis-je donc faire pour vous, madame Fletcher ? Pourquoi revenir sur un meurtre vieux d'il y a vingt-cinq ans ?

—Parce qu'il y a eu un autre meurtre, soupirai-je. La plus jeune fille de Walter Reavis.

—Non, je ne peux y croire… En quoi puis-je vous aider ?

—Eh bien, Amos, j'ai oublié certains détails. J'espérais pouvoir vous dire ce dont je me souviens, et que vous me corrigeriez si je me trompais…

—J'en serais heureux. Ma mémoire aussi me joue des tours, parfois, mais pour ce qui est des meurtres, ils restent gravés dans ma mémoire. Alors, de quoi vous souvenez-vous exactement ?

12

Vingt-cinq ans auparavant...

— Vous aviez raison, madame Fletcher !

— Inspecteur Tupper, c'est vous ? répondis-je en portant à mon oreille le combiné sans fil dernier cri que nous venions d'acquérir.

—Oui ! C'est à propos de ce trophée qui se trouvait sur l'étagère du bureau du proviseur. Nous avons trouvé sur la statuette une trace de sang qui correspond à celui de Walter Reavis. Il s'agit bien de l'arme du crime, et c'est moi qui l'ai trouvée ! claironna Amos Tupper, qui semblait presque au comble de l'excitation.

Cela faisait près de trente-six heures que j'avais identifié le corps de Walter pour lui. J'étais en train de corriger des copies à la table de la cuisine, et je me levai, choquée de constater que mon intuition était juste. Les funérailles du proviseur avaient lieu le lendemain ; les cours devaient s'arrêter en fin de matinée afin que les professeurs et les élèves puissent y assister s'ils le souhaitaient.

—Y avait-il des empreintes, inspecteur ?

—Elles ont en grande partie été effacées, mais nous avons trouvé l'empreinte partielle d'une personne qui ne figure pas dans la base de données criminelles. Je pense que le meurtrier a oublié de nettoyer la partie du trophée qu'il tenait lorsqu'il l'a essuyé. Il a dû également tenter d'enlever le sang, mais il y en avait suffisamment pour l'analyser comme étant celui de la victime, avant même de constater que la tête de la statuette correspondait à la blessure.

Je décidai d'en savoir un peu plus.

—Et qu'en est-il de la conversation téléphonique que j'ai surprise ? Avez-vous pu localiser le numéro de l'interlocuteur de Walter Reavis ?

—Pas encore. La compagnie de téléphone refuse de nous fournir l'information. Pour des questions légales, de protection de la vie privée, ou quelque chose de ce genre…

—Tous les prétextes sont bons. Mais j'aimerais bien voir la tête que font ces agents de police qui se moquaient de vous, maintenant que vous avez pu prouver qu'il s'agissait bien d'un crime !

Je m'imaginais sans difficulté le visage d'Amos s'éclairer d'un grand sourire.

—Qu'allons-nous faire ensuite ? demanda-t-il.

—J'y ai songé, affirmai-je. Avez-vous déjà interrogé des témoins potentiels ?

—Oui. Selon l'emploi du temps que nous avons pu établir, quatre à six personnes étaient encore présentes dans l'établissement au moment où il a été tué : deux concierges, trois professeurs et un élève.

—Que faisait un élève encore ici ? demandai-je.

—Il attendait qu'on vienne le chercher en voiture.

—Il était donc peut-être dehors au moment du crime. Il pourrait avoir apperçu le véhicule du meurtrier…

—J'y ai pensé également, répondit Amos Tupper. En réalité, il se trouvait près de la porte située à l'autre extrémité du bâtiment. Il lui aurait donc été difficile de voir ce qui se passait dans le bureau du proviseur, dans l'autre aile.

—Quel dommage ! Avez-vous appris quelque chose en interrogeant les autres témoins ?

—Rien de particulier, non. Personne n'a entendu ni vu quelque chose d'inhabituel. Certains sont partis par l'entrée principale et ont mentionné que les lumières du bureau du proviseur étaient éteintes, pour autant qu'ils puissent s'en souvenir.

—Intéressant…

—Et l'un d'eux a tenté d'ouvrir la porte et constaté qu'elle était fermée à clé.

—Intéressant également… Vous devriez vérifier le trousseau de clés de M. Reavis.

—Ses clés ?

—Oui. Si elles sont toutes là, c'est que le meurtrier disposait déjà de la clé du bureau. S'il en manque une, c'est qu'il savait laquelle prendre.

—Attendez, je prends cela en note, madame Fletcher.

—Faites donc !

—Dites, avez-vous déjà fait cela auparavant ?

—Quoi donc ?

—Mener une enquête. Sur un meurtre, en particulier.

J'éclatai de rire.

—Jamais… Sauf lorsque j'essaie de deviner qui est le meurtrier dans les séries policières que je regarde à la télévision.

—Eh bien, vous êtes douée pour ça, à voir la manière dont vous m'aidez !

—Walter Reavis était un ami, inspecteur. Je souhaite que son meurtrier ait affaire à la justice.

J'entendis Amos Tupper déchirer une feuille de son carnet.

—Je n'ai pas pris mes notes comme il faut, au sujet de la clé. Je vais vérifier tout de suite. J'imagine qu'elles se trouvent parmi ses effets personnels.

—Ou bien dans le tiroir supérieur droit de son bureau. C'est là qu'il les conservait lorsqu'il travaillait, parce qu'il avait un gros trousseau et il n'aimait pas qu'il encombre sa poche.

J'entendis cette fois Tupper griffonner dans son carnet, sans doute pour prendre de nouvelles notes.

—Pensez-vous à autre chose, madame Fletcher ?

—À quelle heure les témoins qui ont constaté que les lumières du bureau étaient éteintes sont-ils partis ?

—Ils ont tous deux déclaré qu'il était environ 17 heures.

Je me rendis compte que j'aurais également dû prendre note de tout cela, afin de pouvoir disposer de toutes les informations utiles.

—Qu'a dit le témoin qui a essayé d'ouvrir la porte du bureau et l'a trouvée fermée ?

—Les lumières étaient encore allumées à ce moment-là. Il était un peu plus tôt, environ 16 heures 30.

Je tentai de trouver un sens à tout cela. La conversation que j'avais surprise avait eu lieu vers 15 heures 45, ce qui laissait largement le temps au meurtrier de commettre son crime, selon l'emploi du temps reconstitué par Amos Tupper. J'imaginai Walter Reavis en train de verrouiller la porte de son bureau au moment de l'arrivée du meurtrier. Ce dernier avait dû éteindre les lumières, sortir du bureau et refermer de nouveau la porte à clé en quittant les lieux.

—La conversation téléphonique que j'ai entendue a dû se dérouler juste après 15 heures 45, inspecteur, lui rappelai-je. Ce qui signifie que le meurtrier est arrivé après cela, et avant 16 heures 30.

—Oui, vous avez raison.

—Je pense que vous voyez où je veux en venir.

—Euh…

—L'important n'est pas de savoir qui se trouvait dans le bâtiment aux alentours de 17 heures. L'important est de savoir ce qui s'est passé à partir de 16 heures, si quelqu'un a vu quelque chose, n'importe quoi, tout ce qui pourrait nous donner une indication sur la personne avec laquelle le proviseur avait rendez-vous.

—Pourquoi n'ai-je pas pensé à tout cela ? soupira Amos Tupper.

—Il y a autre chose, inspecteur. Peut-être y avait-il des élèves en train de revenir des terrains de sport ou d'une sortie scolaire, à cette heure-ci ? Alma Potts, la secrétaire du lycée, pourrait vous en fournir une liste. Il doit exister un registre des entrées et sorties.

—Re-gis-tre des en-trées et sor-ties, répéta Tupper mécaniquement, sans doute parce qu'il prenait des notes.

—C'est cela !

—Eh bien, cela m'ouvre de nouvelles portes ! Cela vous dérangerait-il que je vous appelle pour avoir votre avis une fois que j'aurais suivi toutes ces pistes ?

—Pas du tout, le rassurai-je.

—Oh, et il y a autre chose… Le médecin légiste a trouvé un objet que Walter tenait dans sa main fermée : un minuscule ballon de football doré en matériau composite.

J'essayai d'imaginer comment le ballon, qui devait être soutenu par la figurine du trophée, avait atterri dans la main de Walter. Cependant, je remis mes réflexions sur ce sujet.

—J'ai également fait une découverte au cours des interrogatoires que j'ai effectués, poursuivit l'inspecteur, semblant faire un effort pour révéler ce qu'il allait dire. Selon certaines rumeurs, Walter Reavis aurait eu une liaison avec une enseignante depuis plusieurs années.

—Je l'ignorais !

—Comme je vous l'ai dit, ce ne sont que des rumeurs, mais plusieurs personnes ont mentionné ce fait. Cependant, ils n'en avaient pas la certitude, et de mon côté, je n'ai pu le vérifier, mais si cela est vrai…

—Vous devriez vous en assurer, inspecteur.

—Vous ne seriez pas fâchée ?

—Pourquoi cela ?

—Simplement parce que je sais que vous aimiez beaucoup Walter, et que je préférerais éviter de salir la mémoire d'un homme après sa mort.

—L'essentiel est de retrouver son meurtrier, affirmai-je.

—Vous croyez ?

—Absolument !

—Je commence à penser que nous allons former une sacrée équipe, madame Fletcher !

J'aidai Grady à faire ses devoirs, mais ne pouvais sortir de mon esprit la conversation que j'avais eue avec Amos Tupper. Je n'avais d'ailleurs cessé de penser à l'assassinat de Walter Reavis depuis que Wilda Tisdale m'avait appris la nouvelle.

J'étais vraiment perturbée par le fait que je me trouvais près de son bureau peu avant qu'il ne soit assassiné. Je me disais que si j'étais restée et avais honoré notre rendez-vous, il serait peut-être encore vivant. J'aurais peut-être vu le meurtrier, qui serait sans doute reparti en constatant qu'il n'était pas seul.

Il semblait évident que le meurtre de Walter n'avait pas été prémédité ; sinon, pourquoi l'assassin se serait-il emparé d'un trophée pour le frapper ? S'il avait planifié son crime, il aurait sans doute amené l'arme du crime avec lui. À moins qu'il ne s'agisse d'une femme… Ce crime avait été réalisé sous l'emprise de la colère, et n'aurait pas eu lieu si je ne m'étais pas enfuie après avoir entendu cette dispute au téléphone.

De surcroît, le proviseur avait été frappé de face. Pourtant, rien ne montrait qu'il avait tenté de se défendre. Il n'y avait pas de traces de lutte dans le bureau : ni meuble renversé, ni objet brisé, rien de tout cela… J'essayai d'élaborer un scénario au cours duquel Walter aurait été frappé sans opposer de résistance. Il était relativement jeune, plus grand que la moyenne, et en forme. Il semblait en capacité de se défendre. Je supposai donc qu'il n'avait pas vu le coup venir.

Mais comment peut-on ne pas voir arriver un coup donné de face ?

La blessure formait une entaille irrégulière entre le sommet du front et le sourcil. Un coup comme celui-ci n'aurait pu être porté que d'en haut, par une personne plus grande que Walter. Il s'agissait de la seule explication sensée, et je résolus d'en faire part à l'inspecteur Tupper dès notre prochaine conversation.

—Tante Jessica ?

Grady me sortit de ma rêverie.

—Oui, Grady ?

—Tu avais dit que tu m'aiderais.

—C'est ce que je suis en train de faire.

—Non, tu ne m'aides pas, gémit le garçonnet. Tu penses à autre chose.

—Tu as raison, dis-je, en lui touchant affectueusement l'épaule. Je suis distraite. Si nous faisions une pause pour nous préparer un chocolat ?

—Oui, super !

—Je dois simplement passer un coup de téléphone pendant que le lait chauffe.

—Je ne sais pas pourquoi je n'en suis pas arrivé aux mêmes conclusions que vous, madame Fletcher, avoua Amos Tupper lorsque je lui eus fait part de mes réflexions.

—Je suis certaine que vous alliez y penser, inspecteur. Cela aurait sans doute figuré sur le rapport médicolégal dès qu'il aurait été disponible.

—Quelle taille faisait l'assassin, selon vous ?

—Eh bien, je mesure près de 1 mètre 75, et le proviseur devait mesurer entre cinq et sept centimètres de plus que moi. Je dirais donc que le meurtrier doit mesurer entre 1 mètre 83 et 1 mètre 87.

—Je mesure 1 mètre 68 dans mes bons jours ou lorsque je porte des chaussures à semelle épaisse.

Je hochai la tête, même s'il ne pouvait voir mon geste.

—Ce n'est qu'un début d'indice, mais cela élimine une catégorie de suspects.

—De quelle catégorie parlez-vous, madame Fletcher ?

—Des femmes, inspecteur, répondis-je, tandis que le lait commençait à bouillir.

—Qu'est-ce qui te perturbe, Jessica ? demanda Frank, en m'observant par-dessus son exemplaire du *Portland Press Herald* du jour, tandis que je regardais les informations à la télévision.

—La mort de Walter Reavis. Je me demande si je vais tout de même être embauchée à plein temps, maintenant qu'il n'est plus là, et j'ai honte d'avoir une telle pensée…

—Hum hum ! émit Frank en se raclant exagérément la gorge.

—Qu'y a-t-il, Frank ?

—C'est ma manière d'exprimer que tu ne me dis pas ce qui te préoccupe vraiment, répondit-il en posant le journal sur ses genoux. Je ne t'ai jamais vue en train de penser à toi, surtout lorsqu'une tragédie comme celle-ci survient. Bien essayé !

Je poussai un soupir, puis repris contenance en inspirant profondément.

—C'est que… c'est la première fois qu'une personne que je connais est assassinée.

—C'est normal, car les meurtres sont rares. Fort heureusement, d'ailleurs…

—Tu as dû voir ton lot de morts durant la guerre…

—Effectivement. Mais je n'ai jamais assisté à un décès nécessitant un procès ou une enquête. Pendant la guerre, les deux parties en présence sont aussi coupables l'une que l'autre puisqu'elles tentent de tuer l'ennemi, n'est-ce pas ? Mais cela n'a rien à voir, et ce que j'ai vécu ne te serait d'aucune utilité.

—C'est l'injustice de tout cela qui m'ennuie le plus. Je veux dire, Walter Reavis a-t-il quelqu'un pour parler en son nom ? Il y a peu de temps, lorsqu'il était en vie, il gérait le lycée de son mieux, et désormais, il est mort, et rien de plus qu'un champ d'expérience pour des hommes qui ne l'ont jamais rencontré, qui le mesurent et le piquent sous toutes les coutures.

—Oui, je comprends que tu en sois affectée…

—Je ne l'ai jamais été autant… Les morts n'ont-ils plus voix au chapitre, Frank ?

—On dirait le titre d'un livre.

—Vraiment ? Cela m'est venu naturellement. T'ai-je raconté que l'une de mes élèves pense que je devrais écrire des romans policiers ?

—Tu as donné à lire une de tes histoires à ta classe ? demanda Frank, une légère appréhension dans la voix.

—Effectivement !

—Et ?

—Ils l'ont détestée. Pour la plupart.

—Pour la plupart ?

—Une élève trouvait qu'elle ferait une excellente nouvelle policière.

—Je n'ai rien contre les nouvelles policières ! s'exclama Frank, en reprenant son journal.

—Excepté que le *New Yorker* n'en publie pas. Ni même *The Atlantic*, le *Harper's* ou le *Saturday Evening Post*.

—Et la revue *Collier's* ?

—Elle a déposé le bilan il y a des années.

—Bon ! Alors, raye-les tous de la liste.

Les funérailles de Walter Reavis eurent lieu le lendemain. J'avais entendu que son ex-épouse, Madeline, avait pris les dispositions nécessaires à contrecœur, car il n'y avait personne d'autre pour s'en charger. Je la croisai brièvement à l'extérieur de l'église et rôdai en tête du cortège sur le lieu de l'enterrement afin de l'observer avec ses deux enfants. Je fus incapable de me souvenir du prénom de la plus jeune de ses filles et vis Madeline tenter de lui prendre la main. La petite refusa de la lui donner. Elle ne devait pas avoir plus de 8 ans. Le fils des Reavis était vêtu de son uniforme militaire et fut l'objet de l'attention durant toute la cérémonie. Leur fille aînée, qui était en première, et qui à mon souvenir s'appelait Lisa, ou Lisa quelque chose, était absente pour une raison que j'ignorais.

Je m'excusai à profusion tout en me déplaçant parmi les personnes qui assistaient à la cérémonie sur le lieu de l'inhumation, souhaitant trouver l'endroit d'où je pourrais voir autant de personnes que possible. J'aperçus Amos Tupper, qui se tenait discrètement à l'arrière. Il me remarqua également, mais nous n'échangeâmes qu'un signe de tête. Je savais qu'il était présent pour la même raison que moi : dans l'espoir de repérer quelque chose d'étrange ou de suspect, une personne ou un événement qui détonnait. Les données que nous avions déjà réunies nous laissaient penser que Walter Reavis connaissait son meurtrier, ce qui signifiait que celui-ci était sans doute présent. Peut-être même sanglotait-il, comme une partie de l'assemblée.

Frank avait proposé de m'accompagner et avait paru un peu désarçonné lorsque je lui avais dit que ce n'était pas nécessaire. Je me demandai s'il avait compris que je ne souhaitais pas qu'il me surprenne en train de fureter et de surveiller la foule au lieu de simplement laisser libre cours à mon chagrin. Je me concentrai sur les hommes de plus de 1 mètre 80, qui étaient nombreux. Un grand nombre d'élèves présents pleuraient, et certains professeurs également. Walter n'avait pas beaucoup de famille, à l'exception de son ex-épouse et de ses enfants, et l'un d'eux n'était même pas présent. Il aurait dû y avoir davantage de monde pour saluer la mémoire d'un homme qui avait influencé tant d'existences et avait joué un rôle important dans la communauté.

Je me rapprochai d'Amos Tupper après la fin de la cérémonie : il tenait ses pouces enfoncés dans les poches de son costume.

—Avez-vous repéré quelque chose d'inhabituel, madame Fletcher ?

—Non, je n'ai absolument rien noté d'inhabituel, inspecteur.

—Eh oui, soupira-t-il. Moi non plus. Peut-être espérais-je que quelqu'un allait se jeter sur le cercueil et se confesser…

—Cela n'arrive même pas à la télévision !

—Il y a un début à tout pourtant, n'est-ce pas ?

Le meurtre de Walter Reavis continua de me hanter. Chaque jour, ce qui s'était produit me revenait en mémoire. Le proviseur adjoint, Jim Dirkson, fut nommé proviseur par intérim, et l'assistante du proviseur, Beverly Leander, fut promue au poste de proviseur adjoint. Je ne les connaissais bien ni l'un ni l'autre, et pour eux, je n'étais qu'une professeure suppléante. Je n'avais jamais communiqué avec eux au sujet de ce dont Walter Reavis et moi avions discuté, notamment mon remplacement de Bill Gower. En particulier, je n'avais jamais échangé avec le nouveau proviseur, qui n'avait guère plus d'estime pour les professeurs suppléants que pour les élèves. Par ailleurs, le poste de proviseur lui avait échappé lorsque le conseil d'établissement avait nommé Walter à sa place, mais il était resté proviseur adjoint par loyauté envers le système, selon ses dires.

Parallèlement, les pistes que j'avais suggérées à Amos Tupper n'avaient conduit nulle part. Selon les registres, aucune sortie n'avait eu lieu ce jour-là… Tupper m'avait expliqué qu'il avait pris des notes à n'en plus finir. Il avait presque rempli son bloc, dont une page avait été consacrée à chaque enseignant. Il y avait indiqué à quelle heure chacun d'eux avait quitté l'établissement le jour du meurtre, et déchiré les pages concernant ceux qui avaient quitté le lycée après moi, et donc avant l'arrivée du meurtrier. Il avait collé les pages entre elles pour créer un support rigide sur lequel il avait consigné plus précisément la succession des emplois du temps ainsi que des détails supplémentaires. Malheureusement, la colle n'avait pas tenu, et il avait dû tout reprendre de zéro.

De surcroît, nous n'en savions toujours pas plus à propos de la conversation téléphonique que j'avais surprise. La compagnie de téléphone ne coopérait pas, laissant l'inspecteur désarmé. De ce fait, il faisait l'objet de reproches de la part de la police d'Appleton.

Le vendredi qui suivit le meurtre, un collègue me déposa à la maison. J'y trouvai Frank assis à la table de la cuisine, un vase rempli de roses posé devant lui.

—C'est en quel honneur ?

—Nous fêtons quelque chose.

—Quoi donc ?

—L'acquisition de notre nouvelle maison à Cabot Cove, au 698 Candlewood Lane.

Mes genoux se dérobèrent.

—Ai-je bien entendu ?

Frank se leva, arborant le large sourire que je lui connaissais depuis toujours.

—Nous n'avons qu'une vie, Jess.

Je lui sautai au cou, heureuse comme je ne l'avais jamais été. Je ne lui demandai pas combien il l'avait payée ni comment il avait procédé.

Il faudrait vendre notre maison actuelle, bien entendu, mais cela n'était pas insurmontable. Rien n'était insurmontable.

Je n'aurais su dire ce qui me fit le plus de bien : l'enthousiasme que je ressentais, ou le fait de ne plus penser de manière obsessionnelle au meurtre de Walter Reavis.

—J'ai une autre bonne nouvelle à t'annoncer, poursuivit Frank. J'ai appris qu'Eve Simpson, de l'agence immobilière, connaît bien le principal du lycée de Cabot Cove.

—J'ai l'impression qu'Eve Simpson connaît tout le monde, Frank !

—Oui, mais elle lui a vendu sa maison. Elle nous le présentera dès que tu auras un moment.

—Tout cela est bien réel ? demandai-je.

—C'est comme lorsque tu voles, Jessica. Parfois, il faut viser les étoiles…

Notre conversation fut interrompue par le téléphone. Je décrochai.

—Madame Fletcher ! résonna la voix d'Amos Tupper avant même que j'aie pu terminer de répondre.

—Inspecteur ?

—Vous aviez une fois de plus raison, madame Fletcher. Tout ce que vous m'avez dit est vrai. Je viens d'arrêter le meurtrier de Walter Reavis !

13

De nos jours

Notre conversation avait été si longue que la batterie de mon téléphone était vide. Je dus m'interrompre pour la recharger.

—Est-ce que mes souvenirs sont exacts, jusqu'ici, Amos ? demandai-je à l'ancien inspecteur et shérif de Cabot Cove.

—Tout à fait, madame Fletcher. Vous avez une excellente mémoire. Vous avez même évoqué des faits auxquels je n'avais pas pensé depuis très longtemps, mais c'est exactement ainsi que je me les rappelle. Cependant, je me sens un petit peu submergé.

—Je comprends, Amos. Ne vous inquiétez pas, j'ai désormais tous les renseignements dont j'avais besoin.

—Il est rare que je me sente dépassé, avoua-t-il d'une voix teintée de tristesse et d'un soupçon d'appréhension. En discutant avec vous, je me suis senti aussi affûté qu'autrefois. Cela me rappelle combien Cabot Cove me manque. Je n'ai aucun doute là-dessus.

—Vous faisiez un excellent shérif, Amos.

—Vous le pensez réellement ?

—Bien sûr, dis-je.

—C'était le bon temps, n'est-ce pas ?

—Oh que oui !

—Y a-t-il du nouveau à Cabot Cove ? Comment occupez-vous votre temps, en ce moment ? interrogea Amos.

—J'enquête sur un meurtre…

—Les choses n'ont donc pas changé…

—Changent-elles un jour ?

—Plus pour moi, en tout cas. Mais je continue à lire vos livres dès leur parution. Et je m'intéresse à un nouvel auteur, même s'il est loin d'avoir votre talent.

—De qui s'agit-il ?

—De Shakespeare.

—Vous lisez Shakespeare, Amos ? C'est magnifique !...

—Vous me l'aviez conseillé il y a un moment déjà, et j'ai fini par avoir le temps d'aborder son œuvre. Parfois, il me semble obscur, mais je me suis laissé emporter par ses histoires. L'une de mes préférées est *Richard III*, parce que le personnage principal est de petite taille, tout comme moi.

—Il s'agit aussi de l'une de mes œuvres préférées de Shakespeare, ajoutai-je avec sincérité.

—Mais dites-moi… Comment faites-vous pour avoir le temps de résoudre des meurtres tout en écrivant des romans ?

—Eh bien… Vous pourriez aussi poser la question dans le sens inverse, Amos.

—Pouvez-vous m'expliquer pourquoi le meurtre de Walter Reavis revient sur le devant de la scène aujourd'hui, après tant d'années ?

—En réalité, j'enquête sur le meurtre de sa fille.

—Non !

—Hélas, si.

—Laquelle ? La plus âgée ou la plus jeune ?

—La plus jeune.

—Je ne me souviens pas les avoir croisées. Quand je vous dis que ma mémoire n'est plus ce qu'elle était…

—Il faudra peut-être que je vérifie encore certains faits au cours de l'enquête, Amos. Pourrai-je vous rappeler de nouveau pour vérifier l'exactitude de mes souvenirs ?

—Bien sûr, madame Fletcher. Quand vous le voudrez. Je ferai tout ce qui est en mon pouvoir pour débarrasser le monde d'un nouveau meurtrier – disons que cela me rappelle de bons souvenirs.

Je me retins d'émettre un jugement sur ses propos.

—Je suis désolé, je crois que mes propos ont dû vous heurter, reprit-il.

—Je comprends ce que vous voulez dire, le rassurai-je.

—Je suis sincère, car j'ai tellement apprécié les moments où le destin nous a réunis sur une affaire. Le jour où cet homme avait été assassiné dans le bus, sommes-nous arrivés à temps à Portland pour la conférence ?

—Non, il était trop tard. Néanmoins, j'ai tout de même obtenu le téléviseur qui faisait partie des lots à gagner. Vous en souvenez-vous ?

—Bien sûr ! Je supervisais le tirage au sort !

—Oui, je m'en souviens ! Vous nous manquez, Amos.

—Est-ce vrai ?

—Mortimer n'est pas originaire du Maine ni de Nouvelle-Angleterre. Il ne sera jamais aussi populaire que vous l'étiez.

—Vous me remontez le moral, madame Fletcher. Je me demande si je n'ai pas commis une erreur en quittant la région…

Je ne suis pas certaine qu'Amos Tupper se serait accoutumé aux changements que Cabot Cove avait connus. Il était fait pour être le shérif d'une petite ville, et ne se serait peut-être pas adapté au développement de notre cité balnéaire et à la hausse de sa population durant la période estivale.

—Cependant, je reçois toujours la *Gazette* par courrier. Souvent, elle me parvient avec une semaine de retard, mais ce n'est pas très grave. Je suppose même que maintenant, il en existe une version en ligne.

Le fait qu'Amos mentionne la *Gazette* de Cabot Cove me rappela les exemplaires que Mortimer et moi avions découverts dans l'appartement de Ginny Genaway, dans le New Hampshire. L'édition la plus ancienne remontait à un peu plus de six mois. Je ne sais ce qui avait provoqué l'intérêt soudain de la jeune femme pour notre ville à cette période, mais j'avais le sentiment qu'il y avait une excellente raison à cela – et en me concentrant sur cette période, je découvrirais peut-être un lien avec son meurtrier.

Je suis toujours étonnée de constater que les difficultés rencontrées dans une enquête sur un véritable meurtre sont proches de celles qui consistent à imaginer une enquête fictive. Curieusement, la manière dont je réfléchis et fonctionne dans les deux cas est extrêmement similaire. Je suppose que la partie de mon cerveau qui trouve les réponses dont j'ai besoin dans mes livres est la même que celle à laquelle je fais appel pour résoudre une affaire réelle.

—Rien ne change véritablement, n'est-ce pas, madame Fletcher ? conclut Amos.

—En tout cas, pas les choses qui comptent le plus, même si certains tentent de les faire évoluer.

—J'ai eu de la visite, Mortimer, dis-je en manipulant le cordon du chargeur de mon téléphone. De Boston.

—Des amis de Vic Genaway, je suppose. Ont-ils tenté de vous menacer ou de vous intimider d'une manière ou d'une autre ? Parce que si c'est le cas…

—J'ai dédicacé un livre pour l'un d'entre eux – enfin, pour son épouse…

—Que voulaient-ils, à part un livre gratuit ?

—Être informés du déroulement de l'enquête.

—Bien sûr, pour faire justice eux-mêmes lorsque nous aurons trouvé le meurtrier !

—Je pense qu'ils souhaitent plutôt que la justice suive son cours.

—Qu'est-ce que cela signifie exactement, Jessica ?

—Que Joe et son acolyte nous laisseront tranquilles et ne se mettront pas en travers de notre chemin, excepté si nous ne parvenons pas à trouver l'assassin.

—Joe et son acolyte ?

—Je ne connais pas le nom de celui qui l'accompagnait. Au fait, Mortimer, avez-vous du nouveau sur Lisa Joy Reavis ?

—J'ai les doigts tout engourdis à force de taper son nom.

—Dois-je comprendre que vous n'avez rien appris ?

Par ailleurs, vous devriez peut-être vous servir de la fonction couper-coller.

J'entendis les touches d'un clavier crépiter, et j'imaginai Mortimer en train de m'écouter grâce à la fonction haut-parleur tout en tapant avec deux doigts.

—En parlant de couper-coller, je pense que quelqu'un a entièrement fait disparaître Lisa Joy Reavis pour la déplacer…

—C'est sur cette hypothèse qu'il faut concentrer nos recherches.

Et je n'étais pas prête à me reposer sur mes lauriers en attendant que Mortimer mène l'enquête. Il était chargé de la gestion de son unité et avait un meurtre à résoudre sur les bras. De plus, retrouver une personne qui s'est efforcée de disparaître est tout un art. Je passai donc un coup de fil au seul spécialiste que je connaissais capable de résoudre une disparition.

—Harry McGraw…

Je fus accueillie par sa voix familière et rauque après avoir composé un numéro que j'avais mémorisé depuis longtemps.

—Je ne peux vous répondre pour l'instant, veuillez laisser un message sur ce répondeur après le bip… Bip !

—Harry ! le sermonnai-je.

Harry McGraw était détective privé, l'un des meilleurs que j'aie jamais rencontrés.

—Vous ne devriez pas me reprocher de trouver une échappatoire lorsque je vois votre numéro s'afficher. Comment avez-vous deviné que ce n'était pas mon répondeur ?

—Eh bien… C'est vous qui avez fait le « bip ». Et plus personne ne parle de répondeur à l'heure actuelle…

—Moi, si.

—Vous êtes bien le seul !

—Je suis une majorité à moi tout seul, Jessica. Et désormais, vous devrez vous adresser à mon comptable si vous souhaitez faire appel à mes services.

—Et pourquoi cela ?

—Parce qu'il souhaite gérer ce qu'il appelle ma paperasserie.

—Vous ne vous occupez jamais de la paperasserie…

—C'est ce que je lui ai dit, ma chère, mais il a fini par aborder le sujet de la facturation.

—Vous ne faites jamais de factures non plus !

—Il souhaitait avoir le nom de mes meilleurs clients, ceux qui me sollicitent le plus en termes d'heures. Je lui ai parlé de vous, et vous savez quoi ? Il voulait voir les factures.

—Que vous n'avez jamais établies…

—Il m'a viré. Je ne savais même pas qu'un comptable pouvait virer un client.

—Combien de fois avez-vous essayé de me virer, Harry ?

—Je suis détective privé. J'en ai le droit. C'est écrit dans le manuel.

—Le manuel du détective privé ?

—Je ne connais pas son nom exact. Maintenant, que voulez-vous que je fasse à titre gracieux ?

Je lui exposai tous les détails de l'affaire auxquels je pensais, en reconstituant de mon mieux la dernière journée de Ginny Genaway, qu'elle avait passée à Cabot Cove.

—Donc, Lisa Joy Reavis est le nom de sa sœur.

—Était. Le fait qu'elle ait disparu de la circulation signifie sans doute qu'elle a changé d'identité, et elle a dû le faire très habilement.

—J'envisage les options légales, pour l'instant. Il y a de nombreuses façons insoupçonnables de changer d'identité. Mais au-delà des apparences, il peut y avoir un univers entier. Lorsque des personnes adoptent une autre identité, elles gardent néanmoins quelques traces de leur ancienne vie. C'est en suivant ces traces que je retrouve des personnes portées disparues qui n'ont pas envie d'être localisées.

—Est-ce que le temps que vous êtes en train de me consacrer sera facturé ?

—Hum ! Ma montre m'a coûté cinq dollars, et le chronomètre ne fonctionne plus.

Harry eut un moment d'hésitation.

—Vous dites que Lisa Joy a été enseignante quelque temps en Alabama ?

—Oui, je le sais de source sûre.

—Et ensuite ?

—Il n'y a plus de trace d'elle. C'est pour cela que je fais appel à vous.

—Avec un nom qui n'est plus utilisé et une femme qui a disparu depuis, combien ? Environ quinze ans ?

Je tentai de calculer mentalement le temps écoulé, mais y renonçai.

—Approximativement…

—Savez-vous autre chose sur elle ?

—J'ai bien peur que non, Harry.

—Classique ! J'essaierai de ne pas vous décevoir, comme d'habitude.

—Vous ne me décevez jamais, soulignai-je.

—J'en suis certain. C'est pour cela que vous me laissez un tel pourboire.

—Je ne peux pas laisser un pourboire sur une facture que vous ne m'adressez jamais.

—Vous parlez toujours de formalités, Jess. Disposez-vous au moins d'une photo de Lisa Joy ?

Je pensai au cliché que sa mère m'avait confié, sur lequel la jeune fille, encore adolescente, se tenait, l'air malheureux, auprès de ses frère et sœur. Compte tenu de son expression, je ne pouvais imaginer un prénom plus inapproprié[1].

—Je peux scanner une photo et vous l'envoyer, Harry dis-je.

—Pourquoi ne me l'envoyez-vous pas simplement par e-mail ?

—Je dois d'abord la scanner.

—Vous pourriez me la faxer.

—Quel est votre numéro de fax ?

—Je ne m'en souviens pas. Je ne l'utilise jamais.

—Vérifiez votre boîte mail dans dix minutes, Harry.

Je vis sur l'écran de mon téléphone que j'étais en train de recevoir un double appel. Il s'agissait de Mortimer. Je pris congé d'Harry et répondis au shérif.

—J'ai eu votre message, dit-il. Que se passe-t-il ?

---

1 Joy signifie « joie ».

—Il faut que nous retournions voir Vic Genaway. Êtes-vous disponible demain ?

Le lendemain matin, à notre arrivée à la prison pour hommes de l'État du New Hampshire, Vic Genaway nous attendait dans le parloir. Cette fois-ci, il n'était pas menotté et avait les mains tranquillement croisées derrière la tête. Il me fixait avec un petit sourire en coin, ignorant semble-t-il volontairement Mortimer.

—Alors, vous avez rencontré mes gars, Fletch ?

—J'ai confié un sac contenant mes livres au gardien de l'entrée, monsieur Genaway. Il ne voulait pas que je vous les donne personnellement.

—Non. Ils s'imaginent que les pages pourraient me servir d'armes. Vous voyez ce que je veux dire, expliqua-t-il en dévisageant Mortimer d'un air narquois. La mort infligée par coupure de papier…

—Effectivement, j'ai fait la connaissance des hommes que vous avez envoyés à Cabot Cove, ajoutai-je.

—De parfaits gentlemen, n'est-ce pas ?

—Tout à fait, en ce qui me concerne, hormis le fait que seul Joe m'a adressé la parole.

Genaway hocha la tête.

—C'est vrai, Cogneur ne parle pas beaucoup.

—Cogneur, monsieur Genaway ?

Vic arbora de nouveau un sourire narquois.

—Je suis certain que vous n'aurez pas envie d'apprendre pourquoi il porte ce surnom. Mais au fait, pourquoi ne m'appelez-vous pas Vic, puisque c'est votre seconde visite en deux jours ?

—Je préfère monsieur Genaway, si vous n'y voyez pas d'inconvénient !

—Comme il vous plaira, Fletch.

Mortimer se pencha dans ma direction, me montrant qu'il allait intervenir.

—Je pensais que nous nous faisions mutuellement confiance, Vic, en raison de la tragédie que vous avez traversée avec le décès de votre femme. Mais vous ne nous avez pas tout dit, la première fois que nous sommes venus, dit-il en secouant la tête. Je pensais que vous vouliez nous aider à retrouver l'assassin de Ginny.

—C'est le cas. Pourquoi pensez-vous que j'ai envoyé Joe et Cogneur en ville ?

—Puis-je vous poser une autre question sur Ginny, monsieur Genaway ? intervins-je.

—Faites-vous plaisir…

—Après votre séparation, la faisiez-vous surveiller par des hommes tels que Joe et Cogneur ? demandai je avec autant de courtoisie que possible.

—Bien sûr, de temps à autre. Pour sa propre sécurité, entendons-nous bien, Fletch, parce que je me suis fait des ennemis au fil des ans.

—Non ! Vraiment ? commenta Mortimer.

Je me penchai légèrement sur la table afin de m'interposer entre Vic Genaway et lui.

—Donc, la personne qui la surveillait parfois devait connaître ses allées et venues. Les endroits où elle se rendait et les personnes qu'elle rencontrait…

—Plus ou moins, répondit Genaway en me regardant d'un air soupçonneux. Pourquoi ?

Mortimer me laissa poursuivre.

—Ces allées et venues pourraient nous donner un indice sur la raison qui l'a amenée à se rendre à Cabot Cove, sur l'identité de son meurtrier et ses motivations.

Il hocha la tête, eut une ébauche de sourire, puis reprit une expression de défi.

—Je comprends mieux pourquoi le flic vous a emmenée.

La remarque était clairement destinée à susciter une réaction de la part de Mortimer, mais ce dernier lui adressa un sourire ironique en retour.

—J'ai confié mon ex-femme à Joe et Cogneur parce que je leur fais confiance. Si vous souhaitez savoir ce qu'a fait Ginny depuis notre petit différend, en particulier depuis que je suis ici, adressez-vous à mes gars. Avez-vous besoin du numéro de Joe ?

—Il me l'a déjà donné. Oh, juste une dernière chose, monsieur Genaway. Avez-vous une petite idée de la raison pour laquelle Ginny s'intéressait à Cabot Cove ?

Vic Genaway haussa les épaules.

—Je ne savais même pas qu'elle s'y intéressait.

Son expression se durcit, comme cela était arrivé précédemment.

—Avez-vous déjà créé un personnage qui me ressemblait, dans l'un de vos livres, Fletch ? reprit-il.

—Pas vraiment, non.

—Alors, prenez-en de la graine, dit-il, semblant ne s'adresser qu'à moi, comme si Mortimer ne se trouvait même pas dans la pièce.

14

Joe et Cogneur étaient installés juste à la sortie de la ville, à l'Oceanview Motel, qui se trouvait à environ huit kilomètres de la côte et qui, en dépit de son nom, n'offrait aucune vue sur l'océan. Mais il s'agissait de l'unique établissement doté d'un café dans les environs. C'est sans doute en partie pour cette raison qu'ils l'avaient choisi. Et comme prévu, je les trouvai à l'intérieur du café, attablés au fond de la salle. Devant chacun d'eux trônait une tasse de café, et un cendrier était posé au milieu de la table. Tous deux avaient une cigarette à la main et étaient entourés d'un nuage de fumée. Ils avaient manifestement oublié l'interdiction qui prévalait dans les restaurants depuis des années. Ils avaient peut-être déjeuné tardivement, car il était un peu plus de 14 heures.

—Bonjour, madame Fletcher ! s'exclama Joe en se levant de sa chaise à mon approche.

Cogneur lui fit écho, manifestement à contrecœur. Puis il se rassit aussi rapidement qu'il s'était levé.

—Vous joignez-vous à nous ? reprit Joe.

—Savez-vous que vous transgressez la loi ?

Joe jeta un coup d'œil à sa ceinture, comme s'il y vérifiait la présence d'un pistolet. Puis il remarqua le SUV du département du shérif de Cabot Cove garé à l'extérieur. Mortimer était installé au volant et semblait téléphoner.

—Nous ne sommes pas armés !

—Je parlais de la cigarette.

Joe souleva le cendrier.

—C'est pour cela que nous apportons toujours le nôtre. Cela peut servir, avoua-t-il, en jetant de nouveau un coup d'œil par la fenêtre.

Cogneur suivit son regard et fixa le SUV.

—Le shérif est avec vous ?

—Je lui ai demandé de nous laisser en tête à tête.

—Ce n'est pas idiot de garder un représentant de la loi à portée de main…

—Le shérif Metzger a travaillé vingt-cinq ans au sein du NYPD. Avant cela, il était militaire et a combattu au Vietnam.

Joe regarda de nouveau dans la direction du SUV.

—Je tâcherai de m'en souvenir.

—Quelle courtoisie de sa part… Attendre comme cela dans sa voiture.

—Je lui ai dit que vous parleriez plus volontiers si j'étais seule.

—Vous avez raison, madame Fletcher, affirma Joe. Vous joignez-vous à nous ?

—Je ne fume pas.

—Je parlais d'un café.

Il éteignit son mégot dans le cendrier de voyage, et Cogneur l'imita.

—Vous voyez, nous n'enfreignons plus la loi.

Il eut un petit sourire moqueur et regarda de nouveau en direction du SUV du shérif.

—C'est vrai, admis-je en m'asseyant sur la chaise auprès de Cogneur, tout en lui adressant un sourire qu'il ne sembla pas remarquer.

—Le boss nous a prévenu que vous alliez passer.

—Il dispose d'un téléphone en prison ?

Joe eut de nouveau un petit sourire en coin.

—C'est bien de ce boss-là que nous parlons…

—Vous a-t-il donné les raisons de ma visite, Joe ?

—Il a simplement dit que cela concernait Mme Genaway. Puisse-t-elle reposer en paix.

Il se signa, et Cogneur l'imita de nouveau.

—Votre boss m'a expliqué que vous suiviez son ex-épouse depuis un certain temps.

—Il s'agissait d'une surveillance. C'était pour son bien.

—Oui, il me l'a précisé.

—Notre boss nous a demandé de faire de notre mieux pour vous aider.

Je rapprochai ma chaise de la table. Un serveur se présenta, l'air surpris que je me joigne aux seuls clients du lieu. Je commandai un thé.

—Je serais curieuse de savoir ce qu'elle a fait de son temps, disons, au cours du mois dernier, confiai-je lorsque le serveur eut tourné le dos.

—La plupart du temps, rien de particulier ou qui sorte de l'ordinaire.

—Et le reste du temps ?

—Pour ce qui est inhabituel, je dirais qu'elle s'est rendue à Appleton. Je ne me trompe pas, Cogneur ?

Cogneur resta muet tandis que je réfléchissais à ses propos.

—Appleton dans le *Maine* ?

—Il y en a un autre ?

—Pas que je sache…

—Moi non plus. C'est pour cela que j'ai posé la question, expliqua Joe qui me regardait en plissant les yeux, ce qui me fit frissonner. Compte tenu de la tête que vous faites, ce doit être important…

—Il s'agit de la ville où elle a grandi. Son père était le principal du lycée d'Appleton lorsqu'elle était petite. Il a été assassiné dans son bureau.

Cogneur se redressa légèrement en entendant le mot « assassiné ».

Joe me parut sur le point d'avoir besoin d'une autre cigarette alors qu'il venait d'écraser la sienne.

—Attendez… Le père de Mme Genaway a été *assassiné* ?

—Vous l'ignoriez ?

—Le boss ne nous l'a jamais dit. Je suppose qu'il n'y accordait pas tellement d'importance.

—Non sans raison. Cela s'est passé il y a vingt-cinq ans. Mais elle devait avoir une bonne raison pour se rendre à Appleton… Quand y est-elle allée exactement ?

Joe tira un carnet de sa poche. Il humidifia son index et le feuilleta jusqu'à ce qu'il trouve ce qu'il cherchait.

—Il y a six jours… Non, je n'ai pas compté la journée d'aujourd'hui, précisa-t-il. Cela fait sept jours. Oui, sept !

Je fis le calcul et une idée me vint à l'esprit, mais je la gardai momentanément pour moi.

—Qu'a fait Mme Genaway lorsqu'elle était à Appleton, Joe ?

—Elle n'y est pas allée pour faire du tourisme, ça, j'en suis certain. Elle s'est rendue dans les locaux du journal et dans d'autres endroits, comme si elle cherchait quelque chose. Elle a aussi rendu visite à quelques personnes. J'ai noté les adresses pour le boss, je peux vous les donner.

—Volontiers.

Je m'interrompis assez longtemps pour soutenir le regard de Joe, oubliant que Cogneur était assis près de moi.

—Vous ne suiviez pas Mme Genaway pour la protéger, n'est-ce pas ? repris-je.

—Nous devions la protéger d'elle-même. Nous assurer qu'elle n'allait pas faire quelque chose qui chagrinerait notre boss. Vous voyez ce que je veux dire, madame Fletcher.

Je n'en étais pas certaine, mais je hochai la tête.

—Vous pensez que ce qu'elle a découvert à Appleton l'a menée à Cabot Cove ? me demanda-t-il.

—Je n'en suis pas sûre, Joe. La chronologie des événements le laisse penser, et peut-être en saurai-je plus lorsque j'aurai appris avec qui elle s'est entretenue à Appleton, et ce qu'elle y cherchait exactement.

Il sembla prendre le temps de réfléchir à ce que je venais de dire, sans paraître inquiet du fait que j'allais enquêter.

—Les gens reviennent sur les scènes de crime. Peut-être chassent-ils des fantômes. Elle cherchait probablement le meurtrier de son père.

—Le meurtrier de son père est en prison depuis presque vingt-cinq ans. Ce n'est pas pour le trouver qu'elle s'est rendue à Appleton.

—Et qui l'a découvert ? Est-ce vous, madame Fletcher ?

Je ne répondis pas à la question, fixant son carnet du regard.

—J'aurais besoin des adresses, Joe.

Au lieu de les recopier, il déchira la page concernée.

—Voilà, dit-il en me la tendant.

Je remontai dans le SUV de Mortimer, remarquant qu'il avait fixé son étui de revolver à l'extérieur de son gilet de fonction.

Il suivit mon regard.

—Eh oui, militaire un jour, militaire toujours ! Pardonnez-moi de ne pas faire confiance à vos nouveaux amis.

—Que je leur fasse confiance ou non, il s'avère qu'ils ont été utiles à notre enquête, rétorquai-je en lui tendant la feuille de bloc sur laquelle figuraient les adresses auxquelles Ginny Genaway s'était rendue à Appleton.

—De quoi s'agit-il ?

—Apparemment, Ginny était à Appleton une semaine avant d'être assassinée. Ce sont les adresses des personnes qu'elle est allée voir.

Mortimer examina la feuille avec un soin tout professionnel.

—C'est ce que vous ont dit vos amis ?

—Apparemment, ils la suivaient à la demande de leur boss.

—Pas de chance pour l'homme qui allait la croiser…

—Pourriez-vous obtenir les noms des personnes qui habitent à ces adresses ? dis-je, pleine d'espoir.

—Comme si je n'y avais pas pensé, madame F. !

Je commençais à m'accoutumer au surnom qu'il me donnait.

—Comment se porte Adele, au fait ? lui demandai-je.

Adele était son épouse.

—Vous ai-je dit qu'elle allait occuper un poste administratif dans l'Armée de réserve ?

—Militaire un jour, militaire toujours, c'est bien cela ?

Il se tourna vers moi.

—Souvenez-vous-en le jour où vous me porterez sur les nerfs.

Il fit gronder le moteur tandis que je plongeais la main dans mon sac à la recherche de mon téléphone.

—Qui allez-vous appeler ? demanda Mortimer.

—À votre place, je parierais sur l'une des personnes que Ginny Genaway est allée voir à Appleton…

Je retrouvai parmi les derniers appels passés sur mon téléphone le numéro que j'avais utilisé pour confirmer ma participation à la soirée de départ en retraite de Wilma Tisdale, au Country Club de Cabot Cove.

—Allo ? me répondit la voix familière de Wilma.

—Wilma, c'est Jessica Fletcher.

—Jessica ! Nous ne nous sommes pas vues depuis vingt-cinq ans, et nous nous appelons deux fois en deux jours !

—Il fallait que je vous parle, Wilma. Je dois vous poser quelques questions. J'espère que cela ne vous dérange pas.

—Bien sûr que non, répondit-elle, après une hésitation suffisamment longue pour que je sente qu'elle n'était pas tout à fait franche. Mais je suis une enseignante d'un certain âge, bientôt retraitée. Que pourrais-je bien cacher ?

—Avez-vous entendu parler du meurtre qui a eu lieu très récemment ?

—De la femme tuée sur une aire de repos ?

—Sur une aire panoramique, plutôt. Il s'agissait de la plus jeune fille de notre ancien proviseur, Walter Reavis.

Ma remarque fut suivie d'un silence. Je ne perçus que le souffle accéléré de mon interlocutrice.

—Wilma ? Est-ce que ça va ?

—Euh… oui. Il m'est difficile de remuer tout cela. Après toutes ces années, tout ressurgit, n'est-ce pas ? Je n'avais pas pensé à cette pauvre gamine depuis le meurtre de son père…

—Vous voulez dire, jusqu'à la semaine dernière ?

Un autre silence me répondit. Cette fois, j'enclenchai le haut-parleur, afin que Mortimer puisse également entendre Wilma.

—Ginny Reavis, mariée sous le nom de Ginny Genaway, est venue vous voir la semaine dernière ; n'est-ce pas, Wilma ? dis-je, devinant intuitivement qu'elle était l'une des personnes auxquelles Ginny avait rendu visite à Appleton au moment où elle était surveillée par Joe et Cogneur.

—Comment le savez-vous ?

—Vous connaissez sans doute son époux ?

—Elle m'a parlé de lui.

—Ses hommes la suivaient. Je viens de leur parler.

—Ils sont à Cabot Cove ?

—Pas très loin. Elle vous a rendu visite mercredi dernier. Mon invitation à votre soirée de départ en retraite a dû être expédiée jeudi ou vendredi, peut-être même au cours du week-end. Je pense que vous avez décidé de m'inviter pour me parler de la visite de Ginny, et le fait que vous ayez organisé votre soirée ici, à Cabot Cove, tombait à pic.

Wilma s'abstint de confirmer ou de contredire mes propos.

—Vous devez savoir, poursuivis-je, que Ginny m'a interviewée, en prétendant qu'elle était une lycéenne, le jour même où elle a été assassinée. Elle voulait tout savoir sur ma première enquête pour meurtre. Nous savons toutes les deux de quel meurtre il s'agit.

—Elle n'avait pas du tout l'air d'une lycéenne lorsque je l'ai rencontrée, Jessica.

—En y réfléchissant, j'ai vu ce à quoi je m'attendais. Je pense qu'elle aurait fait une excellente actrice, car elle a joué son rôle à la perfection. Pour quelle raison vous a-t-elle rendu visite, Wilma ?

—Elle souhaitait avoir des informations sur sa sœur aînée, Lisa Joy, qui, apparemment, n'a pas eu la vie facile…

—Cela explique peut-être pourquoi elle a quitté la maison et n'est jamais revenue. Qu'avez-vous dit à Ginny ?

—Saviez-vous que j'avais donné des cours particuliers à Lisa Joy ?

—Non.

—Durant ses années de collège, et au lycée également, jusqu'au décès de son père. Elle semblait alors se désintéresser de tout. En dehors de ses parents, je la connaissais sans doute mieux que quiconque. Elle était morose en permanence, et même bien souvent déprimée. Je peux compter sur les doigts d'une main le nombre de fois où je l'ai vue sourire. Aujourd'hui, on lui prescrirait sans doute des antidépresseurs, mais à l'époque, on en donnait moins souvent qu'aujourd'hui, surtout aux enfants.

—Ce n'est pas ce qui me préoccupe pour l'instant, dis-je. Je pense que Ginny est venue à Appleton parce qu'elle cherchait quelque chose, et sans doute parce qu'elle croyait que vous pouviez l'aider.

—Eh bien, je…

J'entendis Wilma déglutir à l'autre bout de la ligne.

—Ne vous inquiétez pas, Wilma. Vous ne pouviez pas savoir ce qui allait se passer, et vous ne devez surtout pas imaginer que ce que vous lui avez dit a un rapport avec sa mort.

—Je ne lui ai rien dit du tout, Jessica. J'en étais incapable.

—Pourquoi ?

—Parce qu'elle s'était mis dans la tête que sa sœur aînée avait tué son père.

—Elle pense que vous avez arrêté la mauvaise personne, conclut Wilma, tandis que j'échangeais un regard avec Mortimer en me demandant ce qu'il ferait d'une telle affirmation, qui n'était absolument pas basée sur les détails de l'affaire.

—C'est impossible, lui rappelai-je. La personne qui a commis le meurtre a avoué.

—Ginny n'y croyait pas. Elle était convaincue que Lisa Joy Reavis était l'assassin de son père… Elle s'intéressait tout particulièrement à ce que vous m'aviez confié et à ce que j'avais observé à l'époque. Et vous avez raison au sujet de mon invitation. J'aurais dû vous inviter quoi qu'il advienne, mais cela fait si longtemps… Je me demandais ce qu'une célébrité telle que vous penserait… Car nous fêtons ma retraite dans ce club uniquement parce que nous sommes hors saison et que nous avons obtenu une réduction…

—Je ne suis pas célèbre, Wilma. J'écris simplement des romans policiers, et je suis une ancienne enseignante, tout comme vous. Je serai ravie de venir et de vous revoir, ainsi que mes anciens amis d'Appleton.

—Mais comme vous n'êtes jamais venue après avoir emménagé à Cabot Cove, nous pensions que vous aviez tiré un trait sur le passé…

—Après la mort de Frank… dis-je, tandis que ma voix s'éteignait. Eh bien, tout a changé. Cela n'est arrivé que deux ans après notre emménagement ici. J'avais désormais un poste à plein temps au lycée de Cabot Cove. Tout allait pour le mieux jusqu'à ce qu'il tombe malade.

—Je suis désolée de vous avoir rappelé tout cela, prononça Wilma d'une voix empreinte d'émotion.

—J'ai été touchée par votre présence à ses funérailles, Wilma. Et vous avez raison, j'aurais dû m'efforcer de garder le contact. Mais pour moi, Appleton et le meurtre de Walter Reavis étaient inextricablement liés. Puis j'ai commencé à écrire, et c'est comme si ma vie entière recommençait. Vous rappelez-vous si Ginny vous a posé des questions plus spécifiques ?

—Je ne me souviens pas bien, parce que je me sentais dans l'impossibilité de l'aider. Je pense qu'elle voulait surtout me convaincre que sa sœur était capable d'un tel acte.

—Et vous, pensez-vous qu'elle en était capable ?

—De commettre un meurtre ? Comment le saurais-je ? J'étais enseignante et je lui donnais des cours particuliers, je n'étais pas sa psychiatre.

—Vous êtes la première personne à laquelle Ginny a rendu visite, Wilma. Après cela, elle s'est rendue à trois adresses différentes, dont celle du lycée. Je pense que vous lui avez indiqué les deux autres adresses.

—Oui, je lui ai donné celle de Jim Dirkson, qui a remplacé Walter au poste de principal.

—Habite-t-il toujours à Appleton ?

—Il a pris sa retraite il y a quelques années et vit toujours dans la même maison. Il joue beaucoup au golf ces derniers temps, lorsque la météo le lui permet.

—Quelle autre adresse lui avez-vous donnée ?

—Celle de Tyler Benjamin.

—Tyler réside toujours dans la région ?

—Il est revenu il y a quelques années.

—Il doit avoir…

Je fis mentalement le calcul.

—… la quarantaine environ, aujourd'hui.

—Il parle toujours de vous, Jessica, de ce qu'il serait devenu si vous n'aviez pas été là. N'a-t-il pas repris contact avec vous lorsqu'il est revenu ?

—Je suis sûre qu'il a préféré oublier les personnes associées à une période aussi sombre pour lui – moi y compris. Qui pourrait lui en vouloir ?

J'entendis Wilma prendre une profonde inspiration.

—J'ai entendu dire que l'inspecteur avec lequel vous aviez travaillé est désormais le shérif de Cabot Cove.

—Amos Tupper, dis-je en hochant la tête. Il a pris sa retraite il y a quelques années.

—Comment est son remplaçant ?

—Vieux, grincheux, et capable de piquer un somme à son bureau en pleine journée, dis-je en regardant Mortimer, qui agita un index menaçant devant moi.

—Pourquoi maintenant, Jessica ? demanda Wilma. Pourquoi, au bout de tant d'années, Ginny Reavis vient-elle dire qu'elle pense que sa sœur est une meurtrière ?

—C'est ce que je vais m'efforcer de découvrir, répondis-je. Mais ne vous inquiétez pas, Wilma. Je vous promets que je ne gâcherai pas votre fête, samedi.

Après avoir pris congé de Wilma, je me tournai de nouveau vers Mortimer.

—Vieux, grincheux et capable de piquer un somme à son bureau en plein après-midi… vraiment ?

—Je n'ai pas dit cela !

—Si !

—Non, j'ai dit « en pleine journée », pas « en plein après-midi ».

—Merci de cette précision ! s'exclama Mortimer en secouant la tête. Je ne comprends pas pourquoi j'ai l'impression que le meurtre du principal du lycée il y a vingt-cinq ans et celui de Ginny Genaway sont liés.

—Vous les comparez, Mortimer ?

—Peu importe. Je pense qu'il est temps que vous m'en appreniez un peu plus sur le meurtre de Walter Reavis, madame Fletcher.

15

Vingt-cinq ans auparavant...

— Vous aviez une fois de plus raison, madame Fletcher. Tout ce que vous m'avez dit est vrai. Je viens d'arrêter le meurtrier de Walter Reavis !

Le suspect n'était pas un mari jaloux ni une femme rejetée, comme auraient pu le faire penser les rumeurs qui couraient au sujet de Walter, réalisai-je tandis que l'inspecteur Tupper me parlait. Il s'agissait d'un étudiant du lycée d'Appleton. Tyler Benjamin était footballeur et avait des problèmes de discipline. Walter l'avait exclu parce qu'il avait menacé un professeur, une décision soutenue par le directeur et le conseil d'établissement. Il s'agissait de son troisième écart de conduite de l'automne, et il avait été estimé qu'il présentait un risque trop important. Le jeune homme était une bombe à retardement.

Je le connaissais parce qu'il faisait partie des élèves d'anglais de Bill Gower. C'était un beau jeune homme, séduisant, mais également doté d'un côté sombre. Il jouait aux postes de *secondeur* et de *demi offensif* au sein de l'équipe de football américain, et avait reçu plusieurs propositions de bourses de la part de différentes universités. Naturellement, son expulsion avait mis un terme à ces opportunités.

Je n'avais jamais rencontré de problème avec lui, en classe ou ailleurs. Il n'était pas un très bon étudiant, mais il rendait ses devoirs en temps et en heure, et révisait avec application pour les interrogations, même s'il n'obtenait jamais mieux qu'un B moins.

—Tyler Benjamin a accusé le principal Reavis d'avoir gâché sa vie, Jessica, expliquait Amos Tupper. Du fait de son expulsion, il est banni des terrains de sport scolaires, mais Jim Dirkson dit l'avoir vu rôder dans les parages lorsqu'il s'apprêtait à partir en voiture juste avant 17 heures.

—Il a vraiment utilisé le mot « rôder » ?

—Oui, m'dame. La nuit commençait à tomber et Dirkson a eu l'impression que Tyler se cachait à l'angle du bâtiment, comme s'il attendait son départ.

—Dirkson vous a-t-il expliqué pourquoi il a laissé Tyler faire et ne s'est pas approché de lui ?

—Il a déclaré qu'il comptait s'en occuper dès le lendemain. Mais je pense qu'il craignait d'affronter Tyler, et d'après ce que je sais de ce jeune homme, je peux le comprendre. Ce qui m'amène à l'arme du crime…

Il me sembla que le récit de l'inspecteur Tupper était quelque peu bancal. Quelque chose n'allait pas, mais je me concentrai sur ses propos au lieu de réfléchir.

—Vous souvenez-vous de cette empreinte partielle que nous avons trouvée sur le trophée et qui ne figurait pas dans le système ? Il s'agissait bien de celle de Tyler Benjamin.

—Vous rappelez-vous à quel sport se rapportait le trophée, inspecteur ?

—Seulement du ballon de football dans la main de la victime.

—Il s'agissait du trophée du championnat du district de cette saison.

—Oui, je me trouvais au match. C'était à peu près au moment du *Veterans Day*[1], de mémoire, juste avant que le garçon ne soit expulsé.

—Il semble donc normal que le trophée soit passé entre les mains de Tyler, puisqu'il était capitaine de l'équipe. Dans ce cas, cela explique pourquoi ses empreintes se trouvent dessus.

—Je suppose que oui, soupira Tupper après un temps de réflexion.

—Pensez-vous que je pourrais avoir une conversation avec Tyler, inspecteur ?

—Je ne suis pas certain que le chef approuverait…

—Sommes-nous obligés de le lui dire ?

—Non, avoua l'inspecteur. Pas nécessairement.

—J'étais l'une de ses enseignantes, vous savez.

Tupper soupira. Je l'imaginai en train de secouer la tête.

—Selon vous, aucun enfant n'est mauvais, j'imagine, madame Fletcher ?

—Je ne dirais pas cela. Mais je ne pense pas que Tyler Benjamin le soit réellement. J'aimerais le voir, et également m'entretenir avec Jim Dirkson.

1 * Le 11 novembre, jour férié en l'honneur des anciens combattants.

Ce qui jusque-là m'avait échappé était en train de prendre forme dans mon esprit.

—Le proviseur par intérim ? Pourquoi ?

—Il dit bien avoir vu Tyler en train de rôder sur le parking au moment où il quittait l'établissement ?

—Oui, madame.

—Alors, il aurait dû encore se trouver dans son bureau au moment où je m'apprêtais à aller voir Walter Reavis…

Je supposai que je n'avais pas envie de croire que Tyler Benjamin était un meurtrier. Dans l'esprit de nombreux professeurs, il n'existe pas d'enfants véritablement malveillants. D'après nous, ils peuvent tous être sauvés si des personnes telles que nous interviennent à temps. Mais bien sûr, des jeunes tournent mal, parfois, malgré les efforts de leurs parents, de leurs professeurs et de leurs entraîneurs. Cela est inévitable.

Walter Reavis en avait-il payé le prix ?

Amos Tupper m'appela juste après l'aube le jour suivant pour m'apprendre que le chef de la police d'Appleton était parti de bonne heure, ce qui me permettait d'avoir l'occasion de m'entretenir avec Tyler. Frank était parti donner des leçons de pilotage, le samedi étant sa journée la plus chargée. Pour ne déranger personne, je pris ma bicyclette pour me rendre au poste de police. Grady se trouvait chez un ami, et j'appelai ses parents pour m'assurer qu'ils pourraient le garder jusqu'à ce que je sois de retour à la maison.

Parmi les nombreuses activités que nous adorions pratiquer ensemble, Frank et moi, la pêche et les promenades à bicyclette étaient nos favorites. Normalement, nous aurions évité l'une et l'autre, avec le vent froid qui soufflait à l'époque de Thanksgiving et gelait nos cous, et les premières morsures de l'hiver du Maine. Mais ce jour-là, la température était tiède pour la saison, l'air pur et clair, le vent presque absent, et je pédalais énergiquement en traversant la ville, attentive à la circulation.

Je ne saurais dire exactement pourquoi je n'avais jamais passé mon permis de conduire. Mes raisons avaient évolué au fil des ans. Je n'avais jamais eu d'accident en tant que passagère. Je pense tout simplement que je n'y prenais pas vraiment plaisir. Pour autant, je n'avais pas d'attaque de panique lorsque je tentais de m'asseoir derrière un volant. C'était plutôt que lorsque je m'y trouvais, je perdais toute envie de me rendre ailleurs, et donc de prendre la route. Le vieux proverbe selon lequel l'important n'est pas la destination, mais le voyage, ne s'appliquait pas à moi – en tout cas dans le domaine de la conduite automobile.

Mon entourage trouve souvent étrange que je possède un brevet de pilote sans avoir le permis. Moi, cela ne me dérange pas.

Tyler Benjamin semblait terrifié lorsqu'il pénétra dans la salle d'interrogatoire du poste de police d'Appleton. Il s'agissait en réalité de la cafétéria, mais le manque d'espace nécessitait de lui attribuer plusieurs fonctions. Et étant donné le taux de criminalité de la ville, elle était bien plus souvent fréquentée pour son usage initial que pour mener des interrogatoires ou des entretiens. De ce fait, l'unique table en formica, qui rappelait celles de la cafétéria du lycée, était ronde, et non rectangulaire. Les cinq chaises installées autour ressemblaient aussi à celles du lycée.

Tyler était assis à la table. Ses mains et ses lèvres tremblaient. Tom Jennings, l'officier de police qui gardait le bureau lorsque j'étais arrivée au lycée le matin où le corps de Walter Reavis avait été découvert, se tenait debout contre le mur, bras croisés. Il sembla considérer que notre arrivée était pour lui le signal du départ. En apercevant les menottes passées autour des poignets de Tyler, j'eus envie de pleurer – tout comme lui, je suppose, car des traces humides marquaient ses joues. Il portait le sweat-shirt à capuche du lycée d'Appleton. Ses tremblements étaient visibles. Il avait dû quelque peu transpirer, car son front était moite près de la racine de ses longs cheveux noirs. Ses yeux enfoncés paraissaient plus effrayés que menaçants. Il me regarda et tenta d'esquisser un sourire, mais n'y parvint pas.

—Hello, madame Fletcher, dit-il, d'une voix rauque.

Amos Tupper et moi nous assîmes près de lui. Comme d'habitude lorsque je suis contrariée, je ne pus m'empêcher de faire une remarque.

—Est-il vraiment indispensable qu'il soit menotté, inspecteur ? Peut-on les lui enlever ?

—Je ne crois pas, madame Fletcher, répondit Amos en fronçant les sourcils. C'est le règlement.

—Il n'y a pas suffisamment d'arrestations dans cette ville pour qu'il y ait un règlement, répliquai-je doucement.

—Ce n'est pas moi, madame Fletcher, gémit Tyler au bord des larmes. Je vous le jure, ce n'est pas moi…

Sa voix devint inaudible, comme si elle provenait d'ailleurs, d'un endroit situé dans son esprit. Du moins, c'est ce que j'imaginais.

—Je sais que je n'aurais pas dû me trouver là, reprit-il. Je savais que je transgressais les règles de mon expulsion, mais je n'ai pas pu m'en empêcher. Il fallait que je parle à monsieur Reavis. J'ai commis une erreur. Je sais que j'avais tort, mais je pensais que si je présentais de nouveau mes excuses…

Une fois de plus, sa voix s'étrangla sous l'effet de l'émotion.

—Qu'a fait monsieur Reavis lorsque tu t'es excusé et as tenté de plaider ta cause ?

—C'est cela le problème, madame Fletcher. C'est ce que j'ai essayé de dire à l'inspecteur. Je n'en ai pas eu l'occasion, parce que je n'ai pas pu le voir.

—Sais-tu que tu peux demander la présence d'un avocat, Tyler ? lui conseillai-je. Tu n'es pas obligé de nous parler.

—Je ne veux pas d'avocat, parce que je n'ai rien fait de mal. Je ne sais pas pourquoi tout le monde pense que c'est le cas. Quelqu'un raconte n'importe quoi.

L'inspecteur Tupper fronça les sourcils. Il avait manifestement déjà entendu cet argument en prenant la déposition du jeune homme.

—Le gars, enfin, l'avocat que mes parents ont pris pour moi, m'a conseillé de ne rien dire à la police. Mais vous n'êtes pas de la police, madame Fletcher.

—Tu as tout à fait raison.

—Vous avez toujours été gentille avec moi, poursuivit Tyler, qui semblait préférer s'adresser à moi. Ce n'est pas le cas de tous les professeurs. Je pense que je leur fais peur.

Je n'avais aucune idée, à cet instant, de la raison pour laquelle les autres enseignants ne voyaient pas ce garçon de la même manière que moi. Il n'avait à mes yeux rien d'un meurtrier, mais que savais-je de ces choses-là ?

—Dans la déclaration qu'il a faite à l'inspecteur Tupper, M. Dirkson dit qu'il t'a aperçu sur le parking, déclarai-je. Il a dit que tu étais en train de « rôder ».

—De rôder ?

—C'est ce qu'il a déclaré.

—C'est un mensonge, madame Fletcher.

—Tu n'es pas passé par le parking ?

—Si, mais ce n'est pas à cet endroit qu'il m'a vu. C'est lorsque j'ai frappé à la porte du service de la scolarité. La voiture de M. Reavis était toujours garée à sa place. Je savais donc qu'il était encore là, mais la porte était fermée à clé. J'ai toqué et il a répondu.

—M. Reavis ?

—Non, M. Dirkson.

—Attends, ajoutai-je déstabilisée. Tu veux dire que c'est M. Dirkson qui t'a ouvert lorsque tu as frappé ?

—J'ai toqué très fort. Personne n'avait répondu lorsque j'avais frappé doucement, au début. J'étais prêt à casser la porte, parce que je voulais parler à tout prix à M. Reavis, lui dire combien j'étais désolé et savoir si je pouvais faire quelque chose pour me rattraper, n'importe quoi, vous savez, pour qu'il remplace mon expulsion par une suspension, ou quelque chose comme ça.

Je me tournai vers Amos Tupper. J'eus l'impression qu'il entendait cette version des faits pour la première fois, comme si Tyler n'avait rien mentionné de tout cela durant sa déposition. Étant donné ce que le jeune homme avait dû ressentir lors de son arrestation, je pouvais difficilement lui reprocher d'avoir omis ces informations ou de les avoir oubliées.

—Si je ne peux pas jouer au football à l'université, je ne sais pas ce que je vais devenir, ajouta Tyler en reniflant.

—À quelle heure cela s'est-il passé, Tyler ? demandai-je.

—Quoi donc ?

—Le moment où tu es venu à l'école, où tu as frappé à la porte de la scolarité ?

—Je pensais que M. Reavis serait seul dans son bureau, parce que j'avais vu Mme Potts partir.

—Alma Potts ? La secrétaire de M. Reavis ?

Je me souvenais qu'Alma était souffrante le jour du meurtre de Walter.

—Oui, j'ai vu sa voiture quitter le parking.

—Es-tu certain que c'était bien elle qui était au volant, fiston ?

—Qui d'autre pourrait conduire sa voiture ?

—Réponds simplement à ma question.

—Je l'ai bien reconnue. Un seul coup d'œil m'a suffi.

—As-tu pu lire la plaque d'immatriculation ?

Le jeune homme haussa ses larges épaules.

—Non.

—Donc, la voiture aurait pu ressembler à la sienne, n'est-ce pas ?

—Oui, concéda Tyler. Elle était blanche comme la sienne. Oh, et elle avait des ratés.

—Des ratés ?

—Oui, vous savez, comme quand le moteur fait un bruit de coup de feu. J'ai pensé que la voiture allait caler.

—Tyler, dis-je, j'aimerais que tu te souviennes de l'heure à laquelle cela s'est passé…

Il secoua la tête.

—Je ne m'en souviens plus. Je n'avais pas ma montre.

—Faisait-il nuit ?

—Oui, j'en suis certain. Mme Potts avait allumé ses phares, affirma Tyler, en jetant un bref coup d'œil vers Tupper. C'est pour cela que je ne l'ai aperçue que brièvement. Il faisait bien nuit, aucun doute là-dessus.

Cela signifiait que le soleil s'était déjà couché, ce qui survenait habituellement vers 16 heures 30 à cette époque de l'année. J'avais quitté le bureau après avoir entendu Walter élever la voix au téléphone, vers 16 heures 15, au moment où une lueur persistait encore dans le ciel. La porte de la scolarité n'était pas fermée à clé et je n'avais pas vu Jim Dirkson. Je tentai de me souvenir si la porte de son bureau, situé en face de celui de Walter, de l'autre côté du couloir, était ouverte ou fermée, mais je n'y parvins pas.

—As-tu vu autre chose lorsque M. Dirkson a ouvert la porte du service de la scolarité, Tyler ?

—Non, rien.

—As-tu aperçu M. Reavis ?

—Non, madame Fletcher, je ne l'ai pas vu. Je n'ai remarqué que M. Dirkson. Il n'a pas voulu me laisser entrer. Je lui ai menti et lui ai expliqué que le proviseur m'avait demandé de passer, mais il m'a ordonné de m'en aller, que sinon il me signalerait à la police parce que j'avais enfreint le règlement, ou quelque chose comme ça. Il a dit que j'irais en prison. Qu'il n'avait jamais agi comme je le faisais. Enfin, vous voyez…

Pour être franche, j'étais persuadée que Jim Dirkson détestait les enfants en général. Je ne comprenais pas pourquoi il travaillait dans l'éducation.

J'observai Tyler Benjamin et tentai de confronter mon point de vue personnel sur le garçon avec la réputation de violence qui avait mené à son expulsion. Je ne pus m'empêcher de donner une nouvelle tournure à notre conversation.

—Peux-tu me raconter comment s'est déroulé le conflit que tu as eu en classe, qui a entraîné ton expulsion ?

Ses yeux se remplirent de larmes. Il se servit de sa manche pour les sécher, ce qui n'était pas simple parce qu'il était menotté. En répondant, il garda le regard baissé, levant parfois furtivement les yeux vers moi.

—Je me suis fait rappeler à l'ordre par M. MacMillan, madame Fletcher. Il m'a dit de me rendre dans le bureau du proviseur, et je n'ai pas voulu…

—Pourquoi voulait-il que tu sortes de la classe ?

—Il ne m'apprécie pas.

—Ce n'est pas une raison pour envoyer un élève chez le proviseur…

—Je n'ai rien fait de plus que de parler à l'élève qui se trouvait à côté de moi pendant une interrogation. C'est tout. Il m'a quand même envoyé chez le proviseur, ce qui signifiait que j'allais avoir zéro. Je ne pouvais pas accepter ça. Je n'ai pas voulu me laisser faire. Si je me souviens bien, il souriait lorsque je lui ai hurlé dessus. Il savait qu'il m'avait piégé…

—As-tu menacé M. MacMillan d'une manière ou d'une autre ?

Tyler haussa de nouveau les épaules.

—Je ne crois pas. Je ne pense pas, mais je ne me souviens pas de tout ce que je lui ai dit. Cependant, c'est possible.

—As-tu expliqué ce qui s'était passé à M. Reavis ?

—J'ai d'abord vu M. Dirkson. C'est lui qui a dit que j'allais être expulsé. J'ai rencontré M. Reavis ensuite, mais il a expliqué qu'il ne pouvait rien faire. Ce n'était pas à lui de décider, mais au conseil d'établissement. Vous comprenez, madame Fletcher ? Si j'étais venu au lycée ce jour-là pour m'en prendre à quelqu'un, ce n'aurait pas été à M. Reavis, mais à M. Dirkson ou à M. MacMillan. Si je suis venu voir le proviseur, c'est parce que je voulais lui demander de me donner une autre chance. Ce n'était pas comme si j'avais frappé quelqu'un.

Le jeune homme avait de nouveau les yeux remplis de larmes, mais il ne fit cette fois aucun effort pour les essuyer. Elles coulaient maintenant sur ses joues.

—Ce n'est pas moi, madame Fletcher. Je ne veux pas aller en prison. Ils m'ont dit que je pourrais y passer le reste de ma vie…

—Tu n'iras pas en prison, Tyler, promis-je.

—Vous êtes professeur. Vous ne pouvez rien faire…

Je tournai mon regard vers Amos Tupper, puis de nouveau vers Tyler.

—Je peux trouver le véritable meurtrier.

16

De nos jours

— Vous avez fini par trouver le meurtrier, n'est-ce pas ? me demanda Mortimer lorsque j'interrompis mon récit.

Nous étions toujours dans le SUV. Je hochai la tête.

—Eh bien, en fait, il s'agissait de…

—Ne me dites rien !

—C'est la partie la plus intéressante de l'histoire…

—D'accord, alors racontez moi tout.

Mon téléphone sonna avant que je ne puisse reprendre mon récit ; le nom HARRY s'afficha sur l'écran.

—Harry, dis-je, en guise de salutation, dans le haut-parleur.

—Il n'est pas disponible.

—Vous venez de m'appeler, répliquai-je.

—J'ai dû lancer l'appel accidentellement. Qui êtes-vous ?

—Qu'avez-vous appris au sujet de Lisa Joy Reavis ?

—Qui donc ?

—La personne à propos de laquelle vous deviez m'appeler.

—Ah oui, c'est vrai… Que dites-vous de cela ? Je vous préviendrai lorsque j'aurai trouvé quelque chose, et la prochaine fois que vous entendrez parler de moi, il ne s'agira pas d'un appel accidentel.

—Ce serait merveilleux, Harry.

—Mais comme je vous ai au bout du fil maintenant, autant vous informer des derniers éléments, poursuivit-il. C'est à l'école primaire Robert E. Lee de Tuscaloosa, en Alabama, que Lisa Joy Reavis a été vue vivante pour la dernière fois. Avant cela, elle avait passé un diplôme d'enseignante à l'université de Virginie. Savez-vous que l'une de mes filles a aussi un diplôme de professeure ?

—Non, je l'ignorais. Vous ne m'en avez jamais parlé, Harry…

—Elle n'a pas exercé cette profession suffisamment longtemps, à mon avis. Elle était constamment licenciée, et a fini par enseigner dans une école catholique pour un salaire inférieur à celui que vous me versez.

—Je ne vous paie pas, Harry…

—C'est exactement ce que je disais !

—… puisque vous ne m'envoyez jamais de facture.

—Je vais faire une exception, pour cette fois. Je vais vous facturer cent fois mes honoraires habituels, pour compenser tout le travail que j'ai déjà accompli pour la grande Jessica Fletcher.

—Quels sont vos honoraires habituels ?

—Je n'en ai pas. Au fait, Mortimer est avec vous ?

Je jetai un coup d'œil vers le policier.

—Comment le savez-vous ?

—Je suis détective. Mon travail consiste à tout savoir.

—Vous avez entendu le moteur de la voiture, c'est cela ?

—Je préférerais parler de mes capacités de déduction.

Mortimer leva les yeux au ciel.

—Pour en revenir à Lisa Joy Reavis…

—Oui, pour en revenir à Lisa Joy Reavis, reprit Harry McGraw, elle a été embauchée à l'école primaire Robert E. Lee à Tuscaloosa, et y est restée cinq ans. D'après tous les témoignages que j'ai pu obtenir, elle était l'une des enseignantes les plus appréciées de l'établissement.

—Pourquoi ai-je l'impression que cette histoire n'a pas une fin heureuse ?

—Parce que c'est le cas. Lisa Joy Reavis est décédée dans un accident de voiture durant l'été qui a suivi sa cinquième année à l'école primaire Robert E. Lee. Et ce n'est pas tout…

—Ne me dites pas qu'elle…

—Malheureusement si, ma chère Jessica. Il est vraisemblable qu'elle ait été également assassinée.

Mortimer parut aussi stupéfait que je l'étais.

—Avez-vous des preuves, ou bien est-ce le fruit de votre imagination ? demandai-je.

—Je n'ai pas beaucoup d'imagination. En réalité, je n'en ai même pas du tout. C'est pour cela que je ne lis jamais vos livres.

—Merci, Harry !

—Je vous en prie. En tout cas, tout cela s'est passé il y a un certain nombre d'années. Quatorze pour être exact. L'inspecteur en charge de l'affaire n'a pas pu conclure à un accident à cause d'un détail en particulier. Il dirigeait le département de police de Tuscaloosa et vient de prendre sa retraite, mais j'ai pu le retrouver.

—Vous ai-je dit récemment que vous étiez doué ?

—Vous ne me le dites pas suffisamment. Avez-vous déjà entendu parler de la route 431, Jessica ?

—Comme je n'ai jamais passé mon permis de conduire, je ne fais pas attention aux numéros des routes, Harry.

—Vous devriez faire une exception pour celle-ci, parce qu'elle est très proche de chez vous. La route 431 a été baptisée « route de l'enfer ». Elle est généralement considérée comme l'une des plus dangereuses du monde, à la fois sur la portion qui traverse l'Alabama et dans le reste du pays. Elle traverse du nord au sud la partie est de l'État, et Lisa Joy Reavis a eu la malchance d'y circuler la nuit pendant un orage, avec une visibilité encore plus mauvaise que d'habitude.

—La malchance ne signifie pas nécessairement qu'il y a eu meurtre…

—Un pneu a explosé et provoqué une collision. Vous souvenez-vous que je vous ai dit il y a quelques instants que l'inspecteur en charge de l'affaire n'avait pas pu conclure à un accident ?

—Vous parlez de ce que vous m'avez dit il y a trente secondes ?

—Quant à moi, j'ai appris à voir au-delà des apparences, ma chère, tout comme l'ancien chef de la police de Tuscaloosa en Alabama. Il y avait du butane sur les échantillons de caoutchouc prélevés sur le pneu éclaté.

—Du butane, comme pour les briquets ?

J'imaginai Harry en train de hocher la tête.

—Tout à fait, répondit-il. Je me suis empressé d'expliquer au chef de la police, qui l'ignorait, ce qui se produisait lorsque l'on injecte du butane dans un pneu à travers la valve à l'aide d'une seringue.

—Ne me dites rien, Harry ! Le butane provoque une explosion ?

—Eh bien, vous êtes incroyable, si je peux me permettre ! Vous devriez en faire votre métier. Avez-vous déjà songé à l'écriture ?

—En ce moment, je songe plutôt à y renoncer…

—Non, il ne faut pas, parce que je ne vous ai pas encore fait part du détail le plus important : le butane circule à l'intérieur du pneu jusqu'à ce que le caoutchouc chauffe suffisamment, et puis *boum* !

—De quelle température parlons-nous, Harry ?

—Eh bien, la masse critique pour que le pneu éclate est d'environ 175 degrés. À une vitesse de 80 kilomètres-heure, après avoir parcouru une trentaine de kilomètres, la température moyenne d'un pneu serait d'environ 150 degrés. Mais Mme Reavis conduisait un SUV, dont les pneus sont réputés chauffer davantage et plus vite. Ceci est le crime parfait.

—Sauf pour le butane repéré par l'ancien chef de la police, puis par un détective… Vous, en l'occurrence.

—Il n'y en avait que des traces, ce qui n'était pas suffisant pour ouvrir une enquête pour une personne qui n'était pas accoutumée à ce *modus operandi* – il s'agit d'un jargon de détective qui signifie « mode opératoire ».

—Je sais ce que cela signifie, dis-je. En revanche, je ne sais pas pourquoi ce mode opératoire vous est si familier.

—J'ai résolu un autre meurtre dans des circonstances similaires autrefois.

—Quand était-ce ?

—Durant la période PJ de ma vie…

—PJ ?

—Pré-Jessica. Dans ma vie, il y a un « avant Jessica », un « après Jessica » et rien d'autre.

—Et je devrais me sentir flattée ?

—Vous devriez surtout vous acquitter de vos factures… Quoi qu'il en soit, le corps retrouvé était brûlé au point d'être méconnaissable. Lisa Joy Reavis n'a été identifiée que grâce à une empreinte découverte sur le rétroviseur.

—Le rétroviseur a résisté à l'incendie ?

—Je pense que je vais doubler ma facture, aujourd'hui, parce que je dois faire preuve de pédagogie, en plus de mes autres services… Le dos du rétroviseur est composé d'argent ou d'aluminium qui s'oxydent en brûlant, mais en général, le verre lui-même ne fond pas, sauf à des températures excédant 3 000 degrés. Ce qui peut se produire à l'intérieur du moteur, mais pas à l'intérieur de l'habitacle. Je suis surpris que vous n'ayez pas appris cela en faisant des recherches pour vos romans !

—Maintenant que j'y pense, Harry, je crois que je n'ai jamais fait de recherches sur la voiture ou la conduite.

—Tant pis pour vous, ma chère. Néanmoins, l'ancien chef de la police n'en savait pas plus que vous lorsque je le lui ai expliqué. Je pense que je l'ai incité à rouvrir l'enquête.

Quelque chose me vint brusquement à l'esprit, du fait de la conversation que Mortimer et moi avions eue avec Madeline Demerest à Cape Elizabeth.

—La mère de Lisa Joy ignorait complètement que sa fille était morte. En tant que plus proche parent, pourquoi n'a-t-elle pas été informée ?

—Je l'ignore. Étant donné la coupure entre cette jeune femme et sa famille, il est possible qu'elle n'ait mentionné aucun parent. Après sa mort, il n'y avait donc personne à informer.

—Oui, cela semble malheureusement probable.

—Tout à fait probable. Sans parler du fait qu'il a fallu un certain temps avant que cette empreinte ne soit relevée sur le rétroviseur, puis comparée avec le fichier automatisé des empreintes.

—Attendez ! Lisa Joy figurait dans le fichier ?

—Oui. Un vol à l'étalage lorsqu'elle était étudiante à l'université de Virginie. Elle a payé une amende minime et a évoqué un malentendu. Les charges ont été abandonnées, mais ses empreintes ont été conservées dans le fichier.

Je compris que Mortimer et moi allions devoir informer Maddie Demerest du décès de sa fille, et y aller en personne.

—Comprenez-vous ce que cela signifie ? demandai-je à Harry.

—Non. Qu'est-ce que cela signifie ?

—Tout d'abord, le père est assassiné, puis la fille aînée meurt dans une mise en scène d'accident, et enfin, c'est au tour de la fille cadette.

—Vous oubliez l'aîné, le fils du proviseur.

—Non, je ne l'oublie pas. Il était Marine et a été tué pendant son service au Moyen-Orient.

—Allez, Jessica ! Où est passé votre goût pour la conspiration ? J'ai l'impression que nous sommes à la recherche d'un *serial killer* qui s'en prend à toute une famille. C'est à vous de voir, mais si j'étais à votre place, je creuserais davantage, du côté des cousins, des animaux de compagnie, des aides-ménagères, peut-être même des voisins. Avec vous, qui sait où cela pourrait nous mener ?

J'esquissai une grimace face à cet humour macabre.

—Harry, vous êtes la seule personne que je connaisse qui soit capable de faire de l'humour à propos d'un meurtre.

—Travailler avec vous m'a permis de prendre beaucoup de recul sur le sujet, voyez-vous. Vous pensez donc que les trois meurtres sont liés ?

—C'est la théorie que vous venez d'avancer, il me semble. Pour ma part, je sais que Ginny Genaway, la fille cadette de Walter Reavis, cherchait des informations sur la mort de son père la semaine qui a précédé son propre assassinat. Et elle se posait beaucoup de questions sur sa sœur aînée.

—Il n'y a donc pas de fumée sans feu, si je vous suis…

—Combien me factureriez-vous un déplacement à Tuscaloosa ?

—Je pourrais être à bord d'un avion dans deux heures, répondit Harry McGraw, si vous m'obteniez un billet pour le championnat de football américain samedi… L'Alabama joue à domicile contre la Géorgie.

—Ce n'est pas le moment de perdre du temps…

—Mais le match a lieu après-demain, Jessica. Laissez-moi en profiter…

—Tope là ! *Roll tide*, Harry ! m'exclamai-je, poussant le cri d'encouragement favori de l'équipe de football de l'Alabama.

—Je me réjouirai lorsque je serai dans les tribunes ! protesta-t-il.

—Qu'est-ce qui vous fait sourire ? demandai-je à Mortimer, après avoir rangé mon téléphone dans mon sac à main.

—Le fait que ce meurtre vieux de quatorze ans et réalisé avec du butane se trouve dans la juridiction de quelqu'un d'autre, madame F.

—Mais y aurait-il un lien avec le fait que Ginny Genaway possédait des exemplaires de la *Gazette* de Cabot Cove dans son appartement, Mortimer ?

—Je ne vois pas le rapport…

—Je m'interroge. Pourquoi Ginny est-elle venue à Appleton pour enquêter sur le meurtre de son père, et pourquoi soupçonnait-elle sa sœur ?

—Comment le saurais-je ?

—Vous avez vingt-cinq ans d'expérience au sein du NYPD.

—Vous pensez que cela me permet d'avoir réponse à tout ? s'étonna Mortimer, mi-figue, mi-raisin.

Le shérif me déposa chez Mara, où Seth Hazlitt était assis à sa table habituelle, en train de déguster une salade.

—Avez-vous déjà mangé votre tarte, Seth ? le saluai-je en m'asseyant.

Il était 15 heures 30, et j'avais une demi-heure de retard.

—Non, je n'en ai pas pris aujourd'hui.

—Comment est-ce possible ?

—Je vais m'en passer quelque temps, à vrai dire…

—Et pourquoi cela ?

—Je suis monté sur la balance ce matin, dans mon cabinet. J'ai cru qu'elle était cassée tant l'aiguille est montée. J'ai cinq kilos à perdre, si vous voyez ce que je veux dire.

—Aïe.

—J'ai aussitôt modifié mon régime alimentaire pour pouvoir perdre du poids, précisa Seth, en adoptant l'accent typique du Maine.

—Quand allez-vous m'apprendre à parler comme une véritable habitante du coin, Seth ? le suppliai-je.

—Lorsque vous vous réincarnerez ici, Jess. Il y a des choses que l'on acquiert à la naissance et qui ne peuvent être enseignées. Cela ne vous semblerait pas *naturel*, expliqua-t-il en prononçant le dernier mot avec l'accent de la région.

—Vous devriez peut-être donner des cours – vous savez, comme s'il s'agissait d'une langue étrangère…

—À ce propos, répondit Seth en fronçant les sourcils, la manière dont les autres parlent sonne justement à nos oreilles comme une langue étrangère, pour nous qui connaissons la véritable sonorité des mots.

Les paroles de Seth me firent prendre conscience d'un élément que j'avais négligé jusqu'alors.

—Oh, oh ! s'exclama Seth.

—Quoi donc ?

—Vous avez cet air qui signifie que quelque chose vous a traversé l'esprit.

—Vous me dites cela souvent !

—Parce que cela vous arrive *souvent*. Vous avez cet air qui veut dire, « Tiens, je viens de comprendre qui est le meurtrier. »

Je secouai la tête.

—Ce n'est probablement rien cette fois. En tout cas, presque rien…

Seth parut incrédule.

—Vraiment ?

—Le fait que les deux filles de Walter Reavis aient été assassinées me donne envie d'en savoir plus sur le tueur. De percevoir des ombres dans l'obscurité, en quelque sorte…

—Vous parlez par métaphores ? Parce que si c'est le cas, je vous conseille d'envisager une autre voie professionnelle. Vous devriez peut-être accepter la proposition de Mme Sweeney, la proviseure, de donner des cours au lycée.

Il s'interrompit et me regarda attentivement.

—Vous avez encore cet air, Jessica…

—Vous passez bien me chercher demain matin à l'heure prévue ? lui demandai-je, pour changer de sujet.

—Oui, de bon matin. Le psychiatre de Ginny Genaway, Sam Sackler, nous attend. Il nous a réservé une heure à 11 heures. Cela veut dire que vous pourrez ensuite m'inviter à déjeuner à la pizzeria Frank Pepe, dans le centre commercial de Chestnut Hill…

—Et votre régime, Seth ?

Il secoua la tête lentement, de manière théâtrale.

—Vos ventes de livres ne doivent pas être excellentes, si vous tentez d'éviter de débourser une somme aussi minime.

17

Je ne sais pas exactement ce que j'attendais de la part du psychiatre de Ginny Genaway. Certes, je voulais savoir comment la jeune femme se sentait ces derniers temps, et espérais obtenir des informations sur ce qu'elle cherchait de si important pour elle à Cabot Cove, au point d'endosser l'identité d'une lycéenne. Le docteur Sackler aurait peut-être des informations à nous donner sur sa sœur aînée, Lisa Joy, probablement victime d'un meurtre elle aussi.

Cependant, mon désir de rencontrer le psychiatre reposait sur une supposition : comme Ginny connaissait manifestement son meurtrier, il était raisonnable de penser qu'elle avait parlé de lui au cours de ses séances.

Le bureau du docteur Sackler était situé à Brookline, au premier étage d'unc maison mitoyenne couleur brique à l'angle de Beacon Street et Saint Paul Street. La boîte aux lettres indiquait que son appartement était situé au second étage. Le confort du lieu me rappela que j'aspirais à ce que les derniers travaux de rénovation de ma belle demeure de Candlewood Lane s'achèvent. J'effectuais souvent les corrections de mes manuscrits sur la table de la cuisine, mais j'écrivais dans un bureau à l'étage que j'avais meublé avec soin au fil des vingt-cinq dernières années, depuis que nous avions emménagé. Au début, j'avais été dévastée d'avoir vu partir en fumée mes précieux souvenirs. Mais ces derniers mois, j'avais commencé à relever le défi qui consistait à réaménager mon bureau. Une grande partie de mes objets – que j'avais confiés à grands frais à une société spécialisée dans la restauration d'objets d'art – me rattachaient au souvenir de Frank, qui s'amplifiait lorsque je tapais sur le clavier de mon ordinateur Apple.

Toutefois, le cliquètement des touches de mon ancienne machine à écrire Royal me manquait. Mais je n'avais plus à retaper des manuscrits entiers. Et puis, il y avait la crainte liée au fait d'avoir terminé de taper un manuscrit qui était mon unique exemplaire… J'allais alors le photocopier dans la boutique de reprographie du quartier de peur qu'un incendie ne vienne détruire pour toujours le livre que je venais d'achever. Aujourd'hui, la boutique de reprographie était fermée depuis longtemps. Située dans la rue principale, elle avait d'abord été remplacée par un magasin de primeurs, puis par une boutique de vêtements pour femmes qui avait été agrandie grâce au rachat de l'ancienne pharmacie attenante. J'y commandais autrefois les prescriptions de Seth Hazlitt, et je me servais un verre à la fontaine d'eau gazeuse pendant que le pharmacien préparait mon traitement. Cette fontaine n'existait plus elle aussi que dans mon souvenir.

Je savais que cela pouvait paraître fou, mais la présence et l'aura toujours présentes de Frank ne m'avaient, semble-t-il, pas suivie à Hill House. Lorsque j'écrivais sur le bureau ancien du salon de la suite, j'avais l'impression de travailler dur. Ma muse n'était plus là pour faire défiler les pages et le temps. J'aspirais plus que tout à regagner ma maison de Candlewood Lane pour retrouver la présence de la compagnie de Frank. Et à la pensée de cette soirée où il nous avait emmenés, Grady et moi, à un rendez-vous avec Eve Simpson de l'agence immobilière pour visiter la maison, et de la manière dont il s'était débrouillé pour en financer l'achat, je me sentis encore plus nostalgique que jamais de mon ancien univers, détruit par les flammes.

Je sonnai à la porte du docteur Sam Sackler. Celle-ci s'ouvrit en cliquetant et je me trouvai face à une femme alerte qui devait avoir la moitié de mon âge.

— Vous devez être Jessica Fletcher. Je vous attendais.

Je fus surprise de constater que le docteur Sackler était une femme, mais parvins à masquer mon étonnement.

— Merci de nous recevoir, docteure Sackler, dis-je en fusillant Seth du regard.

Le regard qu'il me renvoya en retour me fit comprendre qu'il ignorait que « Sam » Sackler était en réalité « Samantha » Sackler.

— Et vous devez être le docteur Hazlitt, ajouta-t-elle en souriant et en tendant la main à Seth. Je suis ravie de rencontrer un collègue.

— J'en sais moins que vous sur les choses de l'esprit, madame.

— Ne vous dévalorisez pas. Je suis certaine que vous avez aidé moralement autant de patients que vous avez pu soigner de genoux écorchés…

—Maintenant que vous le dites…

—Seth, une fois que vous aurez cessé de vous lancer des fleurs, intervins-je, nous pourrons commencer, pour éviter de gaspiller le temps précieux de la docteure Sackler.

—J'envie le fait que vous pratiquiez dans une petite ville, docteur, ajouta-t-elle avec sincérité. Cela vous permet d'exercer encore à l'ancienne, ce qui est devenu presque impossible de nos jours.

—Docteure, répondit Seth, vous avez raison ! Ma pratique était la bonne lorsque j'ai démarré mon activité, alors elle est toujours valable aujourd'hui !

Tous deux sourirent tandis que je levais les yeux au ciel.

—Pourrions-nous nous entretenir dans votre bureau ? demanda Seth.

—Je préférerais parler ici, dans le salon qui sert de salle d'attente. J'ai l'impression qu'il serait déplacé d'avoir ce type de conversation dans la pièce dans laquelle je reçois mes patients.

—J'imagine que vous y receviez régulièrement Ginny Genaway, dis-je. Depuis combien de temps la traitiez-vous ?

—J'ai relu son dossier, ce matin. J'ai commencé à m'occuper d'elle après son mariage avec Vic Genaway, il y a tout juste deux ans. Elle avait déclaré que c'était son mari qui l'avait incitée à consulter.

Seth et moi nous étions assis sur le canapé. La docteure Sackler prit une chaise et la plaça de telle sorte qu'elle se trouvait entre nous. Elle croisa les jambes, mais ne semblait pas être installée très confortablement.

—Je pratique la psychiatrie depuis dix ans, madame Fletcher, et c'est la première fois que je perds un patient à la suite d'un acte de violence.

—Vous parlez du meurtre.

Elle approuva d'un signe de tête.

—Comment faites-vous pour vivre dans cette ambiance au quotidien ?

—Cela n'est pas le cas. L'univers que je crée est fictif.

—Cela fait-il une différence ?

—Lorsque je décris un meurtre dans mes livres, je peux passer à autre chose lorsque j'éteins mon ordinateur. Cela, je ne peux le faire lorsque je mène une enquête dans la réalité, ce qui heureusement ne se produit pas trop souvent.

—Vous mentez bien… lança Seth dans un soupir, qu'il étouffa en feignant de tousser.

Je lui jetai un regard désapprobateur.

—Nous nous intéressons à vos dernières séances avec Ginny. Celles qui se sont déroulées avant son décès, ajoutai-je.

—J'aimerais vous aider, mais Ginny a annulé ses cinq derniers rendez-vous puis n'en a plus repris.

—À quand cela remonte-t-il ?

—À environ six mois. Je la voyais deux fois par semaine, vous savez… Je ne l'ai plus revue et je ne lui ai pas parlé depuis son dernier rendez-vous. Lorsqu'elle m'a consultée, au début, elle vivait près d'ici avec son mari. Nous faisions de gros progrès, et vous savez, créer un lien de confiance avec un autre psychiatre prend du temps. Lorsqu'elle s'est installée dans le

New Hampshire après le divorce, elle faisait le trajet jusqu'ici. Elle trouvait que cela en valait la peine.

Seth me tapota le genou et se pencha en avant.

—Est-il habituel que des patients interrompent leur thérapie de manière aussi brutale, docteure ? demanda-t-il.

—C'est rare, mais cela arrive plus fréquemment que je ne le voudrais.

—Docteure Sackler, intervins-je, nous voudrions connaître l'état psychologique de Ginny Genaway dans les jours qui ont précédé son meurtre. Comme vous ne l'aviez pas vue depuis longtemps, nous pouvons en parler de manière générale. Au cours de vos séances avec elle, pouvez-vous nous dire si elle a déjà mentionné qu'elle ne se sentait pas en sécurité ?

—Tous mes patients ont le sentiment de ne pas se sentir en sécurité, madame Fletcher. C'est pour cette raison qu'ils font une thérapie…

—Je parlais de sécurité physique. Craignait-elle pour sa vie ou quelque chose de ce genre ?

La docteure Sackler parut s'absorber dans ses réflexions.

—Les difficultés de Ginny concernaient surtout sa relation avec deux hommes : son père, Walter Reavis, et son époux, Vic Genaway. Parfois, elle les assimilait l'un à l'autre, car elle les trouvait « émotionnellement interchangeables ».

—« Émotionnellement interchangeables », répétai-je. Voilà un terme intéressant.

—Vous ne le trouverez dans aucun manuel, mais j'ai écrit un article sur le sujet qui a été primé à plusieurs reprises. Il s'intéresse principalement au stéréotype du jeune homme qui tente d'épouser sa propre mère ou de la jeune femme qui veut épouser son père.

—Symboliquement, je suppose, docteure, intervint Seth.

—Bien évidemment, mais le cas de Ginny était particulier, précisa Samantha Sackler, en se tournant cette fois dans sa direction. Elle était très proche de son père lorsqu'elle était petite. Le perdre a occasionné chez elle des problèmes psychologiques pendant l'enfance, qui ont persisté à l'âge adulte, y compris lorsqu'elle était à l'université, mais aussi par la suite. Saviez-vous qu'elle avait travaillé comme serveuse dans un bar appartenant à son futur mari ?

—Monsieur Genaway nous l'a mentionné lorsque nous l'avons rencontré, en effet.

La psychiatre hocha la tête.

—Vous devez avoir l'impression qu'il s'agit d'une amourette classique… La jeune femme tombant amoureuse d'un homme plus âgé…

—Il a comblé le vide laissé par l'assassinat de son père plusieurs années auparavant, je suppose.

—Leur attirance était réciproque, expliqua Samantha Sackler, et ils ont commencé à sortir ensemble. Il l'emmenait dîner dans d'excellents restaurants, et lui apportait un sentiment de sécurité qu'elle n'avait pas connu depuis la mort de son père. Je ne suis pas sûre qu'elle l'ait réellement aimé au sens traditionnel du terme. Elle est plutôt devenue dépendante de lui, ce qui, bien souvent, accroît l'influence qu'une personne a sur une autre. Je me méfie des relations de ce type, où l'un des partenaires occupe une position dominante, car cela crée une dépendance. C'était manifestement le cas ici, pour Ginny.

—Et c'est alors qu'est survenue cette dispute au country club, et qu'elle a frappé son mari sur la tête avec un club de golf, dis-je.

La psychiatre se tourna de nouveau vers Seth.

—Un avis d'expert sur le sujet, docteur ?

—Je dirais, répondit Seth, triomphant, qu'elle avait transféré sa dépendance envers son père sur son mari, puis sans doute sur quelqu'un d'autre par la suite.

—Exactement ! approuva Samantha Sackler. Le traumatisme psychologique provoqué par l'assassinat de son père avait rendu Ginny incapable d'éprouver des sentiments envers plus d'une personne à la fois. Il s'agissait de la psychose pour laquelle je la traitais.

—Au cours de vos séances avec Ginny, repris-je, a-t-elle mentionné d'autres épisodes de violence de sa part ?

La psychiatre parut impressionnée par ma question.

—C'est une tendance contre laquelle elle luttait en permanence. Si vous aviez demandé à sa mère, celle-ci vous aurait sans doute dit qu'il s'agissait d'une petite fille sujette aux accès de colère et qui avait besoin de se défouler après la mort de son père. Cette partie d'elle-même n'a jamais réellement grandi. En réalité…

La docteure Sackler sembla hésiter.

—Oui, docteure ?

—… nous nous aventurons ici sur des chemins dangereux, et j'hésite à aborder un sujet sur lequel nous avions tout juste commencé à travailler lorsque Ginny a interrompu sa thérapie.

—Qui était…

—… qu'elle était convaincue que c'est elle qui avait tué son père.

—… dans le sens où elle se sentait responsable de sa mort !

—Et pourquoi cela ? demanda Seth.

—La culpabilité. Cela est courant chez les enfants qui ont perdu un parent. Il s'agit d'une manière de refouler son chagrin, même si ce n'est pas la plus saine qui soit. Imaginez que l'esprit soit un panneau de verre. Lorsqu'il se brise, il ne suffit pas de combler le trou avec une résine ou de le remplacer. Dans le cas de Ginny, la résine se désagrégeait sans arrêt, ce qui signifie qu'elle se sentait constamment vulnérable. Elle a donc réagi par la culpabilité. Lorsqu'elle a fini par venir me voir, il fallait tout reconstruire.

—En d'autres termes, dis-je, elle était restée imprévisible et impulsive à l'âge adulte.

—Madame Fletcher, je dis souvent que garder un cœur d'enfant est une bonne chose, mais demeurer mentalement un enfant est le reflet d'un traumatisme.

—A-t-elle parlé de sa mère ? demandai-je à la psychiatre, en pensant à la femme débraillée que j'avais rencontrée au phare de Portland Head à Cape Elizabeth.

La docteure Sackler secoua la tête.

—À peine. Elles n'étaient plus en contact. Après le divorce, Ginny est restée uniquement proche de son père, et le meurtre n'a rien changé à leur relation.

—Et sa sœur, intervint Seth. Celle qui a disparu de la circulation après le lycée ? Votre patiente vous en a-t-elle parlé ?

Il s'abstint de mentionner que Ginny avait dit à Wilma Tisdale que, selon elle, c'était Lisa Joy qui avait assassiné son père.

—Au début, elle n'en parlait absolument pas. Loin des yeux, loin du cœur, dirais-je, au sens littéral, cette fois. Puis, tout a changé, sans raison véritable.

—Comment cela ?

—Elle a commencé à développer une obsession pour Lisa Joy. Elle s'est mise à s'imaginer qu'elles allaient redevenir proches, comme les sœurs qu'elles étaient autrefois. J'ai d'abord pensé qu'il s'agissait de nouveau d'un mécanisme de transfert, car Lisa Joy avait disparu de la vie de Ginny à peu près au moment du décès de son père.

—Cela paraît vraisemblable, reconnut Seth. Elle ne pouvait pas savoir que sa sœur aînée était morte dans un accident de voiture sur une route de l'Alabama.

La psychiatre écarquilla les yeux.

—C'est affreux. Quand est-ce arrivé ?

—Il y a quatorze ans, dis-je.

—Et Ginny ne l'a jamais su ?

—Je ne vois malheureusement pas comment elle l'aurait appris… Mais quand a-t-elle développé cette obsession pour Lisa Joy ? demandai-je.

—Il faudrait que je consulte mes notes pour vous donner une date précise, mais cela est arrivé avant qu'elle n'interrompe sa thérapie. Ce devait être une ou deux semaines avant la fin du dernier semestre.

Je tentai d'intégrer cette donnée aux éléments que j'avais découverts après le décès de Ginny. Elle coïncidait avec le moment où elle avait commencé à lire la *Gazette* de Cabot Cove, compte tenu des dates des numéros que Mortimer et moi avions découverts.

Pour finir, la semaine précédant son meurtre, elle s'était rendue à Appleton pour poser des questions à propos de sa sœur, puis à Cabot Cove pour tenter de me soutirer des informations sur le meurtre de son père.

—Est-il possible que Ginny ait soupçonné sa sœur aînée d'avoir tué leur père ? demandai-je en livrant mes réflexions à voix haute. Je veux dire, réellement, et non involontairement ?

—Cela est fort possible, madame Fletcher, commenta Samantha Sackler. Avez-vous un jour songé à vous orienter vers la psychanalyse ?

—J'écris de la fiction, docteure. C'est un peu comme si je pratiquais déjà l'analyse, mais avec des personnages de roman.

—En tout cas, je peux vous dire que Ginny pensait que la police n'avait pas arrêté le bon meurtrier. Votre théorie n'est donc pas erronée, mais elle ne fonctionne pas dans ce cas précis. Non… Ginny avait bâti un véritable scénario, une histoire dans laquelle elle était en contact avec sa sœur – il s'agissait de nouveau d'un transfert, qui coïncidait avec la période où elle a divorcé de son époux, Vic, et où celui-ci a été emprisonné. En réalité, je dirais que ces événements ont contribué au nouveau mythe qu'elle a commencé à bâtir. Cela a constitué un véritable retour en arrière dans sa thérapie. Je l'en ai informée. Je pense que c'est pour cette raison qu'elle a cessé de prendre rendez-vous. Elle l'a fait parce que nous avions bien progressé…

—Et… n'était-ce pas une bonne chose ? demandai-je.

—Pas dans le cas de Ginny, madame Fletcher. Les troubles dont elle souffrait la poussaient à combler le vide de son existence. En général, les gens le font naturellement, dès qu'ils en ressentent le besoin, lorsqu'ils sont encore jeunes. Mais les personnes qui réagissent comme Ginny laissent empirer les choses jusqu'à ce que cet abîme prenne une dimension colossale. Elle ne voulait pas y remédier parce que la présence de ce vide motivait son existence. Le fait qu'elle ait abandonné la thérapie signifie qu'elle ne voulait pas le combler.

Je me penchai en avant.

—Je souhaiterais revenir sur l'obsession qu'elle avait développée vis-à-vis de sa sœur aînée, si possible. Êtes-vous certaine qu'il s'agissait d'un fantasme ?

—Je ne suis sûre que d'une chose. Ginny a interrompu sa thérapie lorsque je lui ai suggéré que c'en était un. Il s'agissait probablement d'une erreur de ma part, mais j'ai pensé que nous nous trouvions à un point délicat de la thérapie. J'avais constaté un retour en arrière. Si elle avait su que sa sœur était morte, elle n'aurait pas élaboré ce fantasme.

Je hochai la tête, tentant de dresser une image cohérente des faits en y intégrant ces nouveaux éléments. J'avais désormais une vision claire du déroulement des événements. Quelque chose avait dû déclencher l'obsession de Ginny envers sa sœur à peu près au moment où elle s'était mise à lire la *Gazette* de Cabot Cove. Puis, la semaine dernière, elle s'était rendue à Appleton pour enquêter sur ce qui s'était passé. Elle m'avait ensuite interviewée douze heures avant d'être assassinée. Désormais, il me restait à assembler les pièces du puzzle, mais celles-ci ne m'éclairaient pas davantage.

Cela signifiait qu'il manquait encore des pièces.

—Docteure, au cours de vos dernières séances avec Ginny, a-t-elle mentionné qu'elle était en danger ou menacée d'une manière ou d'une autre ? demandai-je.

—Rien de tout cela, madame Fletcher. En réalité, je ne l'ai jamais vue plus heureuse. Après son divorce, elle avait l'impression qu'elle redémarrait une nouvelle vie.

—Qui a pourtant brutalement pris fin, ajoutai-je.

—Je prendrai une salade et je vous conseille la grande pizza aux palourdes, dit Seth qui avait entre les mains le menu de la pizzeria Frank Pepe.

Nous venions de nous installer à une table du restaurant situé dans le centre commercial de Chestnut Hill, à dix minutes du cabinet de la docteure Sackler.

—Je serais incapable d'avaler une telle pizza…

—Eh bien dans ce cas, je vous viendrai en aide, si vous le souhaitez. Je n'aime pas que la nourriture soit gaspillée. Et une fois que nous aurons passé commande, vous pourrez me raconter la suite de l'histoire.

—Quelle histoire ?

—Celle où Amos Tupper et vous avez résolu le meurtre de Walter Reavis à Appleton…

18

Vingt-cinq ans auparavant...

Je tournai mon regard vers Amos Tupper, puis de nouveau vers Tyler.

—Je peux trouver le véritable meurtrier.

—Voilà une bien lourde responsabilité, madame Fletcher, regretta Amos Tupper après le départ de l'agent Tom Jennings, qui était venu chercher Tyler Benjamin pour le ramener dans sa cellule.

—Je ne m'y serais pas engagée si je ne le pensais pas, inspecteur. Et nous allons le trouver ensemble.

Tupper fronça les sourcils.

—Vous, une professeure suppléante ?

—Désormais, je suis également inspectrice suppléante.

Mon interlocuteur sembla s'offusquer de ma remarque.

—Et qui allez-vous suppléer, madame Fletcher ?

—Ce n'est pas ce que je voulais dire…

—Pourtant, cela semblait clair !

Je le fixai avec insistance.

—C'est bien vous qui avez arrêté Tyler Benjamin, n'est-ce pas ?

—Comme Jim Dirkson a déclaré l'avoir vu entrer dans l'établissement, et compte tenu du fait qu'il s'est rendu chez le proviseur, je n'avais pas le choix.

—Cependant, c'est avec Jim Dirkson que Tyler a rencontré des problèmes, inspecteur. Et selon le jeune homme, Dirkson se trouvait à l'intérieur de l'établissement, et non à l'extérieur.

—Il est vrai que j'ai omis de noter que leurs récits étaient contradictoires.

—L'un d'eux ne dit pas la vérité, c'est certain. Et que penser du fait que Tyler a également déclaré que la secrétaire du lycée, Alma Potts, sortait du parking lorsqu'il est entré dans l'établissement ?

—En quoi est-ce problématique ?

—Alma Potts était absente parce qu'elle était souffrante ce jour-là. Cela explique pourquoi les stores n'étaient pas baissés.

—Les stores ?

—M. Reavis aimait avoir le soleil dans le dos, ce qui veut dire que les personnes avec lesquelles il avait rendez-vous étaient éblouies lorsqu'elles étaient assises face à son bureau. J'en ai fait l'expérience lors de notre rendez-vous en fin de matinée le jour du meurtre, car Alma n'était pas là pour baisser les stores, comme elle le faisait généralement l'après-midi, même lorsque le temps était couvert. L'habitude, je suppose.

Amos Tupper secoua la tête, tentant manifestement de trouver un sens aux nouveaux éléments de l'affaire que je venais de soulever. Quant à moi, j'étais motivée par mon désir d'aider Tyler qui, j'en étais convaincue, n'était pas un meurtrier.

—Savez-vous ce que j'en pense ? me demanda-t-il. Ce garçon pourrait bien vous avoir manipulée, madame Fletcher. Il pourrait très bien être l'un de ces psycho… sociopathes…

Je me gardai de le corriger.

—Il s'agit de l'un de vos élèves, ajouta Amos Tupper. Il est sans doute difficile pour vous d'imaginer qu'il ait pu frapper le proviseur avec un trophée.

—Vous avez omis un détail.

—Lequel ?

—Avez-vous remarqué que Tyler porte sa montre au poignet droit ?

—Il ne portait pas de montre, madame Fletcher…

—Mais la peau était plus pâle à l'endroit où il la porte habituellement. Il doit s'agir d'une de ces montres de sport, compte tenu de la dimension du cadran.

—Vous avez le sens de l'observation, remarqua Tupper, en grattant le sommet de sa tête.

—Vous ne l'aviez pas noté ? Je pensais que cela sautait aux yeux. Il y a encore autre chose…

L'inspecteur me parut quelque peu agacé, mais je poursuivis.

—L'entaille sur le front de Walter à l'endroit du premier impact était orientée vers la gauche. Cela signifie que le coup provenait d'une personne droitière, alors que ce garçon est manifestement *gaucher*.

Tupper sembla réfléchir un moment.

—Il est peut-être ambivalent, objecta-t-il.

—Ambivalent ?

—Vous savez, capable d'utiliser ses deux mains… Après tout, c'est un athlète.

—Vous voulez dire ambidextre…

—Oui, c'est cela !

—Voici la manière dont je vois les choses, inspecteur : nous devrions avoir une petite conversation avec Alma Potts et Jim Dirkson afin de déterminer qui ment et qui dit la vérité.

L'inspecteur me regarda avec détachement, comme si je n'avais rien à voir avec toute cette affaire.

—C'est à moi de m'occuper de ces entretiens, soutint-il.

—Oh, très bien…

—Ne le prenez pas personnellement, madame Fletcher. C'est juste qu'à ce stade de l'affaire, il vaut mieux laisser les choses entre les mains d'un professionnel.

—Oui, vous avez sans doute raison.

Vous le pensez réellement ?

—Bien sûr. Je suis heureuse d'avoir pu vous rendre service, inspecteur.

—Compte tenu de tout ce que nous venons de vivre, pourquoi ne m'appelleriez-vous pas Amos ?

—Uniquement si vous m'appelez Jessica, Amos.

—Désolée, m'dame, répondit Amos Tupper en secouant la tête. Cela ne serait pas professionnel, car vous êtes une civile.

Il plissa les yeux en me dévisageant.

—Vous pensez vraiment que Tyler Benjamin n'est pas le meurtrier ?

—Oui ! Je suis certaine qu'il n'est pas coupable…

Il fronça les sourcils et prit un air penaud.

—Eh bien, si vous avez raison, madame Fletcher, cela veut dire que j'ai placé un adolescent en détention sans raison. Cela en dit long sur mes compétences professionnelles, n'est-ce pas ? Mais peut-on effacer ses erreurs ?

—Je ne sais pas, répondis-je, l'esprit ailleurs... Mais...

—Qu'y a-t-il ?

—Oh, ce n'est probablement rien...

—Dites-moi !

—Il faut que nous allions vérifier quelque chose au lycée, Amos. À la première heure lundi matin.

Le lundi matin suivant, la porte du bureau particulier de Walter Reavis au sein des locaux administratifs était fermée à clé. Du ruban adhésif de scène de crime était encore collé sur le montant.

—Qu'allons-nous faire ? demanda Amos Tupper en secouant la tête.

—Amos, vous êtes l'inspecteur en charge de cette affaire. Vous avez le droit de pénétrer dans le bureau dans lequel la victime a été assassinée...

—Oui, bien sûr, vous avez raison ! claironna-t-il. Mais la porte est verrouillée et que je n'ai pas la clé !

—Laissez-moi faire, inspecteur...

Je m'éloignai en direction de l'accueil de la scolarité, où Alma Potts était assise derrière le comptoir. Son bureau était encombré, comme toujours.

—Avez-vous la clé du bureau de Walter, Alma ? lui demandai-je.

La secrétaire commença à farfouiller dans le tiroir de son bureau, puis s'arrêta.

—C'est affreux que Tyler Benjamin ait été arrêté pour meurtre, dit-elle en se tamponnant les yeux avec un mouchoir.

Cependant, j'avais l'impression que ses yeux larmoyants étaient liés à son état de santé et non à un véritable sentiment de tristesse.

—Plus qu'affreux, répondis-je.

—Pensez-vous qu'il est coupable, madame Fletcher ?

—Comment pourrais-je le savoir, Alma ?

—Eh bien, tout le monde parle du fait que vous collaborez avec cet inspecteur Topper…

—Tupper, la corrigeai-je. Et je fais plutôt office d'oreille attentive qu'autre chose. Nous venons justement d'avoir une entrevue avec Tyler.

—Comment va ce pauvre garçon ?

—À votre avis ?

—Je suis désolée, confessa Alma Potts. Ma question était stupide.

—Non, Alma, c'est moi qui suis désolée de m'être montrée sèche avec vous. Je sais que vous travaillez avec Walter depuis longtemps.

—C'est lui qui m'a embauchée. Puis-je vous confier quelque chose ? demanda-t-elle, réduisant sa voix à un murmure et jetant un regard derrière moi pour voir s'il n'y avait personne.

—Naturellement.

—Je n'ai pas très envie de travailler avec Jim Dirkson, madame Fletcher. Il fera peut-être un bon proviseur, mais il est très différent de Walter Reavis.

—Nous ne savons pas encore s'il sera nommé de manière permanente, ou seulement pour assurer l'intérim.

—Nous ne pouvons qu'espérer, dit Alma, en se forçant à sourire.

Je baissai la voix également.

—Puis-je vous faire une confidence à mon tour, Alma ?

Elle se redressa.

—Bien sûr, madame Fletcher.

—De vous à moi, l'inspecteur Tupper et moi-même avons découvert des faits nouveaux sur Jim Dirkson lorsque nous avons eu une conversation avec Tyler.

—Vraiment ? Qu'avez-vous appris ?

—Que son témoignage avait été décisif dans l'arrestation de Tyler. Il a déclaré avoir vu le garçon rôder sur le parking en quittant l'établissement. Cependant, Tyler a affirmé que Dirkson se trouvait au service de la scolarité lorsqu'il est venu plaider sa cause auprès de Walter.

Alma écarquilla les yeux.

—Vous ne pensez tout de même pas…

—Non, bien sûr. Je pense que Tyler ment, et ceci, parce qu'il a de bonnes raisons de le faire, affirmai-je, en espérant qu'Alma me croirait sur parole.

—Quelles raisons, madame Fletcher ?

—Il affirme vous avoir vue sortir du parking au moment où il s'apprêtait à entrer dans l'établissement.

Alors que ce jour-là, vous étiez absente parce que vous étiez malade…

—Oui, avec ce maudit rhume dont je n'arrive pas à me débarrasser… Vous savez, ici, tout le monde est contaminé…

—Oui, je suis au courant. Je prends de la vitamine C et je me lave les mains 20 fois par jour.

—Cela n'a pas marché pour moi, remarqua Alma en fronçant les sourcils.

—Avez-vous une idée de la raison pour laquelle Tyler aurait pu se tromper ?

—Je conduis une berline blanche, et il y en a sans doute une dizaine sur le parking actuellement. Rien ne les différencie vraiment. Et il devait faire nuit, je pense, à l'heure du meurtre… Je ne sais pas s'il a pu voir grand-chose…

—Il faut que j'informe l'inspecteur Tupper que ce n'était pas vous, dis-je, endossant le rôle d'une intermédiaire avec la police pour accroître ma crédibilité.

—Je vous remercie…

—Pas de quoi, Alma. Mais il voudra savoir s'il y avait quelqu'un avec vous à la maison pour confirmer vos propos.

Son expression changea, indiquant qu'elle réfléchissait.

—Oui, bien sûr. Je ne sais pas exactement de quelle heure vous parlez. L'un des jumeaux devait se trouver à la maison, dit-elle, en évoquant son fils et sa fille, des adolescents qui fréquentaient un autre lycée que celui d'Appleton, car la famille vivait ailleurs. Mais je n'en suis pas absolument certaine.

—Bien sûr. Cela peut se comprendre.

—J'aurais aimé pouvoir être plus précise, madame Fletcher.

Je commençai à m'éloigner du comptoir.

—Je pense que le fait que vous ayez mentionné qu'il y avait plusieurs voitures blanches sur le parking et qu'il devait faire nuit explique pourquoi Tyler pense vous avoir vue. Et vous m'avez incitée à m'intéresser à un détail supplémentaire : ces voitures blanches. Si notre jeune homme en a réellement vu une quitter le parking avant d'entrer dans l'établissement, nous devrions dresser une liste des propriétaires de toutes les voitures blanches – soit une dizaine, selon vos dires.

—Je dois déjà avoir une telle liste. Nous la mettons à jour chaque année au moment de la rentrée pour des raisons de sécurité, voyez-vous ?

—Je n'étais pas au courant, étant donné que je ne conduis pas…

Je lui souris et commençai à m'éloigner.

—Madame Fletcher ! s'exclama Alma.

Je m'arrêtai et me retournai.

—Oui ?

Elle tenait à bout de bras une clé se balançant au bout d'un porte-clés en bois.

—Vous avez oublié la clé du bureau de M. Reavis !

Amos Tupper ôta l'adhésif protégeant la scène de crime et introduisit la clé que m'avait confiée Alma dans la serrure.

—Vous ai-je dit qu'il s'agit de ma première enquête pour meurtre ?

—Oui, il y a quelques jours.

—Croyez-vous aux fantômes, madame Fletcher ? poursuivit-il en déglutissant péniblement.

—Je n'y ai jamais réellement songé, Amos.

—Parce que certaines fois, lorsque je me trouvais dans cette pièce pour l'examiner, j'aurais pu jurer avoir aperçu brièvement M. Reavis assis derrière son bureau en train de me regarder, l'air de se demander ce que je faisais ici.

—Eh bien, la prochaine fois, espérons qu'il restera assez longtemps pour nous révéler le nom de son assassin…

Le bureau comportait des recoins d'ombre, était sombre et à demi plongé dans l'obscurité. Amos actionna les interrupteurs, ce qui eut pour effet d'illuminer aussitôt la pièce grâce à d'antiques néons qui avaient sans doute survécu aux différentes rénovations de l'édifice. Je baissai le regard vers le tapis, imaginant que le corps immobile de Walter s'y trouvait toujours, à l'endroit où je l'avais identifié peu de temps auparavant. J'eus un frisson en pensant à Amos qui avait dit avoir aperçu le fantôme du proviseur.

—Maintenant, parlez-moi de cette intuition que vous avez eue, madame Fletcher, me demanda l'inspecteur.

—Actuellement, ce bureau est exactement dans l'état où il se trouvait lorsque le corps de Walter Reavis a été découvert. Sommes-nous bien d'accord ?

—Oui, tout à fait.

—Personne n'a déplacé un objet ou modifié quelque chose ?

—C'est hautement improbable. La police d'État – ces officiers qui ne semblent pas avoir une haute opinion de moi – a sécurisé le bureau dès que notre agent a confirmé le décès de M. Reavis.

Ce dernier n'a touché à rien ?

—Non, selon son rapport.

—Qu'en est-il de ce téléphone, Amos ? demandai-je, en contournant le bureau et en veillant à ne pas déplacer la chaise de crainte de déranger le fantôme qu'Amos avait déclaré avoir aperçu.

—Le téléphone ?

—Aucun de vos agents ni policiers d'État n'a passé d'appel avec ce téléphone ?

—Nous sommes des professionnels, madame Fletcher ! répondit Amos Tupper, d'un ton offensé. Pourquoi le téléphone aurait-il une telle importance, d'ailleurs ?

—À cause de cette conversation virulente que j'ai surprise lorsque je me tenais près de la porte. Il est possible, avec une probabilité de 50-50, que ce soit M. Reavis qui ait passé ce coup de téléphone.

—Vous avez raison, dit-il en me rejoignant derrière le bureau.

—Et dans ce cas, poursuivis-je, en désignant une touche intitulée RAPPEL, le dernier numéro composé pourrait bien être celui de la personne avec laquelle il se disputait.

—Il n'y a qu'un moyen de vérifier de qui il s'agissait, je suppose.

Nous échangeâmes un regard, comme pour prendre une décision.

—Puis-je vous laisser cet honneur, madame ?

Je tendis la main et pressai la touche HAUT-PARLEUR, puis la touche RAPPEL. J'entendis le numéro resté en mémoire dans le téléphone être composé. La ligne sonna. Un déclic retentit au bout de la quatrième sonnerie, un silence se fit, et la voix d'un répondeur nous accueillit.

« Bonjour, vous êtes bien chez les Dirkson. Laissez votre message après… »

Amos Tupper tendit la main vers la touche HAUT-PARLEUR pour mettre fin à l'appel.

—J'ai l'impression que nous allons devoir avoir une petite discussion avec le proviseur par intérim du lycée d'Appleton, madame Fletcher…

19

De nos jours

Notre commande arriva sur la table, dans un box du restaurant Frank Pepe, au sein du centre commercial de Chestnut Hill, ce que je considérai comme un signal pour interrompre mon récit.

—Ne me dites pas que vous n'allez pas me raconter la suite ! supplia Seth.

—Je ne veux pas que notre pizza refroidisse, dis-je.

Les yeux de Seth s'écarquillèrent en la regardant, me rappelant ceux d'un enfant le matin de Noël.

—Que pensez-vous de la psychiatre ? me demanda-t-il en tendant la main vers une part de pizza, puis en la retirant brusquement comme s'il s'était brûlé.

—Elle a confirmé ce qui est apparu de plus en plus clairement au fil de la semaine, Seth : Ginny Genaway était une jeune femme vraiment perturbée.

—C'est votre avis ?

—Vous êtes médecin. Qu'en pensez-vous ?

—J'essaie de ne pas émettre de jugement sur les personnes que je n'ai jamais examinées, ou du moins que je n'ai jamais rencontrées. Mais j'ai tendance à être d'accord avec votre évaluation.

—Il n'est pas dans vos habitudes de tourner ainsi autour du pot, Seth !

—Je tente d'avoir un langage de psychiatre.

—Vous voulez dire que vous imitez Samantha Sackler ?

—Je me suis un peu renseigné sur elle avant notre rendez-vous, Jess. Elle est considérée comme l'une des meilleures psychiatres de Boston.

—Cela fait d'elle un excellent modèle à imiter.

La pizza avait suffisamment refroidi pour que Seth en prenne une part située de son côté de la table. Il veilla à ne pas faire tomber la généreuse garniture qui se trouvait dessus.

—Je songe à la consulter pour moi-même, avoua Seth tout en commençant à attaquer sa pizza à l'aide d'une fourchette et d'un couteau. J'espère qu'elle pourra m'aider à ne plus me retrouver impliqué dans vos enquêtes. Je pense lui demander la ristourne spéciale Jessica Fletcher, qui doit être incluse dans ses tarifs, étant donné le nombre de personnes que vous avez dû rendre folles au fil des ans, *ayuh.* Vous avez même poussé ce pauvre Amos Tupper à fuir dans le Kentucky…

—Vous ai-je dit que je lui avais parlé, l'autre jour ?

—Comment se porte ce vieux râleur ?

—Il n'a que quelques années de plus que vous, Seth…

—Oui, mais c'est un râleur, tandis que moi, je suis un ours mal léché, selon les bonnes gens de Cabot Cove !

Je m'emparai finalement d'une part garnie de fromage de ma moitié de pizza.

—Il va plutôt bien, même s'il s'ennuie un peu, peut-être.

—Vous pensez que Cabot Cove lui manque ?

—Je pense que c'est le rôle de shérif qui lui manque…

Seth s'empara d'une seconde part de pizza.

—J'ai encore du mal à m'imaginer qu'il était inspecteur.

—Peu de gens à Appleton croyaient en lui, à l'époque, mais il leur à tous donné tort.

Seth souffla sur sa part de pizza pour la refroidir.

—Puis-je vous poser une question, Jess ? Serait-il parvenu à résoudre l'affaire, sans vous ?

—Je pense que nous ne le saurons jamais… répondis-je, évasivement.

—Alors, je vais vous poser une autre question : où allons-nous ensuite ?

—À Manchester, cher docteur, fis-je en imitant la manière dont lui et la docteure Sackler arrondissaient les syllabes. Nous allons examiner de nouveau l'appartement de Ginny Genaway.

Le concierge de la résidence était présent et ne me posa aucune question quant à mon souhait de revoir l'appartement que Ginny occupait au 875 Elm Street. Nous étions arrivés juste avant 16 heures. Le concierge avait peut-être cru que je faisais partie de la police, étant donné que j'étais accompagnée du shérif lors de ma première visite.

—Le loyer a été payé pour les six prochains mois, expliqua-t-il. Je ne suis donc pas obligé de vider et nettoyer les lieux tout de suite. Prenez votre temps, ajouta-t-il tandis qu'il ouvrait la porte sans montrer l'intention de nous accompagner.

—Que cherchons-nous, au juste ? me demanda Seth lorsque j'eus refermé la porte derrière nous.

—Je n'en ai vraiment aucune idée. Quelque chose que je n'ai pas vu lorsque j'étais ici avec Mortimer.

—Si vous ne l'avez pas vu la première fois, comment savez-vous ce que vous cherchez ?

—Je le saurai lorsque je l'aurai trouvé, avouai-je sans enthousiasme.

Mais Seth avait raison. Lorsque l'on ne sait pas ce que l'on cherche, il est très difficile de le trouver. Je repensai à notre conversation avec la docteure Sackler, et me concentrai sur le déroulement des événements, qu'elle avait plus ou moins corroboré. Quelque chose avait changé radicalement dans l'existence de Ginny Genaway près de six mois auparavant, au moment où elle avait commencé à annuler ses rendez-vous avec la docteure Sackler, et s'était intéressée à la *Gazette* de Cabot Cove, et vraisemblablement à la ville elle-même. Tout semblait indiquer que ce changement était lié à sa sœur, à son père ou bien aux deux. Tout ce que j'avais été capable de découvrir à son égard, depuis qu'elle m'avait interviewée sous une fausse identité, laissait penser qu'elle était sur une piste – ce que la docteure Sackler avait confirmé en émettant une réflexion à voix haute.

En tout cas, je peux vous dire que Ginny pensait que la police n'avait pas arrêté le bon meurtrier.

Si les soupçons de Ginny étaient exacts, cela signifiait que lors de ma première enquête pour meurtre, j'avais envoyé le mauvais individu en prison, que je m'étais convaincue et que j'avais convaincu Amos Tupper et une ville entière du fait qu'une personne était coupable. Et cela signifiait qu'il fallait que j'enquête de manière approfondie sur ce que Ginny avait découvert, et qui avait probablement conduit à son assassinat.

Je songeai au fait que la personne condamnée à l'époque était peut-être sortie de prison étant donné qu'il s'agissait d'un meurtre au second degré[1]. Peut-être avait-elle tué de nouveau. Comme c'était moi qui l'avais découverte, j'aurais sans doute dû me préoccuper davantage de son sort, mais le fait est que j'avais décidé de laisser tout cela derrière moi et de ne plus y penser.

N'ayant rien trouvé qui puisse se révéler intéressant dans les tiroirs ou les placards, je commençais à me dire que notre fouille était plutôt inutile lorsque j'aperçus Seth en train de jeter son chewing-gum dans la poubelle de la cuisine.

—Stop ! m'écriai-je.

—Pardon ?

—Ne jetez pas votre chewing-gum !

Il me regarda d'un air stupéfait.

—Préférez-vous que je l'avale ?

1 Homicide volontaire non prémédité.

—Non, je voulais éviter que vous le jetiez dans la poubelle.

—Où voulez-vous que je le jette ?

Au lieu de continuer à me chamailler avec Seth, je me dirigeai vers la poubelle, installée sous l'évier, mais n'y trouvai que son chewing-gum, collé à mi-hauteur à l'intérieur du sac.

—Vous savez, Jess, si vos livres ne marchent pas, je peux vous prêter quelques dollars. Cela vous éviterait d'avoir à fouiller dans les poubelles…

Il me suivit tandis que je passais de la cuisine à la seconde chambre, que Ginny avait transformée en bureau. Il y avait là une corbeille à papier qui débordait presque. Je mis rapidement les magazines qui s'y trouvaient de côté, puis commençai à lisser plusieurs feuilles froissées afin de prendre connaissance de leur contenu.

Si vous voulez bien connaître quelqu'un, regardez ce qu'il jette…

J'avais oublié d'où provenait cette maxime, mais ici, elle était de rigueur.

—Puis-je vous aider ? demanda Seth.

—J'aimerais beaucoup, répondis-je, mais je serais incapable de vous dire ce qu'il faut chercher, car je ne le sais pas moi-même…

—Et cela ? me demanda-t-il en désignant des morceaux de papier sur le parquet, qui semblaient avoir été déchirés.

J'avais dû les faire tomber de la corbeille. Ou bien ils s'étaient trouvés là auparavant. Je pouvais imaginer Ginny déchirer une feuille en deux, en trois ou en quatre, puis en jeter les morceaux, qui s'étaient éparpillés sur le sol sans qu'elle le remarque.

—De quoi s'agit-il ? demanda Seth.

—Regardez, dis-je en soulevant l'un des morceaux de papier déchirés.

On pouvait y lire en grosses lettres capitales :

MÉE PROV

De la manière dont il était déchiré, il était évident qu'il manquait le début et la fin des mots.

—Avez-vous une idée de ce que cela peut signifier, Seth ? demandai-je.

—Non, aucune… Sauf pour une chose.

Ses yeux s'écarquillèrent et il arbora un sourire taquin.

—Vous pensez que le vieux grincheux que je suis pourrait avoir une longueur d'avance sur l'exceptionnelle Jessica Fletcher ?

—Je pensais que votre surnom était « ours mal léché »… Pourquoi ne me dévoilez-vous pas le fond de votre pensée ?

—Regardez de plus près, Jess.

—Je l'ai déjà fait.

—Regardez encore.

Je m'inclinai et remarquai aussitôt ce qui m'avait échappé auparavant.

—Ce doit être un tirage de la version en ligne de la *Gazette* ! m'exclamai-je. En ce qui me concerne, je ne lis que la version papier.

—Quoi qu'il en soit, affirma Seth, il s'agit bien de la *Gazette* de Cabot Cove. Je reconnaîtrais entre mille cette police de caractères !

En examinant le reste du contenu de la corbeille, nous procédâmes avec beaucoup plus de soin. Un plus petit fragment déchiré de la même manière et également froissé semblait faire partie du même gros titre, compte tenu de la dimension et de l'aspect de sa police de caractères :

E L'AN

—Je ne vois pas ce que cela signifie, commenta Seth.

—J'ai l'impression qu'il manque un mot qui se termine par *E* et un autre mot qui commence par *AN*.

—C'est bien ce que je disais, cela reste obscur !

Je posai les deux fragments côte à côte pour voir s'ils correspondaient.

MÉE PROV E L'AN

—Cela vous parle, Seth ?

—C'est vous qui êtes championne de *Scrabble* !

—Quant à vous, vous suivez *La Roue de la Fortune* depuis que je vous connais !

—Souhaitez-vous que je vous propose une voyelle ?

J'observai les deux fragments jusqu'à ce que ma vue commence à se brouiller. J'avais mémorisé les lettres de telle sorte que je pense que j'aurais été capable d'en rêver.

MÉE PROV E L'AN

Je résolus d'appeler la rédactrice en chef et propriétaire du journal, Evelyn Phillips, mais elle ne répondit pas. Je laissai un message en lui demandant de me rappeler dès que possible. Si je m'étais trouvée en ville, je me serais simplement rendue dans les locaux du journal, sur Main Street ; afin de vérifier moi-même les numéros de la *Gazette* de façon à gagner du temps. Je parvins cependant à me connecter avec mon téléphone au site internet du journal à l'intérieur de l'appartement de Ginny Genaway. Mais la recherche portant sur les lettres MÉE PROV E L'AN ne donna rien ; j'obtins en revanche près de 5 000 résultats en faisant précéder MÉE de différentes lettres.

Nous n'étions donc pas plus avancés.

Je n'avais d'autre choix que d'attendre qu'Evelyn Phillips me rappelle, ce qui signifiait que je devrais répondre à ses questions concernant l'avancée de l'enquête sur le meurtre de Ginny Genaway.

—Au moins, nous avons trouvé *quelque chose*, notre déplacement n'a pas été totalement inutile, commenta Seth en grimpant dans son antique Volvo.

J'avais déposé les fragments de papier sur mes genoux, et ne parvenais pas à en détacher le regard, comme si le titre complet de l'article allait apparaître comme par magie.

—Je vous parie une part de tarte de chez Mara que ce numéro remonte à six mois, claironna mon ami, au moment où Ginny s'est mise à réunir des exemplaires papiers de la *Gazette*.

—Je croyais que vous étiez au régime.

—Je le suis, mais je ferai une exception si vous êtes d'accord avec moi, *ayuh.*

—Et pourquoi ne pas parier sur le moment où Evelyn Phillips va nous rappeler ?

—Êtes-vous prête à rentrer ? demanda Seth, en faisant rugir le moteur de sa Volvo.

Malgré les années, celui-ci ronronnait toujours comme un chaton.

—Seth, cela vous dérangerait-il de faire une autre halte sur notre trajet ?

—Où cela ?

—À Cape Elizabeth. Nous devons prévenir Maddie Demerest que sa fille aînée est décédée, elle aussi.

Le musée était fermé à notre arrivée à Cape Elizabeth, car nous étions à la fin de la journée. Dans l'obscurité, l'impressionnant signal lumineux en rotation du phare illuminait le ciel à grande distance au-dessus des eaux de l'Atlantique, permettant aux bateaux d'éviter la côte rocheuse comme il le faisait depuis des siècles. Frapper à la porte principale ne donna aucun résultat. Nous contournâmes donc le bâtiment pour accéder à l'entrée du musée et à la partie habitation. La porte était ouverte, sans doute en raison du vent violent qui soufflait depuis l'océan.

—Nous devrions peut-être appeler la police, Jess…

Mais j'avais déjà passé la porte et m'étais élancée dans l'escalier qui menait à l'appartement de fonction de Maddie Demerest. Je me rendis compte que la porte qui se trouvait en haut de l'escalier était également ouverte.

—Maddie ? m'écriai-je. Maddie, c'est Jessica Fletcher !

Percevant que mon cœur battait à tout rompre à l'intérieur de ma cage thoracique, je franchis la porte précipitamment et me figeai. Maddie Demerest était allongée sur le sol.

Ma première pensée, tandis que mon cœur continuait de battre, fut qu'elle avait été elle aussi assassinée, tout comme ses filles et son ex-époux. Puis je l'entendis gémir faiblement juste au moment où Seth me rejoignit à l'intérieur. Il se pencha en avant et appuya ses mains sur ses genoux pour reprendre son souffle. Mais en apercevant Maddie sur le sol, il bondit en avant. Il prit son pouls et vérifia si elle respirait, puis utilisa la lampe stylo qu'il avait toujours sur lui pour examiner ses pupilles. Elle poussa de nouveau un gémissement lorsqu'il souleva ses paupières tour à tour.

Elle était recroquevillée sur le sol entre la cuisine américaine et le salon, où une télévision allumée produisait un son faible. Elle semblait avoir fait une chute en glissant sur une partie mouillée du sol, et avait dû se cogner la tête à en juger par la bosse que Seth était en train d'ausculter.

C'est à cet instant qu'elle ouvrit les yeux.

—Suis-je morte ? demanda-t-elle à Seth.

—Non !

—Qui êtes-vous ?

—Il s'agit du docteur Seth Hazlitt, l'un de mes amis, Maddie, expliquai-je en veillant à adopter un ton amical, comme si je la connaissais bien.

Son regard se tourna dans ma direction.

—Oh, c'est vous, madame Belcher.

—Fletcher, corrigeai-je. Mais appelez-moi Jessica, je vous en prie, lui dis-je, comme je l'avais fait lors de ma dernière visite.

Seth se plaça à côté d'elle, moi de l'autre côté.

—Nous allons vous aider à vous relever.

—Je n'ai pas besoin de votre aide !

Cependant, elle eut du mal à se remettre sur ses pieds et accepta que nous la guidions jusqu'à son canapé, installé juste en face de la télévision.

—Merci ! Je ne suis plus habituée à cela, vous savez, dire « merci ». Cela fait du bien d'avoir quelqu'un à remercier…

—J'aurais aimé vous rendre visite dans d'autres circonstances, confessai-je en m'asseyant à côté de Maddie, tandis que Seth prenait place de l'autre côté.

—Il s'agit de ma fille aînée, Lisa Joy, n'est-ce pas ? demanda Maddie d'une voix étranglée.

—Comment le savez-vous ?

—Parce que j'attends cette visite depuis longtemps, madame Fletcher.

—Jessica ! Il se trouve que Lisa Joy s'est tuée dans un accident de voiture près de Tuscaloosa, il y a quatorze ans.

Son regard vacilla, mais elle n'eut pas d'autre réaction.

—Cela fait si longtemps… Je le soupçonnais, mais pourquoi n'ai-je pas été informée ?

—La voiture a pris feu, Maddie, dis-je. La police a eu des difficultés à identifier le corps. Et lorsqu'elle est parvenue à le faire, elle a omis de prévenir les proches.

Seth se décala légèrement contre le bras du canapé pour regarder Maddie.

—Vous devriez faire examiner cette bosse, au cas où vous souffririez d'un traumatisme crânien. Je peux appeler les secours, si vous le souhaitez.

—Je vais bien. J'ai le même mal de tête que celui que je traîne en permanence, d'aussi loin que je me souvienne.

La tristesse qui imprégnait tout l'être de Maddie était palpable. Cette femme s'était mise en retrait du monde et s'y retrouvait plongée brutalement en raison du meurtre de sa fille cadette et du décès de sa fille aînée.

—Puis-je vous poser une question au sujet de votre fille Ginny ? lui demandai-je.

—Tant que vous n'attendez pas trop de ma réponse…

—L'auriez-vous vue il y a cinq à six mois ?

—Vous m'avez déjà posé cette question, la dernière fois que vous êtes venue, n'est-ce pas ?

—Je m'étais montrée plus directe…

—Ma réponse n'a pas changé. Elle ne souhaitait plus me voir, et je ne peux pas vraiment lui en vouloir…

Je résolus d'employer une autre stratégie, tandis que Seth nous observait avec une expression si figée que j'avais l'impression que ses traits s'étaient pétrifiés.

—Diriez-vous que Ginny était proche de sa sœur aînée ?

—Oui, c'était le cas, madame Fletcher. Elle fut dévastée lorsque Lisa Joy est partie à l'université pour ne jamais revenir. Je pourrais dire qu'elle a perdu son père et sa sœur au même moment, ou presque. Ensuite, son frère a été tué au Moyen-Orient. Elle a toujours été beaucoup plus proche de Walter que de moi, comme je vous l'ai déjà dit.

—Oui, en effet. Saviez-vous par ailleurs que Ginny consultait un psychiatre ?

Elle eut un petit rire.

—Qui ne consulte pas, aujourd'hui ?

—Elle a interrompu sa thérapie il y a environ six mois, à peu près au moment où elle a commencé à développer une obsession pour Lisa Joy.

—Savait-elle que sa sœur était morte ?

—J'ignore comment elle aurait pu le savoir, Maddie. Ginny s'est également mise à s'informer sur le meurtre de son père.

Maddie écarquilla les yeux, l'air surpris.

—Je viens de me souvenir qu'elle m'a appelée il y a environ six mois. Elle m'a également rendu visite. Je l'avais oublié… En réalité, je pensais avoir rêvé. Cela m'arrive, parfois. Elle avait en tête cette idée farfelue que la personne qui était en prison n'était pas celle qui avait assassiné Walter. Elle était persuadée que c'était Lisa Joy qui avait commis le meurtre…

Je tentai de me souvenir pourquoi Amos Tupper et moi n'avions jamais interrogé Lisa Joy à l'époque du meurtre de son père. Je supposai que nous n'en avions pas ressenti le besoin, compte tenu des suspects dont nous avions déjà fait la liste.

Je pensai aux fragments du gros titre de la *Gazette* de Cabot Cove que nous avions trouvés dans l'appartement de Ginny.

—Ginny a-t-elle dit pourquoi elle pensait que Lisa Joy était coupable ?

—Je ne crois pas. Si elle l'a fait, je ne m'en souviens pas.

—Vous souvenez-vous d'autre chose à propos de l'appel, ou de la visite de Ginny ?

—Oui. Elle pensait que j'étais peut-être en danger.

—A-t-elle expliqué de qui pourrait venir la menace ?

Maddie eut l'air désorientée.

—Malheureusement non, Jessica, répondit-elle en employant mon prénom pour la première fois, elle ne me l'a pas dit.

—Eh bien, remarqua Seth, cela s'est bien passé.

—Quoi qu'il advienne, répondis-je, je pense que j'en saurai beaucoup plus demain.

—Pourquoi demain ?

—Je suis invitée à la soirée de départ en retraite de Wilma Tisdale. Et je pense qu'elle est loin de m'avoir dit tout ce qu'elle sait…

20

Evelyn Phillips m'avait recontactée pendant que nous étions chez Maddie Demerest, et j'avais manqué son coup de fil. Malheureusement, je ne pus l'avoir au téléphone et lui laissai un nouveau message. Comme elle rappelait rarement, je lui confiai que je souhaitais lui parler du meurtre de Ginny Genaway. Les meurtres suscitaient toujours son intérêt, et elle serait sans doute incapable de résister à un scoop potentiel.

Seth et moi étions épuisés en arrivant à Cabot Cove aux alentours de 20 heures, si bien que nous n'avions même pas faim. Je ne me souviens même pas être allée me coucher. Le lendemain matin, je consultai mon téléphone, mais Evelyn Phillips ne m'avait pas laissé de message. Je me mis à songer de nouveau à la soirée de Wilma Tisdale lorsque je reçus un appel de Seth.

—Vous n'allez pas me croire, Jessica, me dit-il d'emblée.

—Pourquoi la plupart de vos appels commencent-ils de cette manière ? demandai-je.

—Parce qu'avec vous, il se passe toujours beaucoup de choses qui sont difficiles à croire. Cette fois, c'est le site Internet de la *Gazette* de Cabot Cove qui est en panne. Je ne peux donc pas chercher le titre que nous avons découvert sur les versions en ligne du journal. Je pensais me rendre à la bibliothèque à la première heure demain matin et consulter les exemplaires papiers correspondant à la période concernée.

—Ne prenez pas cette peine, Seth ! La bibliothèque ne conserve les exemplaires papiers que durant un mois.

—Ah bon ? Et je suppose que vous n'êtes pas parvenue à joindre Evelyn Phillips…

—Vous supposez bien.

—Et comme les bureaux du journal sont fermés le week-end, il faudra sans doute attendre lundi.

—Nous ne pouvons pas nous le permettre, remarquai-je. Il faut agir dès ce soir, au cours de la fête organisée par Wilma.

—Vous le pensez vraiment ? interrogea Seth.

—Oui. Vous savez, elle ne m'a invitée qu'après avoir reçu la visite de Ginny Genaway, qui lui a posé de nombreuses questions à propos de sa sœur.

—Lisa Joy… encore et toujours.

J'imaginai Seth en train de secouer la tête, l'air songeur.

—Toutes les routes semblent mener à cette famille, reprit-il. Savez-vous ce qui m'est passé par la tête ?

—Que Maddie Demerest, anciennement Reavis, est la meurtrière !

—Vous lisez dans mes pensées, ma chère !

—J'y ai songé également…

—Et… c'est toujours le cas ?

—Pas réellement… Je ne l'ai jamais pensé sérieusement, en tout cas.

—Alors, oubliez les lubies d'un vieil homme !

—Avez-vous noté quelque chose de particulier dans le parking, lorsque nous nous sommes rendus au phare, aujourd'hui ?

—Non.

—Effectivement. Car il n'y avait rien à remarquer, pas même la présence de voitures. Cela signifie que Maddie n'en possède pas. Comment, dans ce cas, se serait-elle rendue à cette aire panoramique située à proximité de Cabot Cove ?

—J'abandonne, parce que je ne vois pas bien ce que je pourrais dire de plus !

—Très bien, Seth ! Rappelons-nous un peu plus tard… Bonne nuit.

Je venais à peine de poser mon téléphone sur la table que quelqu'un frappa à la porte de ma suite. Il s'agissait de Mortimer Metzger.

—Vous avez ouvert la porte sans même vérifier dans le judas qui frappait… me reprocha Mortimer, qui ôta son chapeau en entrant. À quoi pensiez-vous ?

—Vous dites cela… parce qu'un meurtrier est en liberté ?

Il leva les yeux au ciel.

—Par ici, j'ai l'impression qu'il y a toujours un meurtrier en liberté. Je crois que j'aurais dû prendre ma retraite dans un endroit plus calme, comme l'Afghanistan, madame F.

—Grrrrr !

—Cela vous énerve, n'est-ce pas ? demanda Mortimer, qui souriait ironiquement.

—Que dois-je faire pour que vous arrêtiez de m'appeler ainsi ?

—Résoudre cette affaire, car je n'ai pas une seule piste, hormis cette soirée de départ en retraite à laquelle vous allez participer…

—Et comment savez-vous que je n'ai pas regardé dans le judas ?

Mortimer fit un clin d'œil.

—J'ai mes secrets… Je suis un enquêteur expérimenté, vous vous souvenez ?

—Vraiment ? Je vais essayer de m'en souvenir. Et juste pour que vous le sachiez, si vous postulez un emploi en Afghanistan, Amos Tupper serait prêt à récupérer son ancien poste !

Il fronça les sourcils.

—Il ne pourra pas se montrer moins compétent que moi. Je n'ai obtenu aucun résultat depuis le meurtre de Ginny Genaway…

—Rien n'a marché comme prévu de votre côté ?

Il secoua la tête.

—L'empreinte de pneus que nous avons relevée près de cette BMW sur cette aire de repos…

—Cette aire panoramique, l'interrompis-je.

—… est standard sur près d'une centaine de modèles de voitures différents. Et seules les empreintes de la victime ont été relevées dans sa voiture, et avant que vous ne me le demandiez, oui, nous avons bien examiné également la poignée de la portière côté passager, à l'intérieur comme à l'extérieur. Tout avait soigneusement été nettoyé.

—Avez-vous appris quelque chose sur la mort de Lisa Joy Reavis ? demandai-je, en me remémorant que j'avais transmis l'information que m'avait communiquée Harry McGraw à propos du butane dont on avait retrouvé des traces sur le pneu qui avait explosé.

—Si vous évoquez la possibilité que quelqu'un ait volontairement provoqué cet accident, et que nous avons trouvé le coupable, la réponse est non. La police de l'Alabama n'a aucune raison de soupçonner un homicide, et il n'y a donc aucun rapport de preuves ni même de preuves à examiner. Il s'agit d'une impasse, Jessica.

—Pas tout à fait, Mortimer. Si Lisa Joy a réellement été assassinée, alors trois crimes ont été commis sur trois personnes d'une même famille, sans compter le fils, mort en mission à l'étranger. Seule la mère est encore en vie.

—Vous la soupçonnez ?

Je haussai les épaules.

—Seth et moi l'avons découverte évanouie sur le sol de son appartement. Elle est à la dérive, Mortimer, et si elle a assassiné sa fille sur cette aire de repos…

—Vous voulez dire, sur cette aire panoramique ?

—… l'odeur de cigarettes qui flotte autour d'elle aurait imprégné la voiture de Ginny à tel point qu'elle aurait évoqué un bar avant l'interdiction du tabac…

—Vous avez raison, reconnut Mortimer. Mais que faire de tous ces éléments ?

—Puis-je vous faire part d'une intuition ?

—Je m'attends à tout !

—Creusez davantage les circonstances de la mort du fils de Walter Reavis.

—Ce soldat auquel ont été décernées deux médailles, la *Purple heart* et la *Medal of valor* ?

—J'ai vérifié, Mortimer. Le cercueil était scellé, donc nous n'en sommes réduits qu'à des suppositions…

—Cela serait incroyable…

—Je n'ai pas d'autres pistes.

—Ne me dites pas que la célèbre J.B. Fletcher est en train de sécher…

—La célèbre J.B. Fletcher ne sèche jamais, parce qu'elle imagine au fur et à mesure. Jessica Fletcher, en revanche… dis-je, sans achever ma phrase.

—Lorsque vous avez résolu votre premier meurtre, à Appleton, il y a toutes ces années, cela vous a-t-il paru difficile ?

—Pas le moins du monde !

D'autres coups retentirent sur ma porte immédiatement après le départ de Mortimer, mais cette fois, je jetai un coup d'œil dans le judas et aperçus Joe et Cogneur, les hommes de main de Vic Genaway. Je leur ouvris sans hésiter.

—Nous voulions faire un petit point avec vous, madame Fletcher, annonça Joe, en parlant comme d'habitude au nom de son collègue.

—Je n'ai rien appris de nouveau, Joe.

—Je suis certain que vous nous auriez contactés dans le cas contraire, n'est-ce pas ?

—Je pense que vous m'accordez une trop grande confiance. Même si mon enquête porte ses fruits, je suis persuadée que le meurtrier de Ginny Genaway aura affaire à la justice dès qu'il aura été arrêté. Et je ne suis pas en mesure d'intervenir dans ce domaine.

—Vous devriez avoir davantage foi en vos capacités ! J'ai lu la moitié d'un autre de vos livres. Vous avez vraiment un don pour ce genre de choses…

—En tant qu'écrivaine de fiction ?

—Mais peut-on dire exactement où se situe la frontière entre fiction et réalité ? Car dans votre cas, madame Fletcher, il ne semble pas y avoir de différence.

—Excepté que mon imagination ne peut faire apparaître le meurtrier de Ginny. La réalité suit ses propres règles, pour le meilleur ou pour le pire.

Je constatai à l'expression de Joe que ma remarque avait fait mouche.

—Qu'avez-vous appris de la part de la psychiatre ?

—Vous m'avez suivie ? demandai-je, abasourdie.

—Non, c'est plutôt la psy de Ginny que nous surveillons. Elle n'est pas très appréciée par M. Genaway.

—La docteure Sackler n'est pas responsable des difficultés de Ginny. Elle a tenté de l'aider à les résoudre…

—Je suis du même avis que M. Genaway en ce qui concerne les psys !

—Ils ne peuvent pas plaire à tout le monde, Joe.

Je me demandai un bref instant si sa prochaine question concernerait la visite que Seth et moi avions rendue à l'appartement de Ginny, lorsque nous avions trouvé ces fragments de journaux, mais il apparut que cette partie de notre escapade lui avait échappé.

—J'ai remarqué qu'il y a des psychiatres dans plusieurs de vos livres. Est-ce que l'un des meurtriers était psychiatre ?

Je hochai la tête.

—Effectivement, il y a quelques années, dans *Les Cendres de la mort*.

—Est-ce que la psychiatre de Ginny a des points communs avec votre personnage ?

—Mon personnage est un homme, non une femme. De plus, il possède un véritable mobile.

—Vous savez ce que je pense de tout cela, madame Fletcher ? Vous avez instinctivement trouvé la meurtrière. Vous n'avez peut-être pas encore les preuves dont vous auriez besoin, mais vous en avez presque l'intime conviction. Dites-moi que je me trompe !

—C'est le cas.

Il eut un sourire moqueur.

—Bon, Cogneur et moi attendrons que vous vouliez bien nous dire tout ce que vous savez. En attendant, nous allons assurer votre protection.

—Cela n'est pas nécessaire.

—Vraiment ? Connaissez-vous un autre écrivain qui a failli périr dans l'incendie de sa maison il n'y a pas si longtemps et s'est fait tirer dessus en escaladant les falaises de Cabot Cove peu de temps après ?

—Je pense sincèrement qu'il ne m'arrivera rien, cette fois.

—N'en soyez pas si sûre, madame Fletcher, me prévint Joe. La personne actuellement en liberté qui commet ces crimes semble y prendre goût. Cela signifie que vous pourriez bien être sa prochaine victime…

Je dois admettre que je me réveillai le samedi matin à la fois tendue et impatiente à l'idée de me rendre à la soirée de Wilma Tisdale. J'allais y revoir beaucoup d'invités, dont mes anciens collègues du lycée d'Appleton, pour la première fois depuis vingt-cinq ans. Si les derniers temps que j'avais passés dans l'établissement avaient été en grande partie consacrés à élucider le meurtre de Walter Reavis, ils avaient aussi constitué une période heureuse de ma vie. Frank m'avait fait la surprise d'acheter notre magnifique maison de Candlewood Lane. L'éducation de Grady se révélait parfois compliquée, mais le petit garçon apportait aussi beaucoup de joie dans nos existences.

Après l'accident qui avait coûté la vie au frère de Frank, nous nous étions sentis obligés de nous occuper de l'enfant, car sa mère n'allait pas bien. Mais celui-ci avait enrichi et rempli nos vies d'une manière qu'un couple sans enfants n'aurait pu imaginer. Je me sentais donc partagée vis-à-vis de la soirée. Certes, j'espérais retrouver des souvenirs agréables de cette période passée dans l'établissement, en dehors du meurtre qui avait marqué la fin de celle-ci… Mais j'étais convaincue que Wilma avait beaucoup de choses à me dire.

Je me demandai si je reconnaîtrais mes collègues au bout de tant d'années et me regardai dans le miroir en pied accroché sur la porte de la salle de bains de ma suite. Avais-je beaucoup changé ? Voulant paraître à mon avantage, je pris rendez-vous avec Loretta Speigel, qui possédait le salon de beauté local et adorait les commérages afin qu'elle s'occupe de mes cheveux.

—Allez-vous à une soirée ? me demanda-t-elle tout en allégeant mes boucles à l'aide de ses longs ciseaux. J'adorerais être une petite souris pour voir ce qu'il s'y passe…

—Je serai probablement la seule personne que vous connaissez, Loretta.

—C'est pour cela que j'aimerais pouvoir être là, discrètement. Pour observer votre expression. Notamment lorsque vous reverrez vos anciens amis, après tout ce temps…

—Je ne suis pas certaine de pouvoir considérer que tous les invités étaient des amis. Je ne sais pas qui sera là, car je ne suis pas restée en contact avec les personnes de cette période de ma vie.

—Hmmm, je vois, répondit Loretta, en me jetant un long regard significatif. Cela veut donc dire que Jessica Fletcher a une autre raison de se rendre à cette soirée…

—Qu'est-ce qui vous fait penser cela ?

—C'est de la pure logique, Jessica. Tout le monde en ville parle de votre enquête à propos du meurtre de la femme de ce gangster… Et si je tiens compte du fait que vous vous rendez à la fête de départ en retraite d'une personne que vous connaissez à peine, je pense qu'il y a un lien.

—Qu'avez-vous entendu d'autre, en ville ?

—Eh bien, qu'il y a deux voyous de Boston qui traînent ici et là, et qu'une véritable guerre des gangs menace de gagner Cabot Cove.

—Vous pouvez rassurer tout le monde. Personne ne recevra de balle perdue, car aucune guerre de gangs rivaux n'a touché notre centre-ville, Loretta. Informez tout le monde que ce n'est pas le cas.

Elle se pencha vers moi.

—Alors, que se passe-t-il ? Dites-le-moi, s'il vous plaît. Vous savez que vous pouvez me faire confiance pour garder un secret…

Je n'eus pas à lui répondre, car je vis Seth Hazlitt franchir le seuil de la porte du salon. Entrer ainsi dans un lieu où il n'y avait que des femmes sembla le mettre mal à l'aise. Il m'aperçut et se dirigea droit vers mon fauteuil, d'une démarche raide et précautionneuse.

—Une petite coupe de cheveux, Seth ? lui dis-je en guise de salutation.

—Non, je ne viens pas pour ça, répondit-il en lissant les pans de sa veste kaki, alors que tous les regards étaient dirigés vers lui. Le site internet de la *Gazette* est de nouveau fonctionnel.

—Magnifique !

—Non, Jess, je n'ai pas de bonnes nouvelles à vous donner ! J'ai passé la matinée à éplucher toutes les pages de l'ensemble des numéros qui datent d'il y a cinq à six mois pour chercher le titre que nous avons retrouvé dans la poubelle de l'appartement de cette jeune femme…

Loretta se tenait aux aguets derrière mon fauteuil, les ciseaux figés au bout de son bras. Elle était suspendue aux lèvres de Seth et semblait attendre avec impatience qu'il continue à parler.

—Un souci, Loretta ? la taquina-t-il.

—J'étais simplement en train de penser qu'un autre style de coupe de cheveux vous conviendrait mieux.

—Eh bien, je vous préviendrai lorsque je serai prêt. Si cette coupe me va bien depuis quarante ans, pourquoi en changer ? Pourriez-vous nous laisser seuls un instant, madame Fletcher et moi ?

Loretta recula de deux ou trois pas.

—Laissez-nous un peu plus d'espace, Loretta.

Elle eut un petit rire et s'éloigna en soupirant.

—Bon, poursuivit Seth, où en étais-je ?

—Vous me disiez que vous n'aviez pas trouvé l'exemplaire numérique en question de la *Gazette*.

—Comment peut-on lire un journal sur un ordinateur ? interrogea Seth, visiblement rendu perplexe par cette question. Comment font les gens pour lire sur l'écran d'un ordinateur, d'un téléphone ou d'une liseuse ?

—Je n'aime pas cela non plus, lui avouai-je, mais peu de mes lecteurs achètent la version numérique de mes livres. Heureusement, car cela ne me plairait pas beaucoup…

—Ils préfèrent sans doute acheter de véritables livres, comme ils le faisaient avant, *ayuh*.

—Revenons à nos moutons, Seth, le stimulai-je.

—Je n'ai pas grand-chose à dire, Jessica, répondit-il en sortant une photocopie du fragment de titre comportant les lettres MÉE PROV E L'AN. Après avoir parcouru les versions papier du journal, j'ai essayé le moteur de recherche du site. Je n'ai trouvé aucune correspondance lorsque j'ai entré l'extrait en totalité, et beaucoup trop lorsque j'ai effectué une recherche partielle. C'est comme si l'article avait paru, puis disparu.

—Il a peut-être été détruit.

—Par qui ? Et pourquoi ? Je ne pensais pas que j'allais dire cela, mais où est Evelyn Phillips lorsque nous avons besoin d'elle ?

—Avez-vous son numéro de portable ?

Seth hocha la tête.

—J'ai essayé de l'appeler toutes les heures. Je pense que je devrais demander à Mortimer de se rendre chez elle. Je finis par me demander si tout cela n'est pas une conspiration.

—Un gros titre de journal serait un mobile bien étrange pour un meurtre…

Seth se renfrogna, si bien que ses joues se creusèrent.

—Vous devriez peut-être avoir d'autres lectures que des romans policiers, Jess. Dans les thrillers, cela arrive tout le temps.

—Nous ne sommes ni dans un roman policier ni dans un thriller. Nous sommes dans la vie réelle.

Il secoua la tête.

—Depuis quand voyez-vous une différence ?

Je pris un taxi jusqu'au Country Club de Cabot Cove, et sentis mon cœur battre la chamade lorsque je descendis de voiture puis approchai de l'entrée. J'avais l'habitude des événements littéraires et des nombreuses manifestations organisées par la bibliothèque de Cabot Cove. Mais je ne m'étais jamais rendue à une soirée au cours de laquelle je ne jouais aucun rôle particulier. Je savais que dans un autre contexte, s'il n'y avait pas eu le meurtre de Ginny Genaway, j'aurais sans doute trouvé une excuse pour ne pas assister à la fête de Wilma.

Mais j'étais persuadée que ces événements avaient un lien avec elle et dès que je l'aperçus dans le salon de réception, dans lequel un cocktail était organisé avant le dîner, je fus frappée de voir qu'elle avait si peu changé. Je l'avais vue lors d'une dédicace il y a une dizaine d'années, mais j'avais l'impression qu'elle était la même depuis l'époque où j'enseignais à Appleton. En revanche, je reconnus très peu de personnes parmi les invités, soit parce qu'elles avaient beaucoup changé, soit parce que je ne les avais jamais croisées. D'après mes calculs, Wilma avait enseigné à Appleton durant près de quinze ans. Elle avait quelques années de plus que moi, et avait toujours respecté mon statut de professeure suppléante, au lieu de me traiter comme les autres. D'ailleurs, elle avait elle-même débuté comme professeure suppléante.

Je sentis de nombreux regards braqués sur moi et perçus des murmures sur mon passage. Contrairement à la grande majorité des auteurs de fiction, j'avais eu la chance d'apparaître dans de nombreuses émissions de télévision, non seulement pour y parler de mes livres, mais aussi des véritables enquêtes dans lesquelles je m'étais retrouvée impliquée. Malheureusement, cela avait eu pour conséquence d'être facilement reconnaissable, mais je pus trouver un répit en m'asseyant dans le coin du salon réservé à la table des cadeaux. J'y déposai un sachet coloré contenant un chèque-cadeau valable dans la librairie indépendante de Cabot Cove.

—Jessica ! résonna une voix aux accents familiers.

Wilma Tisdale s'avançait à travers le salon dans ma direction. Elle me serra dans ses bras.

Elle était légèrement plus grande que moi, et j'avais oublié à quel point elle était forte : un jour, elle était parvenue à sortir elle-même sa voiture d'une congère tandis que je me trouvais derrière le volant à appuyer sur l'accélérateur. Elle avait eu une certaine réputation comme athlète à l'université, à l'époque où les sportives ne faisaient pas l'objet d'autant de considération qu'aujourd'hui.

—Tu n'as pas changé le moins du monde ! s'exclama-t-elle, rayonnante, en me tenant à bout de bras, avant de finir par s'écarter.

—Toi non plus, Wilma !

Elle eut un geste de dénégation.

—Tu veux dire, à l'exception de ces 10 kilos que je ne cesse de perdre et de reprendre ? Je me demande même pourquoi je m'en soucie, remarqua-t-elle.

Elle plissa les yeux comme pour mieux m'examiner.

—En revanche, toi, tu n'as pas pris un gramme.

—Je suppose que le vélo fait des merveilles…

Elle approuva d'un hochement de tête.

—J'aurais peut-être réussi à perdre ces 10 kilos persistants si, comme toi, je n'avais jamais passé mon permis de conduire.

—Je suis surprise que tu te souviennes de cela…

—Presque tout le monde apprend à conduire, Jessica. Tu étais vraiment une exception !

—Cependant, je sais piloter un avion. C'est ma manière à moi de me distinguer.

—Tu marques un point !

Elle me rendit mon sourire.

—C'est une très belle fête, Wilma.

Elle balaya du regard le salon de réception, au-delà duquel se trouvait la salle à manger où nous allions dîner un peu plus tard.

—Combien d'invités as-tu reconnus ?

—Pas autant que je le voudrais, en réalité. Ma mémoire a peut-être des failles…

—Vingt-cinq ans est une longue période, Jessica. Les personnes défilent dans nos vies. Beaucoup de mes invités ont toujours vécu à Appleton, mais la plupart sont arrivés après ton départ pour Cabot Cove. Tu es partie peu de temps après avoir résolu le meurtre de Walter Reavis, il me semble.

—Oui, c'est bien cela. Quelques mois après, lorsque nous avons conclu la vente de la maison.

Son expression s'assombrit.

—Par ailleurs, j'ai appris pour l'incendie. Je suis désolée pour les dégâts subis… Je ne peux pas imaginer ce que je ressentirais si je perdais ainsi tout ce que je chérissais depuis si longtemps.

—J'ai déjà de la chance d'en être sortie vivante !

—Quand je pense que tout a commencé à Appleton… dit-elle l'air songeur.

—En revanche, je ne me suis réellement mise à écrire qu'après le décès de Frank. Je suppose que j'avais envie de remplir le temps et l'espace.

—Sais-tu à quel point les romans policiers que tu écris sont inspirés des affaires que tu résous toi-même ?

Je me souvins de cette élève de la classe d'anglais de seconde de Bill Gower, qui avait mentionné, après avoir lu ma nouvelle « anonyme » refusée par tous les journaux auxquels je l'avais proposée, qu'il s'agissait sans doute d'une nouvelle policière.

—À l'époque, je n'en avais pas conscience, mais aujourd'hui, je pense que c'est effectivement le cas, admis-je sans lui préciser que je n'avais jamais mentionné cela au cours d'une interview. Je sentais que je devais rendre justice à Walter Reavis, après tout ce qu'il avait fait pour moi…

Wilma sourit.

—Tu sais, après la parution de ton livre et ses records de vente, tu étais le sujet de toutes les conversations dans la salle des professeurs.

—Vraiment ?

—C'était mérité.

—J'aimerais me souvenir de son prénom, ajoutai-je, percevant une certaine nostalgie dans ma voix.

—Du prénom de qui ?

—De l'élève de la classe d'anglais de Bill Gower, en seconde, qui m'avait dit que je ferais une bonne auteure de romans policiers.

Brusquement, son prénom me revint en mémoire.

—Missy ! Je me souviens maintenant, c'était Missy !

Wilma sourit de nouveau.

—Auriez-vous pu rester à Appleton, toi et Frank, compte tenu de ce qui était arrivé ? Je veux dire, si vous n'aviez pas acheté votre maison de Cabot Cove…

—Je n'en sais rien, Wilma. J'y ai beaucoup pensé ces dernières années, et je ne sais pas si j'en aurais été capable. Les gens ne me regardaient plus de la même façon.

—Cela n'aurait pas duré…

—Peut-être. Mais je pense que tout a pris la meilleure tournure possible pour chacun de nous.

—Pas pour tous, objecta Wilma, qui se tourna vers les portes-fenêtres du salon de réception, qui donnaient sur le patio et le parcours de golf. Et si nous sortions un moment, Jessica ?

—Je ne vais tout de même pas te soustraire à tes invités…

—Cela sera ton cadeau pour mon départ en retraite.

—Je l'ai déjà déposé sur la table, avec tous les autres…

—Je parle d'autre chose, avoua Wilma en pressant mon bras. Toi seule peux me faire ce cadeau. J'aimerais savoir comment tout cela s'est terminé il y a vingt-cinq ans, comment tu as arrêté le meurtrier de Walter Reavis. J'ai besoin de connaître l'histoire.

21

Vingt-cinq ans auparavant...

— Bonjour, vous êtes bien chez les Dirkson. Laissez votre message après...

Amos Tupper tendit la main vers la touche HAUT-PARLEUR pour mettre fin à l'appel.

—J'ai l'impression que nous allons devoir avoir une petite discussion avec le proviseur du lycée d'Appleton, madame Fletcher.

Alma Potts proposa de lancer un appel à Jim Dirkson à l'aide de son microphone d'alerte afin qu'il se rende à la scolarité, mais Amos Tupper lui dit que nous préférions attendre. L'attente dura une vingtaine de minutes, jusqu'à la fin de l'heure de cours. Les couloirs se vidèrent aussi vite qu'ils s'étaient remplis. Jim Dirkson entra dans le bureau de la scolarité muni de son éternel porte-voix, ce qui me rappela ses affreux braillements au sein des couloirs de l'établissement, destinés à disperser les élèves massés près de leurs casiers ou discutant avec leurs amis. J'avais entendu que quelques années plus tôt, les terminales avaient volé le haut-parleur et l'avaient rempli de farine pour lui jouer un tour. Lorsqu'il l'avait de nouveau utilisé, Dirkson s'était retrouvé intégralement blanchi. Les coupables n'avaient jamais été identifiés…

Il dépassait mon 1 mètre 75 de quelques centimètres, et avait une petite bedaine qui débordait légèrement de sa ceinture, ce qui avait pour effet de faire bouffer sa chemise au-dessus de son pantalon. Il avait été entraîneur de football après avoir joué pendant plusieurs années, et avait conservé une carrure imposante. Cependant, ses cheveux étaient secs et clairsemés, avec des pellicules.

En apercevant Amos Tupper, le regard de Dirkson se figea. Quant à moi, il fit mine de ne pas me voir.

—Que puis-je pour vous, inspecteur ?

—Eh bien, monsieur Dirkson, nous avons simplement besoin d'un renseignement. Nous devons éclaircir quelques points.

—Nous ? interrogea Dirkson.

Amos regarda dans ma direction.

—Madame Fletcher a l'amabilité de m'assister dans mon enquête.

—Vous assister ? grogna Dirkson en me dévisageant. Pour quelle raison ?

Je pensai qu'Amos allait se recroqueviller devant tant d'animosité. Au lieu de cela, il se redressa de toute sa hauteur, et sembla presque aussi grand que moi.

—Je suis l'inspecteur en charge de cette affaire, monsieur Dirkson. La présence de Mme Fletcher relève de mon choix et d'aucun autre. Nous avons deux possibilités : clarifier certains faits ici, dans votre bureau, ou poursuivre cet entretien dans mon propre bureau, au poste de police. Je vous laisse le choix.

Amos m'adressa un clin d'œil à ce moment précis. Je me rendis compte que je l'avais fixé durant tout son monologue. En revanche, Jim Dirkson se tenait raide devant nous, le poing serré sur son haut-parleur. Sa respiration s'était accélérée, et je pouvais voir ses narines palpiter.

—Très bien, dit-il visiblement à contrecœur, en passant devant nous pour se diriger vers le petit couloir menant à son bureau, sans nous faire signe de le suivre.

Je jetai un coup d'œil vers Alma Potts, qui leva les pouces en signe d'encouragement. Puis je suivis Amos Tupper dans le bureau de Dirkson. La fenêtre, orientée vers l'ouest, apportait peu de lumière en comparaison de celle du bureau de Walter Reavis, situé plus loin, dans le couloir principal de la scolarité.

En regardant la porte fermée du bureau de Walter, je me souvins du rendez-vous que nous avions fixé en fin de journée. J'eus le pressentiment que quelque chose d'important m'avait échappé, mais je ne savais pas ce dont il s'agissait. Or, cela continuerait à me préoccuper jusqu'à ce que je mette le doigt dessus. Mais pour l'instant, je devais me concentrer sur le présent.

—Fermez la porte, s'il vous plaît ! s'exclama Jim Dirkson à mon intention.

J'avais suivi Amos à l'intérieur du bureau et m'exécutai. Sans y être invité, Amos s'installa sur l'une des chaises assorties placées devant le bureau et je m'assis sur l'autre. Dirkson ne m'avait pas quitté des yeux.

—Ce ne sera pas long… affirma Amos tout en feuilletant son bloc-notes, peinant visiblement à trouver une page vide.

—Cela m'arrangerait, inspecteur. En ce moment, mon assistante et moi-même gérons seuls l'établissement, et nous avions déjà peu de personnel administratif…

—Nous souhaitons simplement clarifier quelques points. Vous pourrez retourner à vos fonctions dans quelques minutes tout au plus.

—Vraiment ? demanda Dirkson.

—Vraiment, confirma Amos.

—Quelles sont les questions que vous souhaitez clarifier ?

—J'y viens, j'y viens. Madame Fletcher et moi venons juste d'interroger notre suspect, Tyler Benjamin. Vous l'aviez aperçu en train d'entrer dans l'établissement, est-ce exact ?

Dirkson fronça les sourcils.

—Vous avez pris ma déclaration, inspecteur.

—Toutes mes excuses. Je ne l'ai pas avec moi.

—La réponse est oui, alors. J'ai vu cet élève entrer dans le bâtiment au moment où j'étais dans ma voiture, sur le point de partir.

—Puis-je également vous poser une question, Jim ? intervins-je, ce qui sembla visiblement soulager Amos.

—Étant donné que vous êtes ici en mission officielle pour apporter votre aide dans l'enquête, il serait préférable de m'appeler monsieur Dirkson, madame Fletcher !

—Très bien… monsieur Dirkson. Ma question est la suivante : vous savez que le suspect, Tyler Benjamin, a été expulsé pour avoir eu une altercation avec un professeur en classe. En d'autres termes, vous aviez toutes les raisons de croire qu'il pouvait avoir un comportement dangereux... Cependant, vous ne l'avez pas suivi à l'intérieur du bâtiment lorsque vous l'avez vu y pénétrer, est-ce exact ?

—Parfaitement exact, mais je ne pensais pas qu'il avait des intentions violentes en entrant dans l'établissement. Je me suis dit qu'il avait obtenu l'autorisation de vider son casier, ou quelque chose comme ça, parce qu'il s'était écoulé une semaine depuis son expulsion. Je n'aurais jamais imaginé qu'il irait voir Walter et s'en prendrait à lui...

—Malgré le fait que vous avez soutenu son expulsion en raison de ce que vous décriviez comme des « accès de violence » ?

—Je ne présenterais pas les choses tout à fait ainsi...

—Et comment les présenteriez-vous, monsieur Dirkson ?

—Je trouvais que Tyler était un jeune homme perturbé et qu'il avait besoin d'une aide que nous n'étions pas capables de lui apporter.

—Vous étiez entraîneur de football.

—Oui.

—Cependant, vous n'avez jamais entraîné Tyler.

—Non.

—Avez-vous déjà croisé d'autres footballeurs au comportement violent ? demandai-je.

Dirkson se tourna vers Amos Tupper, comme s'il espérait une intervention de sa part, mais l'inspecteur me laissa le champ libre.

—Aucun qui ait commis un meurtre, madame Fletcher, finit-il par dire. Et Tyler tend à être violent en dehors du terrain, pas uniquement lorsqu'il joue.

—Et pourtant, vous êtes parti en voiture et ne l'avez pas suivi dans l'établissement. Vous pensez qu'il peut se montrer violent, mais laissez courir ce risque aux professeurs et aux autres membres du personnel encore présents, y compris à Walter Reavis, auquel le jeune homme en voulait du fait de son expulsion dont vous étiez responsable. Confirmez-vous tout cela ?

—Non, en aucun cas. Aimeriez-vous savoir si je me sens coupable du fait que Tyler ait assassiné Walter Reavis ? Oui, bien sûr. Agirais-je différemment si je pouvais encore changer les choses ? Naturellement, je le ferais. Mais il est trop tard pour faire quoi que ce soit, maintenant.

—Je pense au contraire qu'il est encore temps d'agir, car selon moi, Tyler Benjamin n'a tué personne, monsieur Dirkson.

—Vous le pensez ? Parfait, car vous êtes en minorité…

—Je m'appuie sur votre déposition.

Le front de Dirkson était luisant de transpiration.

—Ma déposition ?

—Vous avez dit que Tyler était entré dans l'établissement dans la soirée, quelques minutes avant que l'homme que vous remplacez aujourd'hui en tant que proviseur ait été assassiné. Cependant, Tyler a déclaré que c'est vous qui avez ouvert la porte du bureau de Walter lorsqu'il a frappé. Il a dit que vous lui aviez demandé de partir et qu'il n'a même pas eu l'occasion d'apercevoir Walter Reavis. Dites-moi, monsieur

Dirkson, que penseriez-vous qu'il se passerait si Tyler acceptait d'être soumis au détecteur de mensonges ?

La sueur perlait désormais sur le front de Dirkson, et la lumière se réfléchissait sur son front lorsqu'il se tourna vers Amos Tupper.

—Est-ce ainsi que vous menez habituellement vos enquêtes ? demanda-t-il, d'un ton plus plaintif qu'accusateur. Avez-vous l'habitude d'impliquer des civils ?

—Monsieur, répondit Amos d'un ton ferme, le dernier meurtre commis ici à Appleton a eu lieu il y a douze ans. Une femme du nom de Thea Dunwoody a frappé son mari sur la tête à l'aide d'une poêle qui avait servi à cuisiner un dîner qu'il a jeté à la poubelle. J'étais policier à l'époque, et j'étais arrivé le premier sur la scène de crime ; je vis donc le corps. Vous me demandez si j'ai l'habitude d'impliquer des civils dans mes enquêtes pour meurtre. Eh bien, je fais ce qui est nécessaire. Et il se trouve que l'aide de Mme Fletcher s'est révélée inestimable jusqu'à présent. Elle traque les meurtriers avec beaucoup de finesse, et en ce qui vous concerne, elle vous a à l'œil.

Dirkson se leva, lentement et avec raideur, puis souleva le combiné de son téléphone.

—Cette conversation est terminée. J'appelle le commissaire immédiatement.

—Peut-être devriez-vous lui parler de la dispute que vous avez eue avec Walter et que j'ai entendue lorsque je me trouvais près de la porte du bureau ? lui suggérai-je sèchement.

Il cessa aussitôt de composer le numéro, la main crispée sur le téléphone. Je l'imaginai sans difficulté en train de tenir le trophée qui avait été utilisé pour tuer Walter Reavis.

—Niez-vous qu'il s'agissait bien de vous à l'autre bout de la ligne, monsieur Dirkson ? interrogea Amos.

—Nous avions un désaccord professionnel, répondit Dirkson, en s'adossant de nouveau à sa chaise après avoir raccroché. C'est tout.

—Il vous a appelé à votre domicile, intervins-je. Cela signifie que vous êtes revenu dans l'établissement ensuite. Le fait que Tyler Benjamin vous ait vu dans le bureau à l'heure approximative du meurtre vous rend aussi suspect que lui.

—Excepté que mes empreintes ne se trouvaient pas sur l'arme du crime. Vous semblez l'oublier, madame Fletcher…

—Pas du tout. Mais en tant qu'ancien entraîneur de football qui continue à avoir des liens étroits avec la programmation sportive du lycée, vous saviez que les empreintes de Tyler se trouveraient sur le trophée… Cela expliquerait pourquoi vous avez choisi cette arme. Que vous soyez coupable ou non, pouvez-vous, en tant qu'éducateur, condamner un jeune garçon à la prison à vie en toute bonne conscience ? Dans le cas contraire, monsieur Dirkson, vous devriez au moins nier avoir vu Tyler entrer dans le bureau ce jour-là.

Les traits du nouveau proviseur se durcirent ; il bomba le torse et rentra le ventre.

—Je suis totalement innocent, madame Fletcher, et je suis en train de m'expliquer devant une professeure *suppléante*. Monsieur Tupper, il serait peut-être temps de choisir avec plus de soin vos collaborateurs.

—C’est *inspecteur* Tupper !

Amos se leva de sa chaise brutalement, de sorte qu’il bouscula le téléphone, dont le combiné glissa sur près de la moitié du bureau.

—Vous souhaitez appeler mon supérieur hiérarchique ? Très bien, faites ! Cela m’évitera d’avoir à lui rapporter moi-même notre entretien. Vous allez peut-être même m’épargner d’avoir à rédiger un rapport…

Dirkson eut un rire sarcastique et remit le combiné en place.

—Vous devriez peut-être demander à madame Fletcher de l’écrire pour vous. Il me semble que c’est elle qui a toutes les clés en main, ici.

Il tentait de provoquer Amos, mais ce dernier se contenta de sourire.

—Je sais qu’il y a des personnes dans cette ville qui n’éprouvent pas beaucoup de respect pour moi. Elles sont libres de penser ce qu’elles veulent, mais lorsque j’aurai résolu cette affaire, elles me regarderont différemment.

—Si vous appelez le commissaire, précisai-je, veillez à lui dire la vérité au sujet de Tyler Benjamin. Donner un faux témoignage est un crime, monsieur Dirkson. Vous pourriez très bien sortir d’ici avec les menottes.

—Il faudrait me passer sur le corps !

—Ce sont exactement les mots qu’a employés Walter lors de votre dispute, n’est-ce pas ?

—Il vous a appelé pour une raison précise, ajouta Amos. Le numéro de votre domicile est le dernier qu’il a composé, à une heure qui coïncide parfaitement avec le témoignage de madame Fletcher.

Jim Dirkson sembla perdre toute contenance. Sa poitrine s'affaissa, son corps s'affala sur sa chaise, et son regard jusqu'alors confiant devint vague et incertain.

—Vous ne voulez pas nous dire ce dont vous avez parlé ? insista Amos Tupper à l'intention de Dirkson après avoir jeté un regard dans ma direction.

—Walter Reavis a pris certaines libertés avec le budget de l'établissement, inspecteur, en particulier avec les fonds discrétionnaires. J'ai en ma possession des documents qui le prouvent.

—Continuez.

—Il allouait aux effectifs des sommes dédiées à d'autres domaines, en gardant des professeurs supposés être congédiés. Des fonds étaient ainsi destinés à régler les frais liés à l'embauche de professeurs suppléants à long terme, ce qui allait complètement à l'encontre des règles administratives.

Je sentis mon estomac se nouer. Non seulement Walter Reavis m'avait soutenue, mais il avait en plus enfreint les règles pour que je puisse rester dans l'établissement en y enseignant à temps plein.

—Je suis le proviseur adjoint, ajouta Dirkson, et j'ai donc la possibilité de consulter les curriculums. C'est ainsi que j'ai découvert les irrégularités.

—Vous l'avez menacé… affirmai-je spontanément.

—Je lui ai conseillé de mettre de l'ordre dans tout cela, d'avouer ce qu'il avait fait au conseil d'établissement, afin que ce dernier puisse prendre les mesures nécessaires.

—Ce qui voulait dire le licencier…

—Cela était du ressort du conseil…

—Mais vous étiez prêt à forcer les choses, n'est-ce pas, monsieur Dirkson ? Et à votre avis, qui le conseil aurait-il nommé pour remplacer M. Reavis, s'il avait été licencié ou suspendu ?

—Ce que Mme Fletcher veut dire… commença Amos Tupper.

—Je sais ce qu'elle veut dire, le coupa Dirkson en me regardant. Je ne nie pas le fait que nous nous sommes disputés, que Walter a dit quelque chose comme « Il faudrait me passer sur le corps » lorsque je lui ai demandé de révéler ces irrégularités au conseil d'établissement, faute de quoi je me verrais contraint de le faire. Mais les choses ne sont pas allées plus loin.

—Quant aux rumeurs concernant une éventuelle liaison qu'il aurait eue durant des années, ont-elles été prouvées ? demandai-je.

—Pourquoi me demandez-vous cela ?

—Parce qu'il me semble, monsieur Dirkson, que vous auriez été capable de menacer de faire des révélations sur Walter s'il ne démissionnait pas.

Dirkson grimaça.

—J'aurais pu le faire à tout moment depuis dix ans, si ces rumeurs étaient avérées. Mais il ne s'agissait que de rumeurs. Et j'en ai entendu de bien plus graves à mon sujet…

Cet aveu était l'une des premières déclarations de sa part à laquelle j'ajoutai foi, mais je n'avais pas terminé.

—Tout cela n'a pas pris fin avec ce simple coup de téléphone, n'est-ce pas ? le défiai-je. Parce que vous avez pris votre voiture et êtes revenu ici. Vous dites que vous avez vu Tyler entrer dans le bâtiment, et lui a affirmé que c'est vous qui avez ouvert la porte du bureau lorsqu'il a frappé. Dans les deux cas, vous étiez présent après vous être disputé avec Walter au téléphone. Cela est suspect dans l'un comme dans l'autre.

Dirkson se leva de sa chaise. Il paraissait moins imposant que quelques minutes auparavant. Peut-être était-ce parce qu'il n'avait plus son mégaphone en main.

—Je suis revenu pour terminer en face-à-face la conversation que j'avais eue avec Walter et lui montrer que j'espérais qu'il prendrait la bonne décision. Cependant, la porte de son bureau était fermée. J'ai donc supposé qu'il était parti.

—Même si sa voiture se trouvait toujours dans le parking ?

—À vrai dire, je n'y ai pas fait attention. Maintenant que j'y réfléchis, il me paraît évident que Tyler avait déjà assassiné Walter au moment où je suis revenu. C'est pour cette raison qu'il a tenté de me mettre en cause. Même un détective amateur le comprendrait.

À cet instant, j'avais réellement envie que Jim Dirkson soit le coupable. En raison de son mépris à mon égard, et de la manière dont il considérait les professeurs suppléants et le personnel administratif, rien ne m'aurait davantage fait plaisir que de trouver un indice prouvant son implication dans le meurtre de Walter. Et bien sûr, je souhaitais également que justice soit rendue à un homme qui avait cru en moi. Mais je me demandais aussi dans quelle mesure je laissais mon animosité à l'égard de Dirkson obscurcir mon raisonnement. Il ne s'était jamais donné la peine de cacher l'extrême déception et la colère qu'il avait ressenties en n'étant pas nommé au poste que, selon lui, il méritait. Il me donnait l'impression de faire peser son mécontentement sur des subordonnés tels que moi, qui ne pouvaient répliquer. Cependant, être tyrannique ne faisait pas de lui un meurtrier, même si j'aurais aimé le désigner comme coupable.

—Allez-vous relâcher Tyler Benjamin ? demandai-je à l'inspecteur Tupper en sortant du bureau de la scolarité, une fois l'interrogatoire terminé.

—Malheureusement, M. Dirkson persiste dans la version des faits qu'il a déjà donnée.

—Mais sa déposition est le seul élément qui relie le garçon au meurtre. Il s'agit de sa parole contre celle de Tyler.

—Cependant, l'empreinte de Tyler se trouve sur l'arme du crime, madame Fletcher.

—Bien sûr, mais il avait déjà manipulé le trophée, n'est-ce pas ? Il est donc normal que son empreinte figure dessus !

—Vous avez raison. Mais nous ne pouvons nier qu'il a menacé un professeur et…

—Il nie l'avoir fait !

—… et qu'il a eu ces deux accès de colère en classe auparavant, ce qui dénote des traits de caractère que nous ne pouvons négliger.

—Tyler Benjamin n'a pas tué le proviseur Reavis, Amos, affirmai-je avec une assurance dans la voix qui n'était pas nécessairement légitime.

—Comment pouvez-vous en être aussi sûre ?

—Je ne sais pas. Une certitude intérieure. Supposons un instant que Tyler a dit la vérité et que Jim Dirkson se trouvait dans le bureau à l'heure où Walter a été assassiné – ce même Jim Dirkson qui a admis s'être disputé avec Walter au téléphone, puis être revenu dans l'établissement, sans doute dans un accès de colère…

—Mais alors, pourquoi aurait-il menti à propos de sa présence dans le bureau, madame Fletcher ?

—Parce que Tyler est arrivé au bon moment pour que Dirkson lui fasse endosser le meurtre. Il savait que ce serait sa parole contre celle de ce garçon. Et lequel la police allait-elle croire, selon vous ?

—Je vois, répondit Tupper, en fronçant les sourcils. Mais cela n'est pas suffisant pour faire un procès au nouveau proviseur, n'est-ce pas ?

—Pas encore, concédai-je.

Après la fin des heures de cours, je m'installai au bureau de Bill Gower, l'esprit embrumé. Le soleil de l'après-midi frappait à travers les carreaux, comme lors de la dernière conversation que j'avais eue avec Walter Reavis dans son bureau, parce qu'Alma Potts, souffrante, n'était pas là pour fermer les stores comme elle le faisait d'habitude. Je n'étais pas surprise d'apprendre que Walter avait alloué des fonds au maintien de certains professeurs pour éviter d'avoir à les licencier – il avait « triché » avec la comptabilité. Il avait pris de grands risques pour moi ; il avait mis son poste en danger pour que moi-même et d'autres enseignants puissions nous occuper des 800 élèves présents dans l'établissement 180 jours par an. Il s'agissait d'un éducateur à l'ancienne, qui s'adaptait manifestement mal à un système scolaire qui s'appuyait de plus en plus sur les résultats de tests et qui avait fait des coupes budgétaires la règle plutôt que l'exception. Il avait lui-même enseigné pendant quinze ans avant d'obtenir un poste dans l'administration. J'imagine qu'il avait passé de nombreuses années assis à un bureau comme moi à cet instant, fournissant le meilleur travail possible pour intéresser ses élèves. Et ébloui par le soleil, lui aussi.

Je me levai et descendis délicatement les stores, de façon à ne pas décrocher le scotch qui les maintenait ensemble. Walter Reavis avait peut-être consacré le budget destiné à l'achat de nouveaux stores au maintien en poste d'un plus grand nombre de professeurs, ce que je pourrais difficilement lui reprocher, compte tenu de ma position.

Tout en manipulant les stores, je pris subitement conscience d'un élément qui m'avait échappé auparavant et faillis perdre l'équilibre. Je me retins au radiateur pour ne pas tomber, car mes genoux se dérobaient. Mon estomac se contracta et un frisson parcourut mon dos.

La Chevrolet Cavalier d'Alma Potts cahota et eut plusieurs ratés avant de s'arrêter pour de bon. Les bus, y compris le dernier, étaient partis depuis longtemps. Le parking était donc presque vide lorsque je surgis devant la voiture d'Alma avant qu'elle n'emprunte la sortie qui menait à la chaussée.

—Y a-t-il un problème, madame Fletcher ? demanda-t-elle, en baissant sa vitre. Puis-je vous emmener quelque part ?

—Non merci, Alma.

C'est alors qu'elle vit Amos Tupper s'approcher depuis un bosquet d'arbustes massés autour d'un érable. Tyler Benjamin se trouvait à côté de lui. Tous deux étaient accompagnés de deux officiers de police d'Appleton en uniforme. Il s'agissait de Tom Jennings et d'un autre policier dont j'avais oublié le nom.

—Fiston, est-ce la voiture que tu as vue sortir du parking l'après-midi où le proviseur a été assassiné ? demanda Amos à Tyler lorsqu'il fut suffisamment près pour qu'Alma l'entende.

Le garçon déglutit.

—Il s'agit bien de la voiture que j'ai *entendue* partir. On ne peut pas oublier un bruit pareil !

Je me retournai vers Alma.

—Maintenant que j'y pense, madame Fletcher, avoua celle-ci, je suis revenue au bureau pour récupérer des documents sur lesquels je souhaitais travailler chez moi. Mais Tyler a raison : la porte du service de la scolarité était fermée, et en me dépêchant, j'avais oublié de prendre mes clés.

Je hochai la tête, faisant mine de la croire.

—Avez-vous aperçu Jim Dirkson à l'intérieur ?

—Non, je ne l'ai pas vu, répondit-elle, tandis que son regard se posait derrière Amos, sur les deux agents de police qui se tenaient là.

—Cependant, ce que vous dites corrobore au moins une partie du récit de Tyler…

—Je suppose, oui.

—Pourquoi n'avez-vous pas mentionné que vous étiez passée, au moment où nous interrogions Jim Dirkson, cet après-midi ?

Les yeux d'Alma Potts devinrent humides.

—J'avais peur qu'il me soupçonne, et je ne peux pas perdre mon emploi, ma couverture médicale et tout le reste. J'élève seule mes deux adolescents…

—Je vous crois, Alma.

—Vraiment ? demanda-t-elle, un soupçon d'espoir dans la voix, comme si elle était délestée d'un gros souci.

—Oui. Car je sais que vous êtes coupable du meurtre de Walter Reavis.

Alma se contenta de me fixer sans répondre. Elle paraissait figée sur place.

—Je ne pense pas que vous aviez l'intention de le tuer, poursuivis-je. Selon moi, vous êtes effectivement revenue pour les documents que vous avez évoqués. Puis, lorsque vous avez vu qu'il se trouvait seul dans son bureau, vous avez décidé d'aller lui parler. Il sortait avec une enseignante, c'est bien cela ? Les rumeurs à propos des affaires de cœur qu'il avait de temps en temps, des rumeurs qui nc m'intéressaient pas, étaient avérées. Vous l'avez peut-être sommé de mettre fin à sa liaison en le menaçant de le dénoncer. Cela s'est-il passé ainsi, Alma ? Il vous avait emmenée en quittant lc collège, lorsqu'il a été nommé proviseur au lycée d'Appleton… Est-ce bien parce que vous sortiez ensemble, à l'époque ?

Alma Potts me fixait, toujours assise sur le siège conducteur, les yeux débordant de larmes. Elle ne prit même pas la peine de démentir mes propos ; c'était inutile.

—Les choses ont dérapé, n'est-ce pas ? Vous vous êtes disputés. Walter a peut-être menacé de vous licencier... C'est alors que vous avez attrapé le trophée sur l'étagère. Le ballon de la figurine doit avoir chuté de la main du personnage, et Walter s'est penché pour le ramasser. Vous en avez profité pour le frapper, ce qui donnait l'impression que la personne qui l'avait tué était plus grande que lui. Vous avez peut-être agi dans un accès de rage, une rage que vous aviez contenue lorsqu'il a commencé à sortir avec une autre femme que vous...

Alma Potts renifla.

—Il n'y a pas eu qu'elle, il y en a eu d'autres durant toutes ces années... Mais je n'ai rien dit. Je me suis contentée d'espérer qu'il reviendrait.

—Vous avez fermé à clé la porte de son bureau en repartant. C'est pourquoi Jim Dirkson l'a trouvée verrouillée lorsqu'il est revenu s'expliquer avec Walter après la dispute qu'ils avaient eue au téléphone. Il a donc cru que Walter était parti. Vous et Jim avez manqué de vous croiser à quelques minutes près. Ensuite, Tyler Benjamin a frappé à la porte alors que le proviseur était encore à l'intérieur. Il a dit la vérité.

—Vous imaginez là une bien triste histoire, madame Fletcher. Vous devriez vous mettre à écrire des romans policiers, un jour ! De la fiction, car ici, vous ne pourrez rien prouver.

—Vous oubliez une chose, Alma. Lorsque je me suis entretenue avec M. Reavis quelques heures auparavant, après le dernier cours de la matinée, ses stores étaient ouverts, et j'avais le soleil dans les yeux parce qu'étant absente, vous n'aviez pu les fermer. Mais lorsque le corps a été découvert le lendemain matin, ils étaient baissés, dis-je lentement, afin qu'elle puisse bien comprendre ce que j'expliquais. Qui les a fermés ? Qui aurait eu une bonne raison de les fermer ? Eh bien vous, Alma, car cela était dans vos habitudes. Un geste que vous faisiez chaque jour et que vous n'avez pas manqué d'accomplir quelques minutes avant votre confrontation avec Walter… qui s'est soldée par un meurtre.

Amos Tupper fut prompt à réagir.

—Sortez de votre véhicule, madame, et gardez vos mains bien en évidence.

Alma jeta un regard à Tom Jennings et à l'autre policier en uniforme avant de sortir lentement de sa vieille Chevrolet, en levant les mains. Amos fit signe aux agents de la placer en garde à vue. L'un d'eux avait déjà sorti une paire de menottes.

—Je ne voulais pas lui faire de mal, madame Fletcher ! s'écria Alma, dont la voix se brisa. Je n'en avais pas l'intention. Il s'agit d'un accident… Nous étions en train de nous disputer, puis l'instant d'après, il gisait à terre et je tenais ce maudit trophée. Je l'ai essuyé avec des mouchoirs en papier que j'ai ensuite mis dans mon sac. Je voudrais pouvoir revenir en arrière et tout changer…

Tom Jennings referma les menottes et entraîna Alma vers la voiture de patrouille, tandis que le second policier leur emboîtait le pas. Alma résista un instant et me jeta un dernier regard.

—J'aimais Walter. Si je ne l'aimais pas, cela ne serait jamais arrivé…

—On ne fait preuve de sincérité qu'en aimant et en assassinant, dis-je.

Alma eut l'air troublé.

—Cette phrase est de vous ? demanda-t-elle.

—Non, elle s'inspire du dramaturge Friedrich Dürrenmatt.

—Je suis impressionnée, madame Fletcher !

—N'oubliez pas que je suis enseignante, Alma…

Amos Tupper s'approcha de moi tandis qu'Alma était conduite à l'arrière de la voiture de police.

—Vous savez, commenta-t-il, votre argument au sujet des stores qu'elle avait refermés n'aurait pas fait long feu, au tribunal.

—Bien sûr que non, Amos, je m'en doute. Mais une fois qu'Alma a compris que nous savions qu'elle était coupable, tout était joué.

Il hocha la tête, l'air pensif, tandis que la voiture s'éloignait. Le gyrophare tournoyait, mais la sirène était éteinte.

—Elle avait peut-être raison, madame Fletcher.

—Sur le fait de ne pas avoir prémédité le meurtre ?

Il se tourna vers moi en souriant.

—Non. À propos du fait que vous devriez écrire des romans policiers.

22

De nos jours

Lorsque j'eus terminé mon récit, Wilma avait le regard perdu en direction du parcours de golf vallonné, soigneusement entretenu, qui commençait à se parer de couleurs d'automne. Un vent frais soufflait à travers les arbres, et je me rendis compte d'à quel point je frissonnais après avoir terminé un récit que je n'avais pas narré depuis longtemps et que je n'avais jamais consigné sur papier.

—Je ne connaissais pas tous les détails, souligna Wilma, qui tremblait également, le regard toujours fixé sur le parcours.

—Elle a avoué lorsque le bureau du procureur lui a promis une réduction de peine.

—L'avez-vous crue, Jessica ?

—Je pense qu'elle n'avait aucune intention de tuer Walter Reavis. À mon avis, ce jour-là, elle est revenue pour lui dire qu'elle aimerait reconstruire sa relation avec lui. J'ai l'impression qu'elle était dans le déni, qu'elle a accumulé une colère qu'elle a longtemps contenue jusqu'à ce qu'elle explose et la pousse à agir. Elle a dû menacer Walter de le dénoncer s'il ne mettait pas fin à sa liaison… ou bien s'il ne revenait pas vers elle.

—Cela ne lui ressemble pas.

—Le fait de commettre un meurtre non plus, Wilma.

—En tout cas, dit-elle en s'efforçant de changer de sujet, Amos Tupper vous a suivie à Cabot Cove, il me semble. Après avoir quitté les forces de l'ordre d'Appleton à la suite de l'emprisonnement d'Alma.

—Eh bien, il a été chauffeur de bus durant un certain temps, pensant qu'il n'exercerait plus comme policier. Mais lorsqu'un poste de shérif s'est libéré, il s'est présenté et a été embauché.

—Il ne devait pas y avoir beaucoup de travail…

—Amos était le seul postulant. En revanche, son remplaçant, Mortimer Metzger, avait vingt-cinq d'expérience au sein du NYPD. Je travaille actuellement avec lui sur le meurtre de Ginny Genaway, donc si vous avez des informations à ce sujet…

Wilma se retourna enfin, ses bras serrés autour d'elle pour lutter contre le froid.

—Je dois retourner auprès de mes invités, dit-elle.

Je me plaçai en travers des portes-fenêtres pour lui bloquer le passage.

—Que me cachez-vous, Wilma ?

Elle tenta d'éluder la question.

—Vous avez résolu le seul mystère existant il y a vingt-cinq ans.

—Oui, jusqu'à ce que Ginny, la fille de Walter, soit assassinée il y a cinq jours. Et le détective auquel j'ai demandé d'enquêter sur la mort de sa sœur aînée, Lisa

Joy, à qui vous donniez des cours particuliers, a trouvé des preuves indiquant qu'elle a sans doute été également tuée. Wilma, vous m'avez invitée à votre soirée parce que Ginny est venue vous voir la semaine dernière et que vous aviez peur. Vous m'avez invitée parce que vous souhaitiez me parler…

En me retournant, j'aperçus sur les portes-fenêtres le reflet de nos silhouettes plongées dans l'ombre, nous donnant l'aspect de fantômes plutôt que de personnes en chair et en os. Il s'agissait d'une vision presque irréelle contrastant avec la multitude de personnes qui allaient et venaient dans le salon de réception, de nombreux invités étant arrivés tandis que nous nous trouvions à l'extérieur.

—Rentrons, insista Alma.

Cette fois, je la laissai passer, parce que j'avais également froid et souhaitais moi aussi retourner à l'intérieur. Je la suivis dans le salon.

—Ginny vous a-t-elle révélé quelque chose au sujet d'Alma Potts ? Cette dernière pourrait-elle également l'avoir assassinée ? Après tout, elle est sortie de prison…

Avant que Wilma ne puisse répondre, elle fut entourée d'une nuée d'invités qui venaient d'arriver, s'empressant de la serrer dans leurs bras et de lui tendre leurs cadeaux. Je décidai de lui laisser un peu d'espace, afin qu'elle puisse profiter de sa soirée jusqu'à ce qu'elle se sente prête à me confier ce qu'elle souhaitait me dire lorsqu'elle m'avait envoyé son invitation. Je me tournai et me retrouvai face à Jim Dirkson, qui tenait une bouteille de bière à la main.

—Jim, parvins-je à dire.

Il m'adressa un sourire. Il avait perdu du poids, beaucoup de poids, et se tenait voûté désormais malgré sa large carrure. Il avait encore un peu de ventre, mais moins qu'auparavant. Il était désormais nettement dégarni, et la mèche qu'il avait rabattue sur sa tête suffisait à peine à masquer sa calvitie, formant une plaque qui semblait presque collée sur son crâne.

—Avez-vous attrapé des criminels récemment, madame Fletcher ?

Il sembla aussitôt regretter sa question.

—Désolé, ce n'était pas drôle, reprit-il. Je ne pensais pas vous voir ici.

—Wilma ne vous a pas dit qu'elle m'avait invitée ?

—J'ai été surpris qu'elle m'invite, pour ma part. Vous savez, j'ai pris ma retraite il y a sept ans.

—De mon côté, je ne l'ai pas encore fait.

Dirkson hocha la tête.

—Pour ma part, je l'ai fait après dix-huit années de service en tant que proviseur du lycée d'Appleton, dont trois passées à assurer officiellement l'intérim. Comme ça, ils n'ont pas eu à me verser tout de suite le même salaire qu'à Walter…

—Cela semble injuste, mais il y a souvent des injustices dans la vie, n'est-ce pas, monsieur Dirkson ? Comme ce fut le cas pour Tyler Benjamin, qui fut arrêté pour un meurtre qu'il n'avait pas commis à cause de votre fausse déclaration…

La tension entre nous était palpable, les années n'ayant pas permis d'atténuer l'animosité que nous éprouvions l'un envers l'autre, avant même qu'Amos

Tupper et moi l'accusions de meurtre pendant notre interrogatoire.

—Pour ce que ça vaut, madame Fletcher, j'en suis désolé.

—Suffisamment pour vous excuser auprès de ce garçon ?

—Me croiriez-vous si je vous disais que je l'avais fait ?

Je secouai la tête. Je me sentais incapable de me contenter de sourire et de m'éloigner. À cet instant, une grande femme dont les cheveux hérissés sur la tête auraient sans doute provoqué un mouvement de recul chez ma coiffeuse, Loretta Speigel, se dirigea d'un pas nonchalant vers le bar pour commander une boisson. J'étais certaine de ne jamais l'avoir vue auparavant, mais elle me semblait vaguement familière.

—Il est parti dans une école privée, poursuivit Dirkson. La région a réglé ses frais de scolarité. J'ai demandé qu'ils soient prélevés sur mon salaire, mais cela m'a été refusé.

Dirkson agita la bouteille qu'il avait en main.

—J'ai besoin d'une autre bière. Voulez-vous boire quelque chose, madame Fletcher ?

—Je vais aller me servir, répondis-je en observant la grande femme aux cheveux hérissés qui tenait un verre dans sa main. Mais je vous remercie de votre proposition…

Je partis de mon côté, Dirkson également. J'avais le sentiment de ne jamais avoir autant redouté la compagnie d'une personne. Je ne crois pas que le temps guérisse les blessures. Je suppose que le fait de savoir que Jim Dirkson était un homme malheureux me réconforta cependant quelque peu. De plus, j'avais bien observé la table sur laquelle étaient déposés les cadeaux de Wilma, et il n'y avait rien de sa part.

J'aimerais pouvoir dire que je passai une agréable soirée, mais cela serait un mensonge. Durant le dîner je me retrouvai en compagnie de quelques anciens collègues dont je me souvenais à peine et de quelques professeurs plus jeunes arrivés récemment dans l'établissement. Je discutai un peu avec eux, tout en craignant le moment où la conversation se mettrait à tourner autour de moi et de mes livres, ce qui arriva inéluctablement. Habituellement, je supportais mal ce type de conversations, mais j'avais l'esprit ailleurs ce soir-là et écoutais à peine leurs commentaires tout en répondant à leurs questions de manière si évasive qu'ils abandonnèrent rapidement leurs efforts. Je tentai de me rattraper en parlant de choses et d'autres à mon propos, mais nos échanges étaient devenus trop artificiels. Le café fut servi juste à temps.

Il y eut ensuite des discours et quelques présentations animées par le jeune proviseur qui avait remplacé Jim Dirkson. Je me forçai à rire de temps en temps et applaudis aux moments opportuns, puis me levai avec les personnes présentes pour applaudir Wilma. Brusquement, les lumières baissèrent d'intensité et un chariot supportant un gâteau orné de bougies commença à circuler parmi les invités.

L'éclat des bougies colora légèrement le visage pâle de Wilma, qui parut réellement ravie lorsque le nouveau proviseur entonna une version improvisée de *For He's a*

Jolly Good Fellow, en adaptant les paroles à son intention. Elle rayonnait littéralement lorsque quelqu'un lui tendit un couteau pour couper le gâteau. Elle avait, semble-t-il, oublié les craintes qui l'assaillaient.

Puis je vis son expression changer au moment où elle achevait de couper la première part sous une nouvelle salve d'applaudissements. Je suivis la direction de son regard, me demandant si elle avait aperçu quelque chose qui l'avait perturbée. Elle remerciait maintenant laconiquement les invités, donnant l'impression qu'elle aurait aimé se trouver ailleurs, ses yeux fouillant la salle encore obscure, comme si elle cherchait ce qui avait pu la déstabiliser. Je bondis, puis me déplaçai à travers la foule qui se dirigeait en direction de Wilma et du gâteau ; j'étais à peine à mi-chemin lorsque Wilma apparut devant moi et me saisit le bras.

—Elle est ici ! s'écria-t-elle.

—Qui ça, Wilma ? Que se passe-t-il ?

Son regard errait sans but, et elle ignorait les invités qui continuaient de la féliciter.

—Tu avais raison, Jessica ! Tu avais tout à fait raison ! J'aurais dû te parler plus tôt, mais je ne parvenais pas à garder mon calme… Et je pensais que tu ne me croirais pas, surtout après…

Elle avait les yeux exorbités tandis qu'elle fixait un point de l'autre côté de la pièce.

—Non… non !

Elle serra mon bras encore davantage, au point de me faire mal.

—Appelez le shérif ! Tout de suite ! Elle est là ! Dites-lui qu'elle est là !

Une fois de plus, je tentai de repérer la personne qu'elle avait vue en regardant dans la même direction qu'elle. Mais l'obscurité ne me permettait pas de discerner quoi que ce soit.

—Wilma… commençai-je.

C'est à cet instant que toutes les sources de lumière s'éteignirent. Il n'y eut pas que les éclairages ; l'électricité dut également être coupée, car la musique s'arrêta. L'éclairage de secours ne fonctionnait pas. Je compris qu'il se passait quelque chose de grave. Une silhouette sombre glissa devant moi. Je ne perçus qu'un vague mouvement dans l'obscurité. Puis j'entendis un grognement et perçus un cri de surprise juste avant que quelque chose ne s'écrase sur moi et me fasse chuter.

J'étais incapable de bouger, plaquée au sol. Quelques instants plus tard, le faisceau d'une lampe torche fut dirigé vers moi et illumina le corps qui m'avait immobilisée.

Wilma Tisdale.

Le couteau qu'elle avait utilisé pour découper son gâteau dépassait de son dos.

Je réagis instinctivement en la repoussant. J'aurais été capable de me mettre moi aussi à crier. Des mains se tendirent pour m'aider à me relever, j'entendis des hurlements et des pleurs, tandis que des personnes éclairaient le corps de Wilma à l'aide de leurs téléphones portables. Sans surprise, la foule commença à courir dans un mouvement général de panique. Ce déferlement m'entraîna d'un côté, puis de l'autre, la masse des invités fuyant la salle à manger selon un flot ininterrompu uniquement dévié par les quelques personnes qui s'étaient agenouillées auprès de Wilma et tentaient de lui porter secours.

Seule une silhouette aux vêtements sombres se dirigea de l'autre côté, vers le patio.

—Appelez le 911 ! Vite ! s'écria quelqu'un.

Je savais qu'il était trop tard. La blessure de Wilma était fatale... Je luttai contre le mouvement de foule pour me diriger vers le patio et sentis l'afflux d'air frais juste avant d'atteindre les portes-fenêtres. La silhouette que j'avais aperçue quelques instants auparavant s'était élancée sur le parcours de golf.

Je me mis à courir après elle, mettant à profit les heures que j'avais passées sur le tapis de course du gymnase de l'hôtel Hill House, soulagée de porter des chaussures plates. Cependant, la silhouette me devançait et la distance entre nous commençait à se creuser. Je n'avais même pas songé à ce qui se passerait si je parvenais à rattraper l'assassin de Wilma.

Mais cela avait peu d'importance. J'avais réagi instinctivement, et ma curiosité obsessionnelle à propos d'un mystère dont j'étais convaincue qu'il remontait à vingt-cinq ans avait pris le dessus. Étais-je en train de pourchasser l'un des invités ? Ou bien une personne qui n'en faisait pas partie et s'était introduite à la soirée de Wilma ?

—Appelez le shérif ! Tout de suite ! Elle est là ! Dites-lui qu'elle est là !

« Elle ? ». Était-ce une femme ? Si c'était le cas, celle-ci devait être au moins aussi grande que moi, et suffisamment en forme pour que je ne la rattrape pas.

Elle devait savoir que je la suivais, car elle percevait sans doute le martèlement de mes pas, tout comme j'entendais les siens, les seuls sons audibles en cette soirée à l'exception du souffle du vent.

La poussée d'adrénaline qui m'envahit m'empêcha de prendre conscience de la folie de cette poursuite – littéralement. J'étais en train de poursuivre seule un meurtrier ou une meurtrière, sur un parcours de golf, dans l'obscurité. Pire encore, qu'adviendrait-il s'il ou elle se retournait et me tenait tête avec l'intention de faire de moi la seconde victime de la soirée ?

Ma cadence spontanée commençant à ralentir, je m'efforçai néanmoins d'accélérer, dans l'espoir d'apercevoir la personne que je poursuivais, afin de découvrir son identité. Je tentai de me souvenir de la foule des invités en panique. Jim Dirkson en faisait-il partie, ou pouvait-il de nouveau figurer parmi les suspects pour un autre meurtre lié à Appleton ? Et qu'en était-il d'Alma Potts, en supposant qu'elle ait été libérée de prison et puisse s'en prendre à ceux envers lesquels elle aurait nourri de la rancune depuis des années ?

Cependant, Alma devait bien avoir 60 ans à l'heure actuelle, peut-être même davantage… Je ne pouvais me souvenir exactement de l'âge qu'elle avait au moment où elle avait avoué et été arrêtée pour le meurtre de Walter Reavis. La silhouette en train de me distancer grâce à de longues foulées ne semblait pas être celle d'une personne de cet âge. Cela excluait également Jim Dirkson.

Je poursuivis ma course, puis m'immobilisai lorsque le meurtrier eut disparu. Se cachait-il afin de bondir sur moi lorsque je m'approcherais ? L'absurdité de mes actes et le danger auquel j'étais exposée me frappèrent, et je pris conscience à cet instant que j'étais totalement vulnérable. Un assassin qui avait déjà tué deux fois en l'espace d'une semaine n'éprouverait aucun scrupule à ôter une troisième vie.

Je pensai à Ginny Genaway et à sa sœur Lisa Joy, assassinée elle aussi. Je pensai à leur père, Walter Reavis, et au respect que j'éprouvais envers lui. Trois meurtres en l'espace de vingt-cinq ans, et deux générations ayant été assassinées, chacune à une époque différente.

Le vent soufflait à travers les arbres du parcours de golf, produisant un son qui ressemblait au cri d'une femme. Derrière moi, en écho à ma course-poursuite, des sirènes mugirent et des phares percèrent la nuit, annonçant l'arrivée de voitures de police. La lumière et l'arrivée de renforts me permirent de me sentir davantage en sécurité, même si je n'avais plus le courage de continuer à poursuivre le meurtrier, qui était parvenu à me distancer quelques minutes auparavant. Je revins à petites foulées en direction du salon de réception du Country Club de Cabot Cove pour éviter de rester exposée à une agression éventuelle. Lorsque j'arrivai dans le patio dans lequel j'avais raconté à Wilma comment j'avais découvert qui avait assassiné Walter, je sentis que mes pieds étaient gonflés et douloureux.

C'est alors que je vis une silhouette se précipiter dans ma direction depuis le flanc du bâtiment. J'eus le souffle coupé et mon cœur se mit à battre la chamade avant de reconnaître l'étui d'un revolver, la veste d'uniforme et le chapeau vissé sur la tête lorsque l'homme surgit devant moi.

—Deux meurtres en une semaine, madame F., claironna Mortimer Metzger en me regardant d'un air moqueur. J'ai l'impression que nous avons beaucoup à nous raconter…

23

L'arrivée rapide des forces d'intervention du département du shérif de Cabot Cove avait permis d'éviter que les invités ne s'enfuient sur les chapeaux de roues dans leur voiture, à l'exception de quelques-uns. La majorité d'entre eux se trouvait encore sur le parking. Ils échangeaient à propos du meurtre de Wilma Tisdale et de l'enquête en cours.

Mortimer et moi nous tenions à quelque distance du corps de l'enseignante, et Seth Hazlitt était accroupi à côté de celui-ci afin de procéder à un examen préliminaire.

—Wilma m'avait demandé de vous appeler, Mortimer, dis-je. Ce furent ses derniers mots.

—Eh bien, vous auriez dû. Sans attendre.

—Et que m'auriez-vous répondu ?

—Que tout cela était de nouveau le fruit de votre imagination, en vous conseillant de profiter de la soirée.

—C'est pour cette raison que je ne me suis pas donné cette peine…

—Pourquoi voulait-elle que vous me contactiez, Jessica ?

—Parce qu'elle pensait avoir vu parmi les invités la personne qui a tué Ginny Genaway, je pense.

—Encore quelqu'un qui n'était pas invité ?

—Je vous rappelle que j'étais bel et bien invitée…

—C'est vrai, grogna Mortimer. Mieux vaut tard que jamais, je suppose. Que vous a dit exactement Mme Tisdale quand elle vous a demandé de m'appeler ?

—Elle était complètement affolée, presque terrifiée. Elle disait « Appelez le shérif ! Tout de suite ! Elle est là ! Dites-lui qu'elle est là ! »

—De qui pourrait-il bien s'agir ?

—Je n'en ai aucune idée. Le seul nom qui m'est venu à l'esprit est celui d'Alma Potts.

Les traits de Mortimer se durcirent.

—Ce nom me dit quelque chose…

—Il s'agit de la coupable du premier meurtre sur lequel j'ai enquêté il y a vingt-cinq ans.

Il hocha la tête.

—Je comprends mieux…

À cet instant, Seth Hazlitt leva les yeux vers nous.

—Apparemment, le couteau a glissé entre deux côtes et touché le cœur. Cela a provoqué une mort immédiate.

Je frissonnai en me souvenant que le corps de Wilma s'était effondré sur moi, et que j'avais senti l'odeur métallique de son sang.

—Pourquoi s'en prendre à Wilma Tisdale ? demanda Mortimer.

—C'est à moi que vous posez la question ? demanda Seth.

—Non, je m'adresse à notre détective en chef…

—Wilma en savait plus qu'elle n'a bien voulu me le dire, sans doute en raison de la visite que lui a rendue Ginny Genaway la semaine dernière. Je pense qu'elle connaissait, sans l'avoir réalisé, l'identité de la personne qui a assassiné Ginny. Quelqu'un cherche à brouiller les pistes, Mortimer. Je pense que c'est la raison de ces meurtres.

—Des pistes qui remontent à *vingt-cinq ans* ?

—Le meurtre de Walter Reavis est le point de départ de tout cela, le catalyseur.

—Mais… Alma Potts doit bien avoir une centaine d'années à l'heure actuelle, non ?

—Non, entre 65 et 70 ans, rectifiai-je.

—Et elle est coupable d'un crime passionnel il y a un quart de siècle, pas d'un meurtre au premier degré[1] par arme à feu et d'un autre crime à l'arme blanche. Quelles possibilités cela nous laisse-t-il ?

—Je n'en ai aucune idée.

Mortimer ôta son chapeau et passa la main dans son épaisse chevelure.

—Nous sommes en train de réunir autant d'invités que possible à l'intérieur du club pour prendre leur déposition et relever le nom de ceux qui sont partis, afin de pouvoir les interroger ensuite.

—Il y aura bien une personne qui aura vu quelque chose. Peut-être même plusieurs. En réunissant leurs témoignages, nous pourrions obtenir au moins une description générale de l'assassin.

—De la meurtrière, me corrigea Mortimer. Du moins, si l'on en croit Wilma Tisdale. Avez-vous pu

1 Meurtre prémédité.

apercevoir un élément permettant d'en savoir plus lorsque vous la poursuiviez ?

—Je n'ai absolument rien vu ! Je ne peux même pas vous certifier qu'il s'agissait bien d'une femme.

—Et avant le moment où Mme Tisdale a été assassinée ?

Je secouai la tête.

—Non, rien. Je ne regardais pas dans la bonne direction, et les lumières se sont éteintes juste au moment où j'ai tenté de voir ce qu'observait Wilma.

—Était-ce la première fois qu'elle vous donnait l'impression d'être effrayée ?

—« Terrifiée » conviendrait mieux, lorsque je repense à son regard. Elle craignait quelque chose, lorsque nous avons discuté dans le patio, un peu plus tôt. Et elle avait également peur lorsqu'elle m'a invitée ici.

—Vous pensez qu'elle savait qu'une meurtrière allait surgir pendant la soirée ?

—Non, mais je pense qu'elle savait qui elle était, ou avait des soupçons, et se demandait si elle devait ou non m'en faire part.

—Selon vous, vous a-t-elle invitée pour cette raison ?

Je haussai les épaules.

—Elle avait peut-être changé d'avis. Il est possible qu'elle ait eu des doutes après avoir reçu la visite de Ginny. Mais maintenant que j'y pense…

—Quoi donc ?

—Elle m'a envoyé une invitation avant l'assassinat de Ginny, donc elle avait déjà des raisons d'être effrayée. Ce devait être à cause de ce dont la jeune femme lui avait parlé, et c'est ce qui a dû pousser cette dernière à revenir à Appleton, puis à se rendre à Cabot Cove.

Je regardai Seth finir d'examiner le corps de Wilma.

—Seth a fait chou blanc en ce qui concerne le titre du journal retrouvé dans la poubelle de Ginny, repris-je.

—C'est-ce qu'il m'a expliqué. Ce qui nous ramène cinq ou six mois en arrière… Et ce que Ginny avait découvert a finalement provoqué sa mort.

—Alma Potts, Mortimer. Nous devons vérifier ce qu'elle est devenue…

—Mais vous venez juste de dire que…

—Je sais bien ce que j'ai dit, mais elle a passé vingt-cinq ans à ruminer sur son passé et son avenir. Qui sait dans quel état d'esprit elle est sortie de prison ?

—Elle a été libérée ?

Je haussai les épaules.

—Sans doute. Elle avait plaidé coupable et été condamnée à vingt-cinq ans de prison, sans remise de peine. Elle devrait donc être sortie il y a…

—Ne me dites rien, m'interrompit Mortimer en se caressant le menton de manière théâtrale. Il y a environ six mois ?

—Peut-être même plus tôt, si elle a obtenu des réductions de peine pour bonne conduite. Cela fonctionne ainsi, n'est-ce pas ? Je me souviens également qu'Alma Potts avait deux adolescents lorsqu'elle a été arrêtée pour le meurtre de Walter Reavis. Des jumeaux, je crois, un garçon et une fille. J'ai entendu dire qu'ils étaient partis vivre chez une tante et un oncle lorsque leur mère a été emprisonnée. Vous devriez peut-être tenter de savoir où ils se trouvent, Mortimer.

—Vous avez d'autres instructions ?

—Non, cela devrait suffire. Pour l'instant, ajoutai-je, m'amusant de son ton courroucé. Mais si Alma Potts a réellement assassiné Ginny Genaway et Wilma Tisdale, comment savoir si elle s'arrêtera là ? Elle désire peut-être s'en prendre à d'autres personnes, dont certaines sont encore ici…

Mortimer hocha lentement la tête.

—Je vais peut-être appeler des renforts.

—Ce serait une bonne chose.

—Madame Fletcher ?

—Shérif Metzger ?

—Ne vous éloignez pas trop…

—Êtes-vous inquiet pour ma sécurité ?

—Non, madame. Vous travaillez sur cette affaire, mais vous êtes aussi le seul témoin dont je dispose. J'ai besoin de votre déposition.

Avoir du recul par rapport à un meurtre, soit en le relatant dans le cadre d'une fiction, soit en le découvrant après qu'il a été commis dans la réalité, laisse une empreinte nettement moins profonde que l'expérience brutale que j'ai vécue ce soir-là. J'ai tenté de me souvenir d'un autre événement au cours duquel – dans la réalité – une victime de meurtre m'était littéralement tombée dans les bras. Je ne pourrais jamais l'oublier. En y repensant, je me mis à trembler.

Comme j'étais témoin de la scène, Mortimer me dit que je ne pourrais en aucun cas participer aux interrogatoires de tous les autres témoins potentiels.

—Mais je connais ces personnes ! protestai-je.

—Non, Jessica.

—Quelques-unes, en tout cas !

—Notre tueur a fait de gros efforts pour éviter d'être vu, résuma Mortimer. Je pense qu'il ou elle avait peur d'être identifié.

—Je pensais à autre chose, ajoutai-je. Et s'il s'agissait de l'un des invités ?

—Vous pensez que l'un d'eux serait venu équipé d'une tenue sombre pour se changer au moment opportun ?

—Wilma avait l'air convaincue qu'il s'agissait d'une femme, Mortimer. « Elle est là ! Dites-lui qu'elle est là ! », répétai-je pour le convaincre.

—Intéressant, madame F., parce que, si vous avez raison, la meurtrière ferait partie des invités dont nous avons perdu la trace après le meurtre.

Je me souvins de la panique des invités qui se ruaient vers les sorties.

—Je suppose que plusieurs d'entre eux ont simplement sauté dans leurs voitures et sont retournés chez eux.

—Nous devons immédiatement dresser la liste de ceux qui se sont enfuis ainsi que de ceux qui sont encore ici. Il faut essayer d'avoir une idée de l'endroit où se trouvait chacun au moment où le meurtre a eu lieu.

—Vos hommes devraient également condamner la sortie du parking, suggérai-je. La meurtrière s'est enfuie, mais sa voiture doit encore se trouver ici, ce qui signifie que l'un des véhicules encore sur place après que tous les invités auront eu l'autorisation de partir pourrait être le sien.

—Mince, je n'y avais pas pensé ! s'exclama Mortimer d'un ton sarcastique. Ces vingt-cinq années passées au sein du NYPD ne m'ont décidément rien appris.

—Comment comptez-vous obtenir la liste complète des invités, sachant que nous ne pourrons peut-être pas retrouver celle que Wilma avait établie ?

—Le club en possède une version sur laquelle les invités ont pu choisir le plat principal qu'ils préféraient. Je vais en obtenir une copie. Apparemment, la liste compte 72 noms. Mais comment pourrions-nous connaître avec certitude l'identité des personnes qui sont réellement venues ?

—Vous pouvez examiner la table sur laquelle sont déposés les cadeaux, conseillai-je.

—J'étais sûr que vous l'aviez déjà fait, dit Mortimer avec un sourire ironique.

—Pas réellement, non. Recenser les cadeaux permettrait de savoir qui était déjà présent et qui n'était pas encore arrivé au moment du dîner.

—L'un de mes adjoints est déjà en train de s'occuper des invités. Je vais lui dire de vérifier également les cadeaux.

—Je pense qu'il devrait faire particulièrement attention aux femmes qui sont sur la liste, dis-je, en repensant à ce qu'avait dit Wilma Tisdale.

—Oui, mais vous ne pouvez me certifier que la personne que vous avez poursuivie était bien une femme, madame Fletcher ?

—Non, en effet.

—Donc, si vous n'y voyez pas d'inconvénient, ma chère, nous allons tenir compte de tous les noms pour l'instant ! affirma Mortimer, qui rayonnait, l'air satisfait.

—J'éviterais d'exclure les invités qui ne sont pas venus, ajoutai-je. Ils peuvent être suspects également.

—C'est ici que le recensement des voitures qui sont restées sur le parking se révélera utile.

—Le tueur aurait été incapable de s'échapper en traversant le parcours de golf puis de revenir au parking avant votre arrivée, Mortimer. Il est impossible d'établir une chronologie en ce sens. Cela veut dire que si le tueur est encore présent, il ou elle aura certainement rejoint un peu plus tard les invités qui se sont retrouvés dehors, ce qui permettra peut-être de l'identifier.

—Je vais veiller à ce que le questionnaire permette de le déterminer.

Tandis que nous parlions, les adjoints continuaient de vérifier la présence d'indices, un processus minutieux qui soulignait l'expertise des nouveaux membres que Mortimer avait embauchés au sein du département du shérif de Cabot Cove. Les trois hommes qui sillonnaient la pièce portaient des gants en latex et des sachets en plastique destinés à recueillir des preuves. Cependant, leurs efforts ne semblaient pas encore avoir porté leurs fruits ; leurs sacs ne contenaient rien, à l'exception d'un certain nombre de serviettes en tissu prélevées sur la table à proximité de l'endroit où le personnage fantomatique vêtu de noir était manifestement apparu. Ces serviettes portaient sans doute les empreintes de ceux qui les avaient utilisées, et peut-être celles du tueur. Je n'en étais pas certaine cependant, étant donné les précautions prises par le meurtrier. Mais Mortimer avait entièrement raison sur le fait qu'il fallait déterminer en premier lieu lequel des invités ne pouvait prouver l'endroit où il se trouvait au moment du meurtre.

—Il y a tout de même un invité qui a dit qu'il ne voulait parler qu'à vous et à vous seule, me confia Mortimer.

—De qui s'agit-il exactement ?

Mortimer consulta son bloc-notes magique, qui semblait ne jamais être à court de papier.

—Jim Dirkson.

Les adjoints de Mortimer, qui allaient éventuellement être assistés par la police d'État du Maine, utilisaient le salon de réception du club, dans lequel un cocktail avait été organisé avant le dîner. Les invités avaient été installés aussi confortablement que possible dans le couloir. Ils attendaient leur tour et leur soirée allait vraisemblablement être longue. J'imaginais que certains d'entre eux devaient se plaindre du fait d'être retenus de cette manière, que cela allait empirer au fur et à mesure que le temps passait.

—Je ne fais pas confiance à ces policiers, maugréa Jim Dirkson, assis en face de moi à une table de deux personnes dont les chaises étaient assorties.

—Mais… vous me faites confiance à moi ?

—À vos capacités d'enquêtrice. N'oubliez pas que j'ai pu les observer de près.

—Je ne me souviens pas qu'elles vous aient beaucoup enthousiasmé. Vous n'aviez pas tellement apprécié mes efforts pour retrouver le meurtrier de Walter

Reavis, en particulier lorsque j'ai démonté la petite histoire que vous aviez fabriquée.

—Vous n'avez fait que votre travail à cet égard, je pense, madame Fletcher. Mais je n'ai pas envie d'être soupçonné d'un autre meurtre, et je veux déclarer quelque chose que je ne voudrais pas que ces rustres laissent de côté.

Je ne relevai pas la remarque de Dirkson.

—Que voulez-vous déclarer ?

—Saviez-vous qu'il y avait un lien entre Wilma Tisdale et Alma Potts ?

—Non, je l'ignorais.

—En y repensant, cette histoire est sortie alors que vous aviez déjà quitté notre charmante ville pour Cabot Cove. Alma avait travaillé une vingtaine d'années comme secrétaire de l'établissement, d'abord pour l'école primaire, puis pour le lycée. À l'époque, cela signifiait qu'elle allait toucher une retraite importante, et son avocat a fait en sorte que l'argent soit mis de côté pour ses enfants.

—Des jumeaux, c'est bien cela ?

—Oui, qui allaient dans un autre établissement parce qu'Alma ne résidait pas à Appleton. Je ne me souviens pas de l'âge qu'ils avaient à l'époque ni s'il s'agissait de garçons ou de filles.

—Allez-vous me dire qu'ils n'ont jamais reçu l'argent ?

—En effet. Et en tant que directrice du Comité de retraite des enseignants de l'État, Wilma Tisdale a grandement contribué au fait que la pension ne soit pas versée, compte tenu des circonstances. Il n'y avait jamais eu de cas de ce genre auparavant, et il était donc impossible de s'appuyer sur un précédent. La décision est passée par plusieurs tribunaux, qui ont confirmé la décision.

Je regardai Dirkson juché sur sa chaise.

—Notre département du shérif vérifie où se trouve actuellement Alma, au cas où elle aurait été libérée après avoir purgé toute sa peine.

Dirkson se mit à me regarder différemment. Habituellement, il avait une expression dure, mais subitement, son air de défi avait laissé place à ce qui ressemblait à de l'admiration, ou tout du moins à du respect.

—Quand je pense que votre première expérience de tout cela remonte à vingt-cinq ans…

—De tout cela ?

—D'une affaire de meurtre. Je sais que vous me détestez parce que je ne vous ai pas permis de devenir professeure à plein temps pour remplacer Bill Gower, comme le prévoyait Walter, mais peut-être vous ai-je ainsi rendu le plus grand service qui soit. Qui sait, madame Fletcher ? C'est peut-être grâce à cela que vous êtes devenue riche et célèbre…

24

Lorsque je regagnai ma suite de Hill House, Joe et Cogneur étaient installés sur des chaises de part et d'autre de ma porte.

—Le chef nous a appelés, expliqua Joe tout en se levant à mon arrivée. Il nous a demandé de vous protéger compte tenu de ce qui s'est passé ce soir.

—Et comment l'a-t-il appris aussi rapidement ?

Joe haussa les épaules.

—Aucune idée, répondit-il, en ouvrant la porte devant moi tel un véritable gentleman. Quoi qu'il en soit, nous sommes supposés assurer votre sécurité.

—Pendant combien de temps ?

—Jusqu'à ce que le boss nous dise d'arrêter.

—Je vous assure que ce n'est pas la peine…

—C'est ce que vous dites, vous qui avez failli être transformée en marshmallow grillé il n'y a pas si longtemps…

Je ne contestai pas sa remarque.

—J'ai remarqué que vous aviez ouvert ma porte sans clé, dis-je.

—Qui a besoin d'une clé ? demanda Joe avec un petit sourire en coin.

—Eh bien, pas vous, apparemment !

—En réalité, Cogneur est un spécialiste des serrures, avoua Joe en tournant le regard vers son acolyte toujours silencieux, assis de l'autre côté de la porte. L'ouverture des portes fait partie de ses multiples talents.

Je me glissai à l'intérieur de ma suite en passant devant lui.

—Si vous avez besoin de quoi que ce soit, madame Fletcher, n'hésitez pas à crier, ajouta Joe en se rasseyant et en sortant une édition très abîmée de l'un de mes romans policiers de sa poche.

—Remerciez M. Genaway pour moi, dis-je en refermant la porte.

J'étais épuisée, mais fébrile pour dormir. Je ne parvenais pas à faire taire mon esprit, et aucune des astuces que j'utilisais habituellement pour m'endormir ne fonctionnait. Je tentai de naviguer entre les chaînes de télévision, puis de lire un magazine, et enfin, un livre. Mais je ne pus m'empêcher de repenser au meurtre de Wilma Tisdale, plus tôt dans la soirée, et à ce qu'il pouvait bien signifier. Le tueur avait maintenant frappé deux fois en moins d'une semaine, et je commençais à envisager sérieusement la possibilité qu'il était peut-être également responsable de la mort de Lisa Joy Reavis. Dans le cas contraire, pourquoi Ginny Genaway serait-elle allée poser des questions sur sa sœur aînée à Wilma avant d'être assassinée ?

Désormais, toutes les deux étaient mortes, et ce qu'avait dit Wilma à Ginny expliquait peut-être ce qui s'était produit. L'analyse judicieuse d'Harry McGraw concernant le butane découvert sur les vestiges du pneu qui avait éclaté montrait que l'accident qui avait causé le décès de Lisa Joy était sans doute un meurtre. De plus, j'étais persuadée que Wilma était sur le point de me dire bien plus de choses qu'elle ne l'avait déjà fait.

« Appelez le shérif ! Tout de suite ! Elle est là ! Dites-lui qu'elle est là ! »

Je ne parvenais pas à sortir de mon esprit la supplique désespérée de Wilma et m'interrogeais sur l'identité de la femme dont elle parlait. De qui pouvait-il s'agir ? Wilma avait-elle été sur le point de m'indiquer qui était la meurtrière, en m'avouant quel avait été le sujet de sa discussion avec Ginny la semaine précédente ? Une discussion qui l'avait incitée à m'inviter à sa soirée de départ en retraite…

Je me sentis brusquement reconnaissante pour la présence de Joe et Cogneur devant ma porte. Lorsque je compris que je ne parviendrais pas à m'endormir, je m'installai devant mon ordinateur afin de chercher des informations sur Alma Potts. Il y avait peu de renseignements sur son arrestation, et elle n'avait pas fait l'objet d'un véritable procès, parce qu'elle avait plaidé coupable[1]. Cela dit, quelques articles mentionnaient le fait qu'elle avait deux enfants. Des jumeaux : un garçon et une fille.

« Elle est là ! Dites-lui qu'elle est là ! »

Je n'avais jamais songé que la fille d'Alma Potts aurait pu s'en prendre à Wilma Tisdale à cause de la pension non versée, mais tous les meurtres ne sont pas

1 Plaider coupable, aux États-Unis, permet d'alléger un procès en trouvant un accord avec l'accusation.

véritablement logiques. Tout comme il n'y avait pas de logique dans ce fragment de titre, MÉE PROV E L'AN, que Seth Hazlitt et moi avions découvert dans l'appartement de Ginny. Ce titre aurait dû correspondre à l'un de ceux de la *Gazette* de Cabot Cove, mais Seth n'était pas parvenu à trouver de correspondance, et Evelyn Phillips, la propriétaire et rédactrice en chef du journal, ne nous avait pas encore rappelés.

Au beau milieu de la nuit, j'accédais à un jeu de *Scrabble* en ligne à partir de mon ordinateur et tentai d'assembler les morceaux de titre. Naturellement, le problème était que je n'avais aucune idée du nombre de mots qui pouvaient précéder M2E, et combien il y en avait après celui qui commençait par L'AN. Mais cela m'aidait à passer le temps, et – le croiriez-vous ? – le sommeil finit par me gagner alors que j'échouais lamentablement à trouver une combinaison de mots qui aurait pu avoir un sens. Cela dit, j'étais peu à peu convaincue que j'allais réussir à reconstituer le puzzle – même si pour l'instant je ne parvenais pas à mettre de l'ordre dans les mots.

Recroquevillée sur ma chaise, je fus réveillée par la sonnerie de mon téléphone portable. Le soleil perçait à travers les fenêtres. Je m'emparai de mon portable et sentis que mon cou était douloureux, sans doute affecté par un torticolis en raison de la position inconfortable que j'avais adoptée sur ma chaise.

—Combien de fois m'avez-vous servi de réveille-matin ? marmonnai-je à l'intention de Mortimer Metzger.

—Beaucoup trop souvent, parce que je vous appelle généralement lorsqu'un meurtre a été commis… J'ai du nouveau, et je pensais que vous auriez aimé être informée immédiatement.

—Quelle heure est-il ? demandai-je en tentant d'étirer ma nuque pour en atténuer la raideur.

—Il est un peu plus de neuf heures. Qu'est devenue la Jessica Fletcher qui aime se lever tôt ?

—Elle ne s'est pas endormie avant six heures du matin. Les nerfs, je suppose !

—Je savais que j'aurais dû envoyer un agent pour veiller sur vous !

—Inutile ! Les hommes de Vic Genaway ont monté la garde devant ma porte toute la nuit…

—Vous devriez vraiment songer à vous faire des amis plus convenables, madame F. !

Je toussotai pour m'éclaircir la voix.

—Donc, que souhaitiez-vous me dire ?

—Nous pouvons rayer Alma Potts de la liste des suspects. Elle est décédée un mois après être sortie de prison.

—D'un cancer qui n'avait pas été diagnostiqué, poursuivit Mortimer.

—Elle avait deux enfants, Mortimer. Des jumeaux. L'un d'eux était une fille.

—Elle s'appelle Kristen, mais tout le monde la surnomme Kris. Il s'agissait de l'une des meilleures athlètes féminines de l'histoire de son école. Elle a ensuite enseigné plusieurs disciplines dans un certain nombre d'établissements, dont la gymnastique.

—Où se trouve-t-elle désormais ? demandai-je, calculant mentalement que Kris Potts devait avoir une quarantaine d'années.

—C'est tout le problème. Nous n'en savons rien. Elle a occupé de nombreux postes de professeure et de coach, et nous ne sommes pas parvenus à la retrouver.

—Comment interpréter le fait qu'elle se déplace autant ?

—Elle a un caractère qui l'a placée dans des positions délicates, mais n'a rien fait qui soit passible de poursuites, si vous voyez ce que je veux dire.

—En d'autres termes, elle n'a jamais été arrêtée ni accusée de quoi que ce soit.

—Je n'ai rien trouvé de répréhensible de sa part. J'ai une photo provenant du dernier établissement dans lequel elle a enseigné, et il semble qu'il s'agisse de son portrait le plus récent.

—Pourriez-vous me l'envoyer par e-mail ?

—Oui, je fais cela… maintenant.

—Êtes-vous parvenu à prendre toutes les dépositions, la nuit dernière ? demandai-je à Mortimer tout en attendant l'arrivée de la photographie.

—Nous avons terminé juste avant l'aube. Les derniers invités interrogés n'étaient pas très contents.

—Je ne peux pas les en blâmer…

—Nous n'avons pu faire autrement.

—Avez-vous obtenu des informations utiles ?

—Aucune en ce qui concerne l'identité du meurtrier. Mais nous avons une idée de la direction d'où il est venu. Il s'agit en réalité d'une zone où se trouve une porte de secours qui avait apparemment été bloquée en position ouverte. Les quelques témoins se souviennent d'avoir vu une silhouette déterminée passer devant eux.

—Déterminée ?

—C'est ainsi que les témoins l'ont décrite.

—Combien d'invités étaient partis et n'ont pu être interrogés ?

—Une bonne dizaine, je pense. Vous pouvez les considérer comme « introuvables », Jessica.

—Ce qui fait d'eux nos principaux suspects.

Un petit son métallique me signala que je venais de recevoir un e-mail.

—Attendez ! Je pense que la photo de Kristen Potts vient d'arriver, dis-je en cliquant sur la fenêtre de ma boîte e-mail.

—Oh, non ! m'exclamai-je.

Je me mis à trembler avant même que le visage de la jeune femme ne soit totalement apparu.

—Qu'y a-t-il, Jessica ? Un problème ?

—Je la reconnais, Mortimer. Elle se trouvait à la soirée de Wilma hier soir.

Il s'agissait de la femme que j'avais vue au bar pendant que je parlais à Jim Dirkson ! Sur la photo, elle n'avait pas la même coiffure hérissée, mais il s'agissait bien d'elle : Kristen, la fille d'Alma Potts.

—Vous ai-je bien entendue, madame Fletcher ?

—Si vous me le demandez, vous savez que c'est le cas.

—Je vais lancer une alerte à toutes les patrouilles en ce qui la concerne, m'informa Mortimer, qui semblait aussi résolu à agir que surpris par cette révélation. Je vais également requérir le soutien de la police d'État pour qu'elle nous aide à la localiser.

J'entendis que l'on frappait à ma porte, et tentai de l'ignorer jusqu'à ce que les coups redoublent et deviennent incessants.

—Quelqu'un frappe à ma porte, Mortimer.

—Les hommes de Genaway, sans doute ? Je reste en ligne…

Je pris le téléphone avec moi pour traverser la pièce, déverrouillai la porte et l'ouvris.

—Nous avons attrapé cette fouineuse à l'étage, madame Fletcher, m'annonça Joe.

Cogneur se tenait derrière lui et tenait une femme par le bras.

—Nous préférions vous prévenir, reprit Joe.

Il fit un pas de côté, me permettant d'apercevoir la femme que Cogneur avait immobilisée d'une poigne de fer. Je lâchai le téléphone et entendis la voix de Mortimer résonner dans l'appareil tombé au sol.

—Jessica, tout va bien ? Jessica ?

Je fus incapable de lui répondre, car la femme que j'avais en face de moi était Kristen Potts.

Mortimer se rendit en trombe à Hill House avec deux de ses agents après m'avoir fait promettre de ne rien dire à la fille d'Alma Potts avant son arrivée, neuf minutes plus tard. Ses hommes lui passèrent les menottes pour la placer en détention provisoire, pendant que Mortimer et les hommes de Genaway se regardaient en chiens de faïence.

—De quoi m'accusez-vous, monsieur l'agent ? demanda Kristen Potts à Mortimer, avec un petit sourire narquois.

—Commençons par une accusation de meurtre et nous verrons par la suite !

Le sourire de Kristen Potts s'évanouit aussitôt.

—De meurtre ?

Mortimer hocha la tête.

—Par ailleurs, je suis shérif, et non agent de police !

Au poste, les agents escortèrent Kristen à l'intérieur de l'unique salle d'interrogatoire et restèrent avec elle, tandis que je négociais avec Mortimer pour pouvoir être présente.

—Serez-vous capable de tenir votre langue, juste pour cette fois ? dit-il finalement, conciliant.

—Vous savez que j'en suis capable !

—Non, je n'en sais rien, car jusqu'à présent, depuis que je vous connais, vous n'y êtes jamais parvenue. Vous devriez peut-être envisager de ne pas vous mêler de cette affaire pour une fois…

—Avez-vous du ruban adhésif dans votre bureau, shérif ?

—Pour quoi faire ?

—Pour m'empêcher de parler.

Finalement, je décidai de faire preuve de volonté pour m'abstenir d'intervenir. Mortimer et moi étions assis d'un côté de la table, et Kristen Potts, encore menottée, se trouvait de l'autre côté, le visage très pâle.

—Je n'ai pas tué Wilma Tisdale, shérif, dit-elle sans avoir été invitée à parler.

—J'ai noté que vous ne figuriez pas sur la liste des invités, mademoiselle Potts. Puis-je vous demander pourquoi vous vous êtes introduite dans cette soirée ?

—Je voulais dire à cette femme ma façon de penser, c'est tout !

—Vous avez fait une bien longue route, alors que vous auriez pu le lui dire par téléphone. Selon nos informations, vous vivez en Pennsylvanie.

—J'ai souvent déménagé ces dernières années.

—C'est ce que dit votre dossier.

—Walter Reavis était le proviseur du lycée d'Appleton, intervins-je, l'établissement dans lequel votre mère travaillait. L'aviez-vous déjà rencontré ?

Kris hocha la tête.

—Oui, lorsque j'étais petite et qu'il travaillait au collège, avec ma mère. Je me trouvais dans un centre commercial avec une amie et sa mère. Je les ai vus ensemble dans un restaurant. J'étais trop jeune pour me rendre compte de ce qui se passait, mais j'ai rapidement compris par la suite, avoua-t-elle.

Ses propos semblaient confirmer qu'elle avait bien un motif pour avoir tué Walter Reavis vingt-cinq auparavant.

—Cela vous a-t-il rendue triste ? lui demanda Mortimer.

—J'étais dans le déni.

—Cependant, vous ne niez pas vous être introduite à la soirée de Wilma Tisdale hier soir ?

—Pourquoi me le demandez-vous ? demanda-t-elle en me regardant. J'ai failli bousculer la célèbre Jessica Fletcher ici présente !

—Je vous remercie, ne pus-je m'empêcher de dire, m'attirant un regard réprobateur de Mortimer.

—Une vraie héroïne, n'est-ce pas ? Vous avez lancé votre carrière en faisant arrêter ma mère pour meurtre… poursuivit Kristen Potts d'un ton amer.

—Elle a avoué, Kris, dis-je en constatant que Mortimer était irrité. Ne l'oubliez pas…

Cela n'est pas une raison pour que Wilma Tisdale ait annulé la pension pour laquelle ma mère avait travaillé toute sa vie et qui nous revenait, à mon frère et moi…

—D'après ce que je sais, la pension a fini par être versée en totalité à la famille de l'homme que votre mère a assassiné, intervint Mortimer. Qu'en dites-vous Kris ? Cela vous a-t-il énervée au point de vous en prendre aux deux filles de Walter Reavis, Lisa Joy il y a quatorze ans, et Ginny la semaine dernière, parce qu'elle venait de comprendre que vous étiez impliquée ?

Je dois avouer que je fus très impressionnée par l'aplomb de Mortimer. Un policier peut très bien quitter le NYPD, mais il n'oubliera jamais les compétences qu'il a acquises dans cette unité.

—Je n'ai aucune idée de ce dont vous parlez…

—Je me demande si le FBI va s'intéresser à votre cas, Kris. En réalité, je ne sais pas si vous pourrez justifier de votre emploi du temps au cours de la nuit où Lisa Joy a été tuée en Alabama.

—Je ne suis jamais allée en Alabama de ma vie, shérif !

—Dans ce cas, vous n'avez rien à craindre du FBI. Et bien sûr, si vous n'avez rien fait, vous constaterez que les autorités locales sont bien plus disposées à travailler avec vous que les fédéraux. Croyez-moi, je sais de quoi je parle. Mais si vous n'aviez pas l'intention de vous en prendre à Wilma Tisdale, pourquoi vous êtes-vous rendue à sa soirée ?

—Je vous ai déjà dit que je souhaitais lui dire ses quatre vérités…

—Vous n'en avez pas eu le loisir, si je comprends bien… répliqua Mortimer.

—En effet !

—Vous auriez aussi bien pu la poignarder dans le dos… Sinon, pourquoi vous seriez-vous enfuie après le retour de la lumière ?

—J'étais déjà partie lorsqu'elles se sont éteintes. J'ai changé d'avis lorsque j'ai aperçu Mme Fletcher au bar. Je me suis dit qu'elle allait dire à Wilma que j'étais là…

—Excepté que je ne vous ai jamais rencontrée et que je n'avais aucune idée de ce à quoi vous pouviez ressembler, dis-je, incapable de m'empêcher d'intervenir, ce dont Mortimer ne sembla pas s'offusquer, cette fois. Comment aurais-je pu prévenir quiconque de votre présence ?

—J'ai paniqué, et cela m'a découragée. Et Wilma Tisdale méritait bien pire que d'être poignardée.

—Je ne vois pas quel sort pourrait être plus affreux que celui-ci, objecta Mortimer. Vous allez peut-être en avoir une idée, Kris. La peine de mort a été abolie ici ; en revanche, elle est appliquée en Alabama.

—Écoutez-moi bien, shérif, dit-elle d'une voix moins assurée que précédemment. J'ai commis un certain nombre d'erreurs et fait des choses stupides, mais je n'ai jamais assassiné qui que ce soit, dit-elle en secouant la tête, une expression de dégoût sur le visage. Et vous savez ce qu'il y a de pire ? Ma mère s'est rendue à la cérémonie au cours de laquelle Walter Reavis a été déclaré proviseur de l'année. Je pense que c'est à ce moment-là qu'elle s'est effondrée, quelques mois avant de rendre un service à la communauté en lui brisant le crâne.

Je n'entendis pas la question suivante de Mortimer. J'étais trop obnubilée par ce que venait de dire Kristen Potts sur la nomination de Walter Reavis en tant que proviseur de l'année, et par le fait de reprendre la partie de *Scrabble* que j'avais commencée sur mon ordinateur la nuit précédente.

MÉE PROV E L'AN.

C'est à cet instant que je reconstituai mentalement le gros titre de la *Gazette* de Cabot Cove.

Et je sus qui avait assassiné Ginny Genaway et Wilma Tisdale.

25

— Shérif, pourrais-je vous parler en tête à tête un moment ?

Mortimer comprit que j'avais quelque chose d'important à lui dire et me suivit hors de la salle d'interrogatoire, demandant à un agent de police de surveiller Kristen Potts.

—Je sais qui est l'assassin, lui dis-je, encore choquée par ce que je venais de comprendre.

—J'ai l'impression qu'il ne s'agit pas de la femme qui se trouve dans cette salle.

—Absolument pas !

C'est à cet instant précis qu'Evelyn Phillips me rappela, et il s'agissait du seul appel que je n'aurais manqué pour rien au monde.

—Vous tombez à pic, Evelyn ! m'exclamai-je après avoir réglé mon téléphone sur haut-parleur afin que Mortimer puisse écouter notre conversation.

—Je vous demande simplement de me réserver l'exclusivité sur tous ces meurtres une fois que vous aurez arrêté le coupable. J'ai eu vos messages. En fait, vous ignorez qu'il y a une excellente raison au fait que le docteur Hazlitt n'ait pas retrouvé le gros titre dans la *Gazette*. J'ai également pris la tête du journal local d'Appleton.

—Je l'ignorais…

—Personne n'est au courant, car la nouvelle n'est pas encore officielle. Je n'avais pas envie que cela s'ébruite, car certains redoutent ce type d'acquisitions, la fusion entre journaux, etc. Cependant, c'est le seul moyen qui a permis à l'*Appleton Post* de continuer à paraître. Nous avons imprimé le journal sur la même presse, et beaucoup d'articles de portée locale paraissent dans les deux journaux. C'est pourquoi le docteur Hazlitt et vous avez reconnu la police de caractères de la *Gazette* : parce qu'il s'agit aussi de celle du *Post*, maintenant. Et le gros titre que vous cherchiez est « Une résidente de Cabot Cove…

—… nommée proviseure de l'année », complétai-je.

—L'article n'a pas paru dans la *Gazette* pour des raisons de place, car nous avions des problèmes de maquette, poursuivit Evelyn. Au début, le titre comportait aussi le nom de la proviseure.

—Il s'agissait de Jen Sweeney, dis-je.

Mortimer semblait incrédule.

—Vous me dites que c'est Jen Sweeney qui a tué Ginny Genaway et Wilma Tisdale ?

—Oui et non, shérif.

—Elle ne peut pas l'avoir fait et ne pas l'avoir fait !

—Dans le cas présent, si ! En réalité, Jen Sweeney n'est autre que Lisa Joy Reavis !

—Eh bien… balbutia Mortimer. Je suppose que nous ne pourrons pas l'arrêter pour le meurtre d'elle-même !

—Cependant, nous pouvons l'arrêter pour avoir incité quelqu'un à prendre sa voiture cette nuit-là, étant donné qu'elle avait injecté du butane dans le pneu afin qu'il explose… ce qui a entraîné la perte de contrôle du véhicule par le conducteur, qui s'est écrasé contre un arbre.

—C'est incroyable. Pourquoi suis-je surpris ? Vous parvenez toujours à me surprendre…

—J'aurais dû comprendre bien plus tôt, mais je n'arrivais pas à mettre le doigt sur ce qui n'allait pas…

—Quoi donc ?

—Après toutes les années que Lisa Joy Reavis a passées en Alabama, elle n'a pu s'empêcher de conserver quelques expressions de la région.

—Et pour vous, c'est un indice ?

—Oui, lorsqu'une femme qui a soi-disant passé toute sa vie dans le Nord utilise l'expression « vous tous » aussi souvent ! Et lorsque je suis arrivée chez Mara peu après le meurtre de Ginny et qu'elle se trouvait avec Seth, elle a employé l'expression « ne valent pas une poignée de haricots », qui est surtout utilisée au sud de la ligne Mason-Dixon[1].

—Une preuve assez mince…

—C'est pour cette raison que je n'avais pas tenu compte de tout cela… jusqu'à présent. Jusqu'à ce que tout se mette en place.

—Comment cela ?

—Comme cet article paru dans le *Appleton Post*, dans lequel figurait sans doute la photo de Jen Sweeney…

1 Ligne de démarcation entre les États esclavagistes du sud et les États abolitionnistes du nord des États-Unis.

—Que Ginny aurait donc reconnue ?

—Elle devait avoir des soupçons, en tout cas. Car Lisa Joy avait sans doute fait en sorte de changer d'apparence, de devenir une personne complètement différente, lorsqu'elle est revenue dans le Maine pour occuper le poste de proviseure à Cabot Cove. Cependant, Ginny a dû finir par l'identifier sur la photographie, grâce à un élément suffisant pour soupçonner que Jen Sweeney était bien sa sœur.

—Attendez ! protesta Mortimer qui semblait vouloir des précisions. Vous me dites que Lisa Joy est revenue dans le Maine au bout de tant d'années et qu'elle a occupé un poste à une trentaine de kilomètres de l'endroit où elle avait grandi ?

—En réalité, Jen Sweeney a pris cet emploi parce que dans son esprit, Lisa Joy Reavis était morte et enterrée. Vous savez aussi bien que moi ce qui s'est passé pour elle. Mon histoire est donc cohérente. Elle était tellement convaincue d'être une autre personne qu'elle ne devait même pas se rendre compte qu'elle prenait un risque en revenant vivre dans le Maine. Ou bien peut-être aimait-elle prendre des risques, parce que nous avons maintenant de bonnes raisons de penser qu'elle a tué au moins trois personnes.

—Au moins ? interrogea Mortimer d'un ton incrédule.

—Nous ne savons pas ce qui s'est passé entre l'époque où Lisa Joy est supposée avoir péri dans un accident et celui où Jen Sweeney est venue occuper les fonctions de proviseure au lycée de Cabot Cove.

—Ne vous empressez pas d'en faire une tueuse en série ! Je sais que vous avez toujours eu envie d'arrêter un *serial killer*, mais n'assimilez pas Lisa Joy Reavis, ou Jen Sweeney, selon le nom que vous voulez lui donner, à un tel personnage. J'ai déjà assez de difficultés à croire qu'elle aurait osé emménager aussi près de chez elle, et même à proximité d'une personne qui n'aurait pas manqué de la reconnaître : sa sœur.

—Je ne pense pas que cela l'ait inquiétée, et elle ne savait peut-être pas que sa sœur vivait encore dans la région. Ou si elle le savait, peut-être que cela représentait pour elle un défi à relever. Une sorte de vengeance vis-à-vis de tous, en devenant proviseure du lycée d'une ville située près du lieu où sa famille avait été détruite.

—Donc, lorsque cet article a paru, Ginny s'est demandé si Jen Sweeney était bien sa sœur, disparue depuis si longtemps…

—Et si nous creusons davantage, nous découvririons probablement que Ginny passait du temps à Cabot Cove pour surveiller Jen Sweeney dès qu'elle le pouvait. À distance sans doute, mais aussi peut-être plus étroitement que nous le pensons. Vous devriez vérifier les caméras de l'établissement. Il est probable que Ginny figure sur certaines bandes d'enregistrement.

—Oui, mais que pourra-t-on en conclure ? Cela nous permettra-t-il d'apprendre pourquoi elle a rendu visite à Wilma Tisdale et vous a interviewée en se faisant passer pour une lycéenne ?

—Je ne le sais pas encore, Mortimer. Il y a sans doute quelque chose que nous avons laissé de côté, une pièce du puzzle encore manquante.

Il hocha la tête.

—Pour finir, Ginny la contacte et elles se rencontrent sur cette aire d'autoroute…

—Sur cette aire panoramique…

—Et Lisa Joy assassine sa propre sœur dans la voiture. Mais tout cela n'explique pas pourquoi elle a tué Wilma Tisdale.

—Je pense que si, au contraire, Mortimer, car Wilma connaissait la vérité. Peut-être l'avait-elle comprise toute seule, ou peut-être Jen Sweeney lui avait-elle rendu une petite visite lorsqu'elle est revenue dans la région. Wilma lui a donné des cours particuliers lorsqu'elle était au lycée et au collège, et il s'agissait sans doute d'une personne dont elle se sentait proche.

—Ginny devait s'en souvenir…

—Elle a rendu visite à Wilma, sans doute pour découvrir ce que cette dernière savait exactement. Je pense que Wilma avait l'intention de tout me dire à l'occasion de sa soirée de départ en retraite. C'est pour cela qu'elle m'a invitée à la dernière minute. Cependant, la mort de Ginny doit l'avoir effrayée au point qu'elle n'a pas osé me parler. Et lorsqu'elle a repéré Lisa Joy, alias Jen Sweeney, au cours de la soirée, il était déjà trop tard.

—Mais comment Ginny en est-elle venue à penser que sa sœur était coupable d'un meurtre, madame F. ? Qu'a-t-elle bien pu voir ou entendre qui l'a convaincue que Jen Sweeney était bel et bien sa sœur disparue depuis si longtemps ?

—Seule une personne pourra nous apporter la réponse, Mortimer…

***

Mais Jen Sweeney restait introuvable. Mortimer informa la police d'État du Massachusetts et en l'espace de quelques minutes, l'ensemble des agents de police de Nouvelle-Angleterre étaient à la recherche d'une personne correspondant à la description de la jeune femme. Le shérif et une bonne partie de ses agents, accompagnés de moi-même, se rendirent au lycée de Cabot Cove, où ils furent reçus par un gardien qui ouvrit l'entrée principale et confia à Mortimer la clé de l'établissement, car nous étions un dimanche.

—Restez ici, ordonna Mortimer.

Je ne savais pas si cet ordre m'était adressé ou s'il concernait le gardien. Je le suivis donc à l'intérieur. Le mandat de perquisition que Mortimer était parvenu à obtenir un dimanche après avoir essayé durant trois heures de joindre le juge concerné nous permit de procéder à une fouille du bureau de la proviseure, sans pouvoir cependant prouver que Jen Sweeney n'était pas qui elle prétendait. Il n'y avait pas la moindre preuve indiquant qu'il s'agissait de Lisa Joy Reavis.

—Il vous arrive d'imaginer des histoires de ce genre dans vos livres ? me demanda Mortimer tout en ôtant ses gants de perquisition.

—De quoi parlez-vous ?

—De personnes qui adoptent une nouvelle identité…

—Si vous lisiez mes livres, vous le sauriez.

—Pourriez-vous simplement répondre à la question ? À notre époque, je pense que changer d'identité est impossible…

—Toutefois, Lisa Joy Reavis est devenue Jen Sweeney il y a près de quatorze ans, lorsqu'elle a provoqué la mort d'une autre personne à laquelle elle a prêté sa voiture, précisai-je. Cela fait donc trois meurtres. Combien en faut-il pour faire d'elle une tueuse en série ?

Mortimer fit la grimace, sans doute parce qu'il se souvenait m'avoir dit de ne pas employer cette expression.

—Notre experte locale du meurtre n'en sait donc rien ?

Je haussai les épaules.

—Je n'ai encore jamais écrit de roman sur un tueur en série.

—Pas même un ?

—Ils me font peur, répondis-je.

—Je ne pensais pas que quelque chose pouvait effrayer la grande Jessica Fletcher.

—Les clowns m'effraient également. Les clowns et les tueurs en série.

—Eh bien, s'amusa Mortimer, l'air réjoui, je n'en crois pas mes oreilles ! Je pense que je vais communiquer cette information à Evelyn Phillips…

—Êtes-vous en train de me faire du chantage ?

—Pas encore…

—Parfait ! répondis-je. En tout cas, j'espère que votre mandat de perquisition est également valable pour la maison de Jen Sweeney.

Mortimer s'en assura aussitôt.

—Attendez une minute. Je reconnais cette adresse. Il y a eu une effraction à cet endroit il n'y a pas très longtemps. L'un de mes agents s'en est occupé, mais apparemment, rien n'avait été volé.

Sur le chemin de la maison de Jen Sweeney, le ciel de la fin d'après-midi s'obscurcissait à l'approche de la nuit, et le vent de nord-ouest annoncé par les prévisions météorologiques depuis des jours commença à se lever en gémissant. Soudain, de larges gouttes de pluie s'écrasèrent sur le pare-brise de Mortimer, laissant présager la tempête qui allait suivre. La pluie tombait de manière un peu plus drue à notre arrivée devant la maison de Jen Sweeney, un simple pavillon de plain-pied situé près de l'ancienne carrière de Cabot Cove, dans l'un des quartiers résidentiels les moins prisés de la ville. Selon les habitants de Cabot Cove, il s'agissait des bas quartiers. Cependant, la maison de Jen Sweeney était bien entretenue malgré sa simplicité, disposait d'un modeste jardin et avait, semble-t-il, été repeinte et recouverte d'une nouvelle toiture.

—Cette fois, Jessica, vous allez devoir rester à l'extérieur, m'annonça Mortimer, qui semblait très ennuyé. Ordre de la police d'État. Ce n'est pas moi qui décide.

—Si elle est à l'intérieur…

—Vous allez bientôt entendre des coups de feu. J'ai l'impression que cela va se terminer ainsi…

Tandis qu'il s'éloignait, je tentai d'imaginer un scénario similaire se déroulant sous la direction d'Amos Tupper du temps où il était encore shérif. En dépit de sa nature simple et de sa modestie habituelle, Amos avait été un bien meilleur shérif que ce que l'on pensait, même s'il lui aurait été difficile de gérer les événements compliqués qui se déroulaient actuellement à Cabot Cove. Nous avions eu de la chance qu'il soit remplacé par Mortimer après avoir pris sa retraite, car ce dernier se montrait extrêmement professionnel dans les circonstances actuelles.

J'attendais dans son SUV, et je retins mon souffle la plupart du temps. Je tentai d'apercevoir quelque chose à travers les persiennes, mais ne vis que des ombres aller et venir. Les quatre agents de la police d'État et du département du shérif, accompagnés de Mortimer, devaient inspecter la maison, leurs armes à la main, passant de pièce en pièce. Finalement, il n'y eut pas de fusillade, et aucun bruit de lutte ne filtra de la maison. Je n'étais pas surprise. Une psychopathe telle que Jen Sweeney, l'identité adoptée par Lisa Joy Reavis, n'avait pas d'attache et ne tenait pas compte de ses propres besoins. Elle devait déjà avoir disparu sans laisser de traces, prête à endosser une nouvelle identité, après avoir assassiné les deux seules personnes de la région liées à son passé. Je songeai que c'était le passé dont elle voulait en réalité se débarrasser une fois pour toutes, lorsqu'elle avait tiré sur sa sœur et poignardé à mort Wilma Tisdale. Désormais, elle allait effacer sa présence dans l'État, offrant à Jen Sweeney une mort aussi abstraite que celle de Lisa Joy Reavis.

Je compris qu'elle n'était plus à l'intérieur lorsque je vis Mortimer sortir de la maison et revenir vers le SUV.

Il avait l'air extrêmement troublé, ce qui me fit m'interroger sur ce qu'il avait pu découvrir dans la maison.

—Il y a quelque chose que vous devriez voir, Jessica, dit-il d'un ton étrangement lointain.

Je le suivis à l'intérieur du petit pavillon qu'occupait Jen Sweeney. Il me parut stérile et froid, et j'eus la sensation que personne n'y vivait. Le plus étrange était que la maison ne sentait absolument rien. Il n'y avait ni effluves du dîner précédent ni d'un quelconque parfum d'ambiance – rien qui sente mauvais ou qui sente bon. C'était la première fois que je pénétrais dans un lieu auquel n'était associée aucune odeur.

Mes muscles se tendirent tandis que je suivais Mortimer dans le salon-salle à manger, dont un espace en partie vide aurait dû être selon moi occupé par une table.

—Ça alors ! m'exclamai-je, incapable de prononcer autre chose tant je fus étonnée par ce que je découvris.

Des phares ; il y en avait partout dans la pièce. Des tableaux et des photographies de phares recouvraient les murs. Des maquettes de toutes tailles ornaient la totalité de la table basse. Et un phare immense, presque aussi grand que moi, était installé devant un bow-window, dominant la pièce. Alors que je me perdais en conjectures devant ce que je voyais, l'un des agents de police actionna accidentellement l'interrupteur du grand phare, qui s'illumina de manière intermittente et très réaliste.

Je me tournai vers Mortimer, sachant qu'il pensait à la même chose que moi.

— Vous qui vouliez savoir comment Ginny Genaway avait identifié sa sœur… commentai-je en balayant de nouveau la pièce du regard. Voilà ce qui l'a convaincue que Jen Sweeney était bien sa sœur. C'est sans doute Ginny qui est entrée par effraction dans cette maison, Mortimer… Et lorsqu'elle a vu tout cela, elle n'avait plus aucun doute.

Mortimer contemplait également la pièce.

— Je pense que nous savons tous deux où se trouve Jen Sweeney à l'heure actuelle, madame Fletcher…

26

La tempête devint plus violente tandis que notre convoi de cinq voitures de police, avec en tête le SUV de Mortimer, se pressait en direction de Cape Elizabeth, à une heure et demie de là. Les gyrophares des voitures étaient allumés, mais les sirènes restaient pour l'instant éteintes. Le vent faisait tomber la pluie en paquets sur notre pare-brise, et les essuie-glaces peinaient à garder la cadence. Le tonnerre grondait, parfois suffisamment fort pour secouer le SUV. Des éclairs illuminaient brièvement la nuit de temps à autre.

À notre arrivée au phare de Portland Head, à Cape Elizabeth, une seule voiture était garée sur le parking : le conducteur avait manifestement ignoré les lignes de démarcation des emplacements, laissant son véhicule à l'endroit le plus commode. Même si j'ignorais quel type de véhicule Jen Sweeney conduisait, celui-ci ne pouvait être que le sien, car elle était venue éliminer la dernière personne ayant un lien avec elle, avant de disparaître de nouveau, pour de bon cette fois.

Je remarquai que le bâtiment et le phare étaient entièrement plongés dans l'obscurité, sans doute en raison d'une panne de courant provoquée par la tempête qui se déchaînait. Les adjoints du shérif de Cabot Cove et les agents de police de l'État du Maine avaient enfilé des cirés, alors que Mortimer et moi n'avions rien pour nous protéger de la pluie, si bien que nous étions trempés en arrivant à la porte principale, après avoir franchi l'allée illuminée de temps à autre par des éclairs.

La porte était ouverte. Le vent l'avait manifestement repoussée contre le mur latéral. Mortimer entra le premier, le faisceau de sa lampe torche éclairant l'escalier menant à l'appartement de Maddie Demerest. Une corne de brume se mit à retentir désespérément au large, donnant l'impression qu'un bateau était dangereusement proche de la côte, car la panne d'électricité avait entraîné un dysfonctionnement des feux du phare, qui n'éclairait plus les eaux.

La corne de brume retentit de nouveau, semblant encore plus proche cette fois, cè qui signifiait que le bateau ne devait plus être très loin des dangereux récifs qui bordaient la côte. Le mugissement coïncida avec le moment où Mortimer atteignit la porte qui se trouvait au sommet de l'escalier étroit, plusieurs hommes en uniforme sur les talons. Quant à moi, je gardai mes distances, à mi-chemin de la porte et du bas de l'escalier. Mortimer se plaqua le plus possible contre le mur contigu à la porte avant de frapper aussi fortement que possible.

—Police, madame Demerest ! Veuillez ouvrir !

Il n'y eut pas de réponse, et Mortimer frappa de nouveau, plus fortement encore, en vain. Il fit signe aux agents qui le suivaient, puis enfonça la porte d'un coup d'épaule. Celle-ci s'ouvrit vers l'avant. Je retins mon souffle, au cas où il y aurait eu des coups de feu, tandis que les agents en uniforme de Cabot Cove et de la police d'État du Maine s'engouffraient dans l'appartement à la suite de Mortimer.

Je ressentis une crainte à l'idée de poursuivre mon ascension, si bien que l'air me sembla brusquement pesant et visqueux comme de la mélasse. Je repris cependant mon ascension lorsque le dernier policier eut passé la porte sans qu'aucun coup de feu n'ait retenti.

J'aperçus une silhouette sombre en haut de l'escalier. Puis la porte de l'appartement fut refermée avec fracas, et la silhouette dévala vers le bas, me heurta de plein fouet et me poussa sur le côté. Je vacillai, mais parvins à retrouver mon équilibre, et me retournai pour apercevoir Jen Sweeney, alias Lisa Joy Reavis, parvenir au bas de l'escalier. Un bref éclair illumina sa silhouette. Elle suivit l'allée que nous avions empruntée et s'évanouit dans l'obscurité.

Quelqu'un – Mortimer, sans doute – frappait à la porte de l'intérieur de l'appartement. Jen avait dû la bloquer d'une manière ou d'une autre, piégeant le shérif et les autres policiers à l'intérieur.

—Jessica ! entendis-je Mortimer crier tandis que je secouais la poignée.

—Vous ne m'appelez plus madame F. ?

—Contentez-vous d'ouvrir la porte !

Je secouai de nouveau la poignée.

—Je n'y arrive pas. La porte est bloquée. Et comme il n'y a que moi…

—Ne faites pas cela, Jessica !

—… je vais rattraper Jen Sweeney.

Cette dernière avait laissé la lourde porte menant au phare ouverte, comme si elle souhaitait que je la poursuive dans l'étroit escalier en spirale qui menait au sommet. En levant les yeux, j'aperçus la porte du haut, qui donnait sur le dôme abritant la lentille du phare, et j'entendis de nouveau la corne de brume produire un son plus bref et désespéré qu'auparavant.

Je gravis les escaliers en spirale, pénétrai à l'intérieur du dôme, et vis que Maddie Demerest était ligotée à l'énorme lentille de Fresnel à l'aide d'une sorte de câble. Les éclairs qui zébraient le ciel éclairaient la scène. La femme que je connaissais sous le nom de Jen Sweeney se tenait juste à côté d'elle, une arme de poche braquée contre la tempe de sa mère.

—J'espère que vous n'allez pas m'annoncer que vous ne viendrez pas à la journée des métiers, madame Fletcher, railla-t-elle, en esquissant un sourire empreint de malice et de haine.

—Lisa Joy, vous n'êtes pas obligée de faire cela, dis-je. Nous savons tout. Il n'y a aucune raison que vous tuiez de nouveau.

—Laissez-la, grogna sa mère. Cela ne fera aucune différence de toute façon. Elle me rendrait service…

La corne de brume retentit une nouvelle fois, semblant réellement tout près.

—Vous avez dû vous rendre chez moi, poursuivit Lisa Joy, dont le regard était fixe, mais vide. Comment avez-vous trouvé ma collection de phares ?

—Je ne pense pas que celui dans lequel nous nous trouvons rentrerait dans votre salon, répliquai-je. Maintenant, laissez votre mère partir.

—Je ne peux pas, madame Fletcher. Je dois accomplir ma tâche jusqu'au bout. Les gens parleront pendant des années de la tragédie de la famille Reavis, dont tous les membres ont été assassinés. Je suppose que mon frère a eu de la chance en mourant à la guerre.

—Lisa Joy, laissez-moi vous aider…

—Est-ce une réplique qui pourrait figurer dans vos livres ?

—Je pense que non, je suis simplement sincère.

Elle pressa plus fortement le canon de son arme contre la tempe de sa mère, me donnant l'occasion de me rapprocher.

—Avez-vous déjà créé un personnage tel que moi ?

—Pas réellement, non. Mes personnages ne tuent pas par plaisir, comme vous. Ce ne sont pas des psychopathes.

Lisa Joy plissa les yeux.

—Cherchez-vous à me faire sortir de mes gonds, madame Fletcher ?

—Laissez partir votre mère, Lisa Joy. Vous et moi pouvons mettre un terme à tout cela ensemble…

Elle pointa son arme sur moi.

—Vous préférez que je tire sur vous ? Je peux le faire, si c'est ce que vous voulez…

—Vous ne le ferez pas. Vous avez besoin de moi vivante pour raconter votre histoire – une histoire bien plus incroyable que toutes celles que j'aie pu écrire.

—Et qui date d'il y a vingt-cinq ans. Je l'aurais tué si Alma Potts ne s'en était pas chargée. Elle m'a évité d'avoir à le faire…

—Comment avez-vous eu l'idée du butane ?

Les yeux de Lisa Joy se plissèrent, comme si elle prenait plaisir à jouer avec moi.

—Vous pensez que c'était ma première fois ? Vous me sous-estimez, madame Fletcher.

Un frisson me parcourut.

—Pourquoi agissez-vous ainsi, Lisa Joy ?

—Pourquoi écrivez-vous ?

—Parce que j'aime cela.

—Nous y voilà !

Je jetai un coup œil vers Maddie Demerest, et constatai que son regard, vide quelques instants auparavant, s'était allumé. Je finis par remarquer que si le haut de son corps était toujours ligoté à l'immense lentille, ses jambes ne l'étaient plus. Elle bougea ses pieds chaussés de pantoufles comme si elle voulait attirer mon attention, car sa fille semblait avoir oublié sa présence.

—Combien de meurtres avez-vous commis ?

Lisa Joy cligna des yeux.

—Je ne vous le dirai jamais. Demandez à ma sœur ! Oh, c'est vrai… Vous ne pourrez pas, parce que je l'ai tuée, tout comme cette fouineuse de Wilma Tisdale. Et une fois que je vous aurai tuées aussi, ma mère et vous, je pourrai continuer ma route et devenir quelqu'un d'autre.

—Si vous me tuez, qui racontera votre histoire ?

—Vous pensez que vous pouvez me rendre justice ?

—Je ne sais pas si quelqu'un le pourra, répondis-je.

C'est à cet instant que Maddie projeta ses jambes en avant avec force dans le dos de sa fille. Celle-ci perdit l'équilibre. Elle lâcha le pistolet, qui glissa sur le sol. J'aperçus brièvement son éclat lorsqu'un éclair illumina le ciel, ainsi que le gigantesque navire qui se dirigeait droit vers la côte aux sons désespérés de sa corne de brume. Lisa Joy tenta de ramasser son arme, oubliant pour un instant ma présence, ce qui me permit de bondir sur elle.

Elle avait à peu près la même taille que moi, mais était plus jeune et plus forte. Elle me fit reculer en tentant de faucher mes jambes. Je parvins à éviter son geste, en reculant à travers la porte vers le palier, tandis que nous luttions toujours. Lisa Joy repéra le pistolet qui se trouvait non loin d'elle, mais alors qu'elle s'apprêta à s'en emparer, je la fis basculer en direction de l'escalier et me jetai sur elle. Je me raidis en prévision de la chute qui nous attendait, et elle reprit le dessus tandis que nous tombions dans l'escalier métallique. Mon dos, mes jambes et ma tête heurtèrent le métal à plusieurs reprises ; mes vêtements et ma peau s'accrochèrent çà et là.

Au bas de l'escalier, notre élan nous projeta à travers la porte, dehors, sous l'orage. Lisa Joy me porta un coup violent à l'épaule et un autre à l'estomac, qui me coupèrent le souffle. Je sentis mon corps heurter le sol rocheux, le parfum humide de la pluie, et me retournai sur le dos pour apercevoir mon adversaire brandir une énorme pierre au-dessus de sa tête.

— Quel dommage, madame Fletcher ! Je suis certaine que mon histoire aurait fait un excellent best-seller !

La corne de brume résonna avec un bruit assourdissant, et Lisa Joy se retourna. L'énorme navire se brisa sur les rochers et fut propulsé dans notre direction. Je parvins à rouler sur le côté pour éviter son énorme proue qui avait gravi la pente, et glissa devant nous aussi facilement que si elle avait été équipée de roues. Lisa Joy tenta de faire un bond de côté, ses yeux remplis de haine fixés sur moi, tandis qu'elle trébuchait et manquait de perdre l'équilibre.

Le navire jaillit au-dessus de la jeune femme, qui parut soudain minuscule sous sa masse sombre et fut engloutie tout entière lorsque celui-ci s'écrasa contre le phare de Portland Head, soulevant une gerbe de gravats qui se mêlèrent à la pluie diluvienne. L'édifice parut trembler avant de commencer à s'écrouler. Je roulai sur le sol, puis me relevai et courus pour m'éloigner, évitant à grand-peine les plus gros débris.

Le bateau finit par s'immobiliser dans un crissement en éventrant le sol, au beau milieu des décombres du phare. Je ne vis aucune trace de Lisa Joy et imaginai qu'elle avait été recouverte par les gravats lorsque l'édifice s'était effondré. Cependant, la cage d'escalier était en grande partie intacte, ce qui me permit de gravir les marches qui tremblèrent sous mes pieds. Je grimpai aussi vite que possible.

À l'étage, Maddie Demerest était allongée sur le sol du dôme, à demi penchée au-dessus de la cage d'escalier dont la rampe avait disparu. Elle était en partie inconsciente lorsque j'arrivai près d'elle.

—Maddie ! Maddie ! m'écriai-je, en la secouant légèrement.

Elle remuait à peine. Je n'avais d'autre choix que de la porter à l'extérieur, malgré la précarité de la cage d'escalier qui semblait continuer à se désintégrer autour de nous. En regardant brièvement à travers le halo de lumière projeté par les lampes du pont du navire, je constatai que la partie avant de la proue s'était littéralement encastrée dans les étages inférieurs de l'édifice. Le nom qui était inscrit sur le flanc le plus proche du bateau était devenu presque illisible. J'entendis des voix paniquées se mêler au son à la fois assourdissant et désormais éraillé de la corne de brume, dont les mugissements persistaient avec entêtement.

Tout en soulevant Maddie Demerest, je commençai à descendre l'escalier en spirale, qui oscillait d'un côté et de l'autre. Il se stabilisa lorsque j'arrivai dans un angle situé sous la salle abritant la lanterne. La salle de veille, dans laquelle étaient autrefois stockés du carburant, des provisions et des ampoules de rechange, était située immédiatement en dessous. Aujourd'hui, elle était vide, à l'exception d'une lourde corde enroulée sur elle-même, qui devait autrefois permettre de fuir rapidement en cas de nécessité.

L'escalier métallique ne me paraissant plus suffisamment fiable ; je compris que la corde pourrait constituer ma seule chance de m'échapper avant que le phare ne s'écroule. Cependant, je ne pouvais partir sans Maddie Demerest ni risquer que son poids nous fasse chuter toutes les deux, avec une mort certaine pour issue. Je me résolus donc à la réveiller en lui administrant une gifle.

—Écoutez-moi ! m'écriai-je en la tenant par les épaules tandis que ses yeux commençaient à s'ouvrir. Si vous souhaitez mourir ici, dites-le-moi tout de suite, pour que je ne meure pas avec vous. Que voulez-vous, Maddie ?

—Aidez-moi, gémit-elle d'un ton plaintif. S'il vous plaît…

—Vous devez reprendre vos esprits, afin que je puisse attraper la corde qui se trouve là. Vous allez y arriver, Maddie…

Elle hocha la tête, puis passa les bras autour de la marche la plus proche de l'escalier métallique branlant, me permettant ainsi de m'introduire dans la salle de veille pour m'emparer de la corde. Les éclairs ainsi que les éclairages de la proue du bateau qui perçaient l'obscurité me permirent d'y voir suffisamment pour tendre le bras et passer la corde à travers un trou de la paroi apparu à un endroit où l'escalier était brisé. Je fixai la corde avec un nœud marin. J'avais découvert ce nœud lorsque j'avais effectué des recherches pour un livre dont le titre m'échappait pour le moment. Puis je lançai la corde en bas et la vis heurter la proue très effilée du navire avant d'échouer parmi les gravats qui recouvraient désormais le sol du phare.

Si j'avais pris le temps de réfléchir à ce que j'étais sur le point de faire, j'aurais sans doute renoncé.

—Tenez bon, Maddie ! m'exclamai-je. Accrochez-vous bien !

Cette fois, elle semblait éprouver une envie désespérée de vivre.

Elle s'agrippa à moi en fermant les yeux. À mon avis, elle ne pesait pas plus de 45 kilos, ce qui fut une chance, car je pus me tenir fermement à la corde et entamer notre descente alors qu'elle se tenait à moi avec une poigne de fer, tant et si bien que je crus qu'elle allait m'arracher la peau. Des débris tombaient du dôme du phare, m'éraflant au passage et m'infligeant une douleur lancinante. Cependant, je me dis que je pourrais le supporter tant que ma tête n'était pas directement touchée. Je redoutais par ailleurs que ce type d'impact fasse lâcher prise à Maddie, l'envoyant à une mort certaine.

À mi-chemin, j'eus l'impression d'entendre l'édifice craquer dans son entier, et il me sembla qu'il vacillait autour de nous. La corde commença à se balancer latéralement, nous projetant d'un côté à l'autre de l'édifice. Chaque impact semblait plus violent que le précédent. Je jetai un regard vers le haut, et constatai que le montant sur lequel j'avais noué la corde commençait à se détacher. Ne voulant pas même imaginer les conséquences d'une chute d'une dizaine de mètres, je regardai vers le bas et fus prise de nausées.

À cet instant, le balancement de la corde, qui s'intensifiait, nous amena au sommet de la proue du navire, ce qui n'était pas l'endroit idéal pour descendre, mais constituait notre unique chance à Maddie et moi-même de sortir vivantes de cette situation périlleuse.

—Préparez-vous à lâcher, Maddie ! la prévins-je. Faites-le lorsque je vous le dirai.

Elle hocha la tête en signe d'approbation. Je sentais que la corde commençait à se rompre au-dessus de nos têtes, et je savais que nous ne disposions plus que de quelques secondes pour réagir. Je m'efforçai d'influer sur le balancement de la corde afin qu'elle nous ramène vers la proue du navire. Je devais tout calculer avec précision, car je n'avais plus droit à l'erreur.

Aussi, lorsque la corde nous amena au-dessus de la proue, je m'écriai : « Maintenant ! Maintenant ! »

Maddie lâcha prise, et moins de trois mètres plus bas, parvint comme moi à se rattraper au bord de la proue, juste au-dessus de l'extrémité du pont. Redescendre sur le pont constitua une opération délicate, et nous tombâmes dans un enchevêtrement de bras et de jambes. Le phare continuait de s'ébouler et ses murs commençaient à céder. J'aidai Maddie à se relever et l'entraînai à ma suite sur le pont du navire, jusqu'à un endroit où nous étions exposées à la tempête.

Le déluge de pluie nous trempa instantanément jusqu'aux os, et les éclairs continuaient d'illuminer de temps à autre les vestiges du phare, de son énorme lentille et de son dôme vitré, qui avaient explosé sous le choc en produisant une pluie d'étincelles crépitant dans l'air et faisant écho à l'orage qui bruissait au-dessus de nous. J'aperçus Mortimer, ses adjoints et les agents de la police d'État du Maine courir dans notre direction. Je vis le shérif secouer la tête lorsqu'il se rendit compte que je lui faisais des signes depuis le pont du navire.

Il contourna le bateau jusqu'à la poupe, puis leva le regard vers moi d'un air désapprobateur.

—Je croyais que vous détestiez les bateaux, Jess.

—C'est le cas, maintenant, dis-je en contemplant les décombres sous lesquels Lisa Joy était ensevelie.

27

— Vous n'allez pas aimer cela, Jessica, annonça Mortimer en rejoignant Seth et moi à notre table habituelle chez Mara le jour suivant. La police d'État vient de m'informer que le corps de Jen Sweeney n'a pas été retrouvé.

—Vous voulez dire, de Lisa Joy Reavis ?

—Sauf erreur, il s'agit d'une seule et même personne. Quoi qu'il en soit, elle a disparu.

—Elle ne peut pas avoir survécu à cela, Mortimer. Je l'ai vue se faire enterrer vivante…

—Eh bien, elle a dû s'en sortir, car il n'y a plus traces de son corps, à l'exception de quelques fragments de vêtements.

—Avez-vous l'intention de commander une part de tarte ? proposa Seth lorsque notre serveur se présenta de nouveau à notre table.

—Je prendrai simplement un café, répondit Mortimer.

—Parfait ! Quant à moi, je ne vais pas me contenter d'un café… annonça Seth, sur le point, semble-t-il, de faire une entorse à son régime. Je prendrai la même chose que d'habitude. Et la dame ici présente également.

—Qu'est-il advenu de vos bonnes résolutions ? lui demandai-je.

—Si j'ai appris quelque chose la semaine dernière, c'est que la vie est trop courte pour renoncer au plaisir d'une bonne tarte, notamment si elle est à la framboise et à la rhubarbe.

Après le départ du serveur, Mortimer s'adossa confortablement sur sa chaise et me regarda.

—Eh bien, toute cette affaire était étrange, même pour vous, madame F. Des meurtres en préparation depuis vingt-cinq ans…

—Hummm !

—Quoi donc ?

—*Meurtres en préparation*… Puis-je vous emprunter cette formulation pour un titre ?

—Je vous en prie…

—Au fond, je n'en suis pas sûre, Mortimer. J'ai été plongée jusqu'au cou dans cette histoire, si je puis dire.

—Vous avez sauvé la vie d'une femme, répondit Mortimer. J'espère qu'elle éprouvera suffisamment de gratitude pour profiter paisiblement du reste de ses jours…

—Seul le temps nous le dira. Mais en tout cas, elle va devoir s'installer ailleurs.

Seth secoua la tête.

—J'ai du mal à imaginer que l'un de mes enfants puisse en assassiner un autre, *ayuh*.

—C'est parce que vous n'avez pas d'enfant, doc, commenta sobrement Mortimer.

—Non, répondit Seth en tapotant mon bras. J'ai Jessica à la place.

Je me tournai vers Mortimer.

—Il a posé des bandages sur toutes les égratignures et les coupures que je me suis faites au cours de cette nuit mouvementée !

—Et je lui ai fait deux points de suture. C'est pour cela que je m'octroie le droit de déguster une tarte. Je suis encore très habile. Je suis sûre qu'elle n'aura même pas de cicatrice…

Mortimer se tourna vers moi.

—Il est possible que quelqu'un ait aussi recousu Jen Sweeney, dit-il l'air songeur. Et puis, il y a encore beaucoup de décombres à fouiller. Son corps va peut-être réapparaître… À moins qu'il n'ait été emporté par la mer…

—Peut-être, répondis-je.

—Mais vous n'y croyez pas.

—Elle est du genre à survivre. Et si c'est le cas, elle commettra d'autres meurtres, où qu'elle aille…

—Il vaut mieux que je vous envoie l'un de mes hommes à Hill House, intervint Mortimer. On ne sait jamais, elle pourrait décider de vous rendre visite.

—Ne prenez pas cette peine, répondis-je. J'ai Joe et Cogneur.

—Ils sont toujours dans les parages ?

—Oui. Je me demande même s'ils vont partir un jour !

—Dans ce cas, s'enthousiasma Mortimer, j'espère que Jen Sweeney va réapparaître…

—Vous savez, Mortimer, vous venez de me donner une idée.

Deux jours plus tard, Seth me conduisit à la prison d'État du New Hampshire. Je ne désirais pas que Mortimer l'apprenne.

—Cela signifie-t-il que je dois garder le secret ? demanda Seth à notre arrivée devant la prison.

—Nous passerons un serment par le sang plus tard, suggérai-je, en levant la main.

Seth grimaça.

—En tant que médecin diplômé, je peux vous dire que ce n'est pas une pratique très hygiénique.

La portière de sa Volvo crissa lorsque je l'ouvris, et je sortis de la voiture.

—Vous n'êtes pas obligé de m'accompagner, Seth…

—Tant mieux, parce que je n'en avais pas l'intention…

Vic Genaway était assis en face de moi, à la même table que lors de mes deux précédentes visites.

—Je vous remercie pour tous les livres que vous avez envoyés à notre bibliothèque, Fletch. Pas uniquement les vôtres, pour les autres aussi…

—Ce sont des surplus de la bibliothèque de Cabot Cove. Je vous en ferai envoyer régulièrement. Et je tenais à vous remercier pour l'aide de Joe et de Cogneur…

—C'est le moins que je puisse faire pour une amie. Vous avez arrêté la femme qui a tué ma Ginny, balbutia-t-il, l'air soudain vulnérable. Sa propre sœur… Avez-vous déjà entendu une chose pareille ?

—Trop souvent, malheureusement.

—Vraiment ? Dans mon monde, ce genre de choses n'arrive pas… Nous ne sommes pas des anges, mais au moins, nous ne nous entretuons pas. Enfin, il y a quand même une bonne chose qui ressort de tout cela : je vous ai rencontrée, poursuivit Genaway. Cela en valait presque la peine – pas la mort de Ginny, bien sûr, mais tout le reste.

—Cela n'est pas terminé, Vic.

—Pouvez-vous m'en dire plus ?

—Le corps de Jen Sweeney n'a toujours pas été retrouvé.

—Vous voulez dire le corps de Lisa Joy, j'imagine, me corrigea-t-il.

—Oui, bien sûr. Je pense qu'elle s'en est sortie. Elle est toujours en vie, et elle tuera de nouveau avant même que nous le sachions. Et je ne pense pas que la police ait une quelconque chance de la retrouver.

—Vraiment ?

—Je me disais que vous connaissiez peut-être quelques personnes qui pourraient nous être utiles, le genre de personnes auprès desquelles elle pourrait se procurer une nouvelle identité, par exemple…

—Ça se pourrait, Fletch, répondit Vic en baissant les yeux, puis en les levant de nouveau vers moi. Vous reviendrez me rendre visite, n'est-ce pas ?

—J'apporterai le prochain lot de livres en personne.

—Ce serait formidable. L'achat de livres n'est pas prévu dans le budget de la prison, mais grâce à vous, les rayons de notre bibliothèque sont bien fournis. Vous avez fait de moi une star auprès de tous les vauriens et meurtriers qui traînent ici…

—Il y a encore une meurtrière en liberté qui échappe à la justice…

—C'est vrai, confirma Vic Genaway, dont les traits étaient redevenus de marbre. Je pensais la même chose.

Mon téléphone fixe sonna cinq semaines plus tard, tandis que j'étais en train de procéder à des corrections sur mon dernier livre.

—Hello Fletch !

—Hello, monsieur Genaway. Que puis-je faire pour vous ?

—C'est moi qui vais vous rendre un service… Comme vous êtes écrivain, je suis certain que vous avez un stylo à portée de main, alors préparez-vous à noter l'adresse à laquelle se trouve Lisa Joy Reavis.

—À Portland ? demanda Mortimer, lorsque je lui eus transmis l'information.

—En Oregon, pas dans le Maine.

—Bien. Je vais passer quelques coups de téléphone, madame F., et prévenir le FBI. Est-ce Vic Genaway qui vous a informée ?

—C'est le cas. Ah, et autre chose : ne m'appelez plus madame F. J'ai un nouveau surnom désormais.

—Lequel ?

—Fletch.

Sitôt que j'eus raccroché, je composai un autre numéro de téléphone.

—Est-ce vous, madame Fletcher ? demanda d'emblée Amos Tupper.

—Vous voyez, vous restez un excellent détective, Amos…

—Non, pas du tout, c'est simplement que personne d'autre ne m'appelle, en particulier avec l'indicatif du Maine.

—J'ai des nouvelles pour vous, dis-je. À propos du meurtre que nous avons résolu ensemble il y a vingt-cinq ans, le meurtre de Walter Reavis… Aujourd'hui, la boucle est bouclée.

—Vraiment ? Vous avez attrapé le dernier meurtrier que vous recherchiez ? dit-il.

J'eus l'impression qu'il avait déjà oublié les détails de l'affaire, tant sa question était vague.

—Oui, répondis-je.

Je lui résumai toute l'affaire. L'ancien inspecteur d'Appleton et shérif de Cabot Cove semblait suspendu à mes lèvres.

—Extraordinaire ! s'exclama Amos lorsque j'eus terminé mon récit. C'est incroyable, dites donc ! J'apprécie que vous m'ayez tout raconté, madame Fletcher. Cela me donne l'impression que nous sommes encore une équipe, à la poursuite des criminels. Cette époque me manque. Elle me manque vraiment…

—Dans ce cas, venez me rendre visite, Amos. Vous pourrez séjourner à Hill House. J'aurais bien besoin de compagnie…

—Vraiment ? Ce serait magnifique…

Il baissa légèrement la voix.

—Pensez-vous que ce serait convenable pour moi de résider à Hill House ? Des rumeurs pourraient courir sur notre compte… Cela ne serait pas très agréable…

—Laissez les mauvaises langues de côté, le rassurai-je. La rumeur est une flûte où soufflent les soupçons, les jalousies, les conjectures : instrument si aisé et si simple que le rude monstre aux innombrables têtes, la discordante et indécise multitude, peut en jouer.

—Vous citez Shakespeare, n'est-ce pas ?

—Bravo, je suis impressionnée, répondis-je.

—Je vous ai dit que je le lisais en ce moment, n'est-ce pas ? Je me souviens de ce vers : « Les lâches meurent plusieurs fois avant leur mort ; le brave ne goûte jamais la mort qu'une fois. »

—Ça alors…

—Qu'y a-t-il ?

—*Le Brave* était le nom du navire qui s'est écrasé sur le phare de Portland Head.

—Le monde est petit, n'est-ce pas, madame Fletcher ?

—Il l'est, Amos. Il l'est.

LES ENQUÊTES DE
JESSICA FLETCHER
& JON LAND
MORTEL
MARIAGE
LA NOUVELLE ENQUÊTE
DE LA REINE DU CRIME
City

LES ENQUÊTES DE
JESSICA FLETCHER
FÊTES
MORTELLES
Blair House
LA NOUVELLE ENQUÊTE
DE LA REINE DU CRIME
City

JESSICA FLETCHER

MORTEL MARIAGE

Un peu de calme dans un monde bien compliqué... Jessica Fletcher, la célèbre auteure de romans policiers, pensait pouvoir profiter d'un séjour paisible dans un hôtel de luxe. C'est raté, car l'établissement est envahi le temps d'un week-end par une douzaine de personnes réunies pour une fête de mariage.

« Bouclez vos ceintures et embarquez avec Jessica Fletcher : un coup de maître ! »
(LISA GARDNER)

FÊTES MORTELLES

Ça sent le sapin pour le Noël de Jessica Fletcher ! Alors qu'elle vient d'emménager dans sa maison après des travaux et qu'elle s'apprête à accueillir sa famille pour les fêtes, une découverte macabre vient porter un coup fatal aux réjouissances.

La nouvelle enquête de la reine du crime.

city-editions.com

Achevé d'imprimer en octobre 2022
sur les presses de la Nouvelle Imprimerie Laballery
58500 Clamecy
Numéro d'impression : 210265

Imprimé en France

La Nouvelle Imprimerie Laballery est titulaire de la marque Imprim'Vert®